LE 9ᵉ JUGEMENT

Né à New York en 1947, James Patterson publie son premier roman en 1976. La même année, il obtient l'Edgar Award du roman policier. Il est aujourd'hui l'auteur de plus de trente best-sellers traduits dans le monde entier. Plusieurs de ses thrillers ont été adaptés à l'écran.

JAMES PATTERSON
MAXINE PAETRO

Le 9ᵉ Jugement

ROMAN TRADUIT DE L'ANGLAIS (ÉTATS-UNIS)
PAR NICOLAS THIBERVILLE

JC LATTÈS

Titre original :

THE 9th JUDGMENT
Publié par Little, Brown and Company, New York, NY.

Pour Suzy, John, Jack et Brendan.

PROLOGUE

Une voleuse dans la nuit

1.

Debout sur le toit de l'auvent, Sarah Wells, tout de noir vêtue, glissa sa main à travers le trou qu'elle venait de découper dans la vitre. Elle sentit son pouls cogner contre ses tympans tandis qu'elle déverrouillait la fenêtre à guillotine, remontait le châssis inférieur et se faufilait silencieusement dans la pièce sombre. Une fois à l'intérieur, elle se plaqua contre le mur et tendit l'oreille.

Des voix s'élevèrent de l'étage du dessous, et elle distingua le cliquetis des couverts en argent contre la porcelaine. J'arrive pile au bon moment, se dit-elle.

Mais un bon timing ne faisait pas tout.

Elle alluma sa lampe frontale et effectua une rotation à cent quatre-vingts degrés afin d'examiner la chambre. Elle remarqua une console sur sa gauche, encombrée d'une multitude de babioles. Il lui faudrait veiller à ne pas la percuter, ainsi qu'à ne pas se prendre les pieds dans les tapis qui recouvraient le parquet ciré.

La jeune femme traversa la pièce d'un pas souple, referma la porte donnant sur le couloir et se dirigea vers le dressing, d'où se dégageait une odeur de parfum ténue. Elle inspecta brièvement les piles de vêtements, et découvrit, derrière une rangée de longues robes de soirées, ce pour quoi elle était venue : un coffre-fort encastré dans le mur.

Sarah en aurait mis sa main à couper. Comme toutes les mondaines, Casey Dowling aimait s'habiller et porter ses bijoux lorsqu'elle donnait une soirée. À tous les coups, elle avait laissé le coffre ouvert pour pouvoir les ranger sans avoir à composer le code. D'un geste précautionneux, Sarah actionna la poignée… et la lourde porte blindée pivota sur ses gonds.

C'était maintenant à elle de jouer.

Elle devait agir sans perdre un instant. Elle n'avait pas plus de trois minutes devant elle.

Sarah éclaira le contenu du coffre à l'aide de sa lampe frontale et aperçut, tout au fond, une boîte de la taille d'une petite miche de pain. Elle ouvrit le loquet, souleva le couvercle, et découvrit un véritable trésor.

Elle en eut le souffle coupé.

Ces deux derniers mois, elle avait lu pas mal d'articles sur Casey Dowling, vu des dizaines de photos prises lors de soirées « people » où elle exhibait des bagues et des colliers étincelants. Pour autant, jamais Sarah n'aurait imaginé tomber sur une telle profusion de diamants, de perles et de pierres précieuses.

C'était complètement diiiiingue ! Comment Casey Dowling pouvait-elle posséder autant de bijoux ?

Enfin, elle ne les possédait plus pour très long-temps.

Sarah commença à transvaser le contenu du coffre dans les deux petits sacs en toile qu'elle portait en bandoulière. Elle marqua une pause pour admirer une bague en particulier, encore plus somptueuse que les autres, lorsque soudain des lumières s'allumèrent dans la chambre.

Elle éteignit aussitôt sa lampe et s'accroupit. Son cœur s'emballa comme lui parvenait la voix puissante de Marcus Dowling, comédien célèbre et star du grand écran. Il était en train de se disputer avec sa femme.

Sarah se recroquevilla derrière les vêtements suspendus et se fit la plus petite possible.

Elle s'était montrée stupide.

Tout occupée qu'elle était à contempler les bijoux, elle ne s'était pas rendu compte que le dîner venait de se terminer. Elle n'allait pas tarder à se faire prendre la main dans le sac et finirait en prison pour cambriolage, elle, une respectable prof de littérature ! Elle courait au devant d'un véritable scandale – sans parler des autres conséquences.

Sarah sentit la sueur couler le long de ses aisselles. Elle attendait, fébrile, que les Dowling allument la lumière du dressing et la découvrent accroupie devant eux, une voleuse dans la nuit.

2.

Casey Dowling tentait de faire avouer son mari, mais ce dernier niait fermement :

— Bon sang, Casey, puisque je te dis que je ne regardais pas les seins de Sheila ! C'est toujours la même histoire. Tu te plains de mon comportement soi-disant déplacé, mais crois-moi, ma chérie, ton côté paranoïaque est loin d'être séduisant.

— Toi, reluquer les autres femmes ? Oh non, jamais de la vie ! Pas Marcus Dowling ! Comment ai-je pu oser avoir cette pensée !

Casey éclata de ce rire qui, même empreint de sarcasme, restait magnifique.

— Pauvre idiote, marmonna Marcus.

Sarah imagina son beau visage, son épaisse chevelure grise. Elle se représenta Casey et sa silhouette élancée, ses longs cheveux blonds presque blancs tombant en une soyeuse cascade d'argent sur ses épaules gracieuses.

— Je vois que je t'ai blessé. Excuse-moi.

— Laisse tomber, Casey. Je ne suis pas d'humeur.

— Désolée, Marc. Tout est ma faute.

— Tu ne vas pas pleurer, maintenant ? lança Marcus. Allez, viens là.

Le silence se fit pendant quelques minutes, puis Sarah perçut le bruissement de deux corps s'affaissant sur un lit moelleux, suivi de murmures et de mots qu'elle ne distinguait pas. La tête de lit se mit bientôt à taper contre le mur. Oh mon dieu, songea-t-elle, voilà qu'ils s'y mettent !

Des images se formèrent dans son esprit ; elle revit Marcus Dowling dans *Susan et James*, avec Jennifer Lowe, et dans *Redboy*, avec Kimberly Kerry. Elle visualisa le couple enlacé, les longues jambes de Casey enroulées autour du corps de Marcus. Le battement s'accéléra, les gémissements s'amplifièrent, puis Marcus exhala un long râle de plaisir qui marqua la fin des ébats.

Il y eut ensuite un bruit d'eau dans la salle de bains puis la lumière s'éteignit enfin.

Sarah resta accroupie une bonne vingtaine de minutes. Aux premiers ronflements, elle ouvrit la porte et rampa jusqu'à la fenêtre.

Elle n'était plus qu'à deux doigts de la liberté – mais le plus dur restait à faire.

Rapide et silencieuse, elle sauta d'un bond jusqu'au rebord de la fenêtre, mais l'une de ses jambes heurta malencontreusement la console – et la situation dégénéra.

Le petit meuble se renversa, déversant son lot de bouteilles de parfum et de cadres photo, dont certains se brisèrent en tombant.

Nom de Dieu !

Sarah s'immobilisa tandis que Casey Dowling se redressait dans son lit en criant : « Qui est là ? »

L'intense frayeur qu'éprouvait Sarah lui insuffla l'énergie nécessaire pour se propulser. Elle s'agrippa au toit de l'auvent de toute la force de ses doigts, puis relâcha la pression et se laissa tomber – une chute de plus de trois mètres.

Elle atterrit sur l'herbe, genoux fléchis, sans encombre, et, tandis que la lumière s'allumait dans la chambre des Dowling, elle prit la fuite à travers le quartier huppé de Nob Hill. Tout en courant, elle ôta sa lampe frontale et la fourra dans l'un de ses sacs.

Quelques minutes plus tard, elle arriva à hauteur de sa vieille Saturn, garée sur le parking d'un drugstore. Elle s'installa au volant, referma la portière et la verrouilla, comme si cette précaution allait l'aider à oublier sa frayeur. Toujours haletante et luttant contre la nausée, elle démarra le moteur, desserra le frein à main et se mit en route vers son domicile.

En s'engageant dans Pine Street, elle ôta son bonnet et ses gants, s'essuya le front d'un revers de la main et repensa à la scène qui venait de se dérouler.

Elle n'avait laissé aucun indice de son passage : aucun ustensile, aucune empreinte, aucune trace d'ADN. Rien.

Pour le moment, elle n'avait donc rien à craindre.

À dire vrai, elle ne savait pas trop si elle devait rire ou pleurer.

3.

Casey ouvrit les yeux et scruta la pénombre autour d'elle.

Elle avait entendu un bruit de chute. La console près de la fenêtre ! Elle sentit une brise caresser son visage. La fenêtre était ouverte ! Eux qui ne l'ouvraient jamais...

Quelqu'un s'était introduit dans leur chambre !

— Qui est là ? cria-t-elle en se redressant.

Elle remonta la couverture sous son menton et hurla :

— Marc ! Il y a quelqu'un dans la pièce.

— Tu as fait un cauchemar, ce n'est rien. Rendors-toi, grogna son mari.

— Réveille-toi, siffla-t-elle. Je te dis qu'il y a quelqu'un.

Casey tâtonna à la recherche de l'interrupteur de sa lampe de chevet, faisant tomber ses lunettes au passage. Elle alluma et vit la console renversée, les flacons de parfum brisés sur le sol et les rideaux qui s'agitaient sous l'effet du vent.

— Fais quelque chose, Marc. Pour l'amour du Ciel !

Marcus Dowling pratiquait quotidiennement la musculation. Il était capable de soulever près de cent kilos en développé couché et savait parfaitement se servir d'un revolver. Il demanda à Casey de se taire et ouvrit le tiroir de sa table de nuit, où il conservait, rangé dans un sac en cuir souple, son calibre 44 chargé. Il empoigna la crosse.

Casey saisit le combiné du téléphone et composa le 911 d'une main tremblante. Elle se trompa une première fois et recommença tandis que Marc, encore à moitié ivre, beuglait, « Qui est là ? ». Même dans une telle situation, on avait l'impression qu'il jouait un rôle. « Montrez-vous ! »

Marcus inspecta la salle de bains et le couloir, puis revint dans la chambre :

— Tu vois ? Il n'y a personne.

Casey reposa le combiné, repoussa les couvertures et se dirigea vers le placard pour prendre sa robe de chambre – elle poussa un cri.

— Quoi encore ?

Le visage livide, nue, Casey se tourna vers son mari :

— Mon Dieu, Marc, mes bijoux ont disparu. Le coffre… Le coffre est presque vide !

Une expression singulière s'afficha sur le visage de Marc. Une expression que Casey ne parvenait pas à déchiffrer – comme s'il venait d'avoir une illumination. Connaissait-il l'identité du cambrioleur ?

— Que se passe-t-il, Marc ? À quoi penses-tu ?

— Eh bien, je me disais que... de toute manière, tu ne les emporterais pas avec toi.

— Comment ça ? Qu'est-ce que tu me chantes ?

Dowling tendit le bras droit et pointa son arme sur un grain de beauté situé entre les seins de Casey. Il appuya sur la détente. *Bang !*

— Voilà, ce que je te chante.

Casey Dowling ouvrit la bouche, inspira une bouffée d'air et expira en observant sa poitrine et le sang qui s'en déversait. Elle plaqua ses mains contre la plaie :

— Aide-moi, râla-t-elle.

Marc pressa de nouveau la détente.

Casey s'effondra sur le sol.

I

Peter

1.

Peter Gordon suivit la jeune maman qui sortait de chez Macy's pour se retrouver dans la rue longeant la Stonestown Galleria. Elle avait la trentaine, les cheveux négligemment noués en queue-de-cheval et aimait visiblement le rouge : son short, ses baskets et son sac à main étaient assortis. Des sacs de courses pendaient aux poignées de la poussette.

Pete était encore derrière elle lorsqu'elle traversa Winston Drive, presque sur ses talons comme elle pénétrait dans le parking tout en jacassant avec son bébé – comme s'il était en mesure de comprendre ce qu'elle disait :

— Elle l'a garée où, maman, la voiture ? Ah, je la vois. Allez, on rentre, papa nous a préparé un bon repas…

Ce blabla insupportable montait directement au cerveau de Pete et le rendait à moitié fou, mais il restait concentré sur son objectif. Tête baissée, mains dans les poches, il n'en était pas moins à l'affût. Il vit la femme ouvrir le coffre de sa RAV4 et y fourrer ses sacs. Il n'était plus qu'à quelques mètres lorsqu'elle sortit le marmot de sa poussette, qu'elle replia pour pouvoir la ranger.

Elle attachait le bébé dans son siège-auto quand il l'aborda :

— Madame ? Excusez-moi de vous déranger. Je peux vous demander un service ?

La jeune femme fronça les sourcils. *Vous me voulez quoi, au juste ?* semblait signifier l'expression de son visage. Elle s'installa au volant, ses clés à la main :

— Je vous écoute ?

Pete savait qu'il présentait bien, qu'il avait un regard franc et l'air digne de confiance. Il était l'archétype de l'Américain idéal, le type bien sous tous rapports, mais, comme la plante carnivore, il n'en tirait pas vanité.

— J'ai un pneu à plat, expliqua-t-il. Ça m'embête de vous demander ça, mais j'aurais aimé emprunter votre téléphone pour appeler un dépanneur.

Il ponctua sa phrase d'un grand sourire, qui dévoila ses fossettes et parvint enfin à dérider la jeune femme. Elle lui rendit son sourire.

— Moi aussi, ça m'arrive de me retrouver avec un portable sans batterie, répondit-elle en fouillant dans son sac à main.

Son sourire s'effaça lorsqu'elle releva la tête. Pete affichait maintenant un air grave et déterminé.

Elle vit le pistolet qu'il tenait pointé vers elle et comprit en un éclair qu'elle s'était trompée sur cet homme, dont le regard était devenu brusquement glacial.

Elle lâcha ses clés, son téléphone, et rampa vers la banquette arrière.

— Oh, mon Dieu, s'écria-t-elle. Ne tirez pas. J'ai… j'ai de l'argent.

Pete pressa la détente. La balle siffla à travers le silencieux et atteignit la femme en plein dans le cou. Elle porta la main à sa blessure. Le sang se mit à couler.

— Mon bébé... lâcha-t-elle.

— Ne t'inquiète pas, fit Pete. Je te promets qu'il ne sentira rien.

Il tira à nouveau sur la jeune femme, cette fois en pleine poitrine, puis ouvrit la portière arrière et observa le gamin qui dodelinait de la tête, sa bouche collante de barbe à papa, les fines veines bleues qui sillonnaient ses tempes.

2.

Une voiture passa devant Pete dans un crissement de pneus. Il était certain que personne ne l'avait vu, et, de toute manière, il n'avait commis aucune erreur. Il avait suivi scrupuleusement les règles.

Le sac à main de la jeune femme gisait ouvert à l'intérieur de la voiture. La main dans la poche de sa veste, Pete fouilla le sac à la recherche d'un bâton de rouge à lèvres, qu'il ne tarda pas à trouver.

Deux femmes en plein bavardage passèrent à bord d'une Cadillac Escalade, à la recherche d'un emplacement libre. Il attendit qu'elles s'éloignent puis, prenant le tube entre le pouce et l'index comme un stylo, il réfléchit à ce qu'il allait écrire sur le pare-brise.

À la mémoire de Kenny ? Il hésita un instant, puis se ravisa. Avec une pointe d'humour, il pensa brièvement à *Pete était là*, mais rejeta également l'idée.

Finalement, il inscrivit *WCF* en grosses lettres capitales qu'il souligna d'un trait rouge. Il referma le tube et le rangea dans sa poche, où il atterrit en cliquetant contre son revolver.

Satisfait, il referma les portières et essuya les poignées à l'aide d'un pan de sa veste. Il se dirigea vers l'ascenseur. La porte s'ouvrit et un petit vieux sortit de la cabine en poussant sa femme dans une chaise roulante. Pete garda la tête baissée, prenant soin d'éviter tout contact visuel avec le couple. Les deux l'ignorèrent.

C'était tant mieux, et, en même temps, il aurait aimé pouvoir le leur dire.

Je l'ai fait pour Kenny. Et je l'ai fait dans les règles.

Pete entra dans l'ascenseur et monta au deuxième étage. Il venait de passer une excellente journée, la première depuis environ un an. Certes, cela avait pris du temps, mais il mettait enfin son projet à exécution.

Une grisante euphorie s'empara de lui. Il était certain que tout marcherait comme prévu.

WCF, les gars. WCF.

3.

Pete Gordon descendit la rampe d'accès au parking et passa devant la voiture de la jeune maman sans même prendre la peine de ralentir. Il était certain qu'aucune trace de sang n'apparaissait en dehors de l'habitacle. Rien ne trahissait son récent passage.

Étant donné la faible fréquentation du lieu, il pouvait s'écouler plusieurs heures avant que maman et son geignard ne soient découverts dans ce petit recoin isolé au bout d'une rangée.

Pete quitta tranquillement le parking et s'engagea dans Winston en direction de la 19ᵉ. Au feu rouge, il se rejoua mentalement la scène et songea à quel point ç'avait été facile – clair, net et précis. Il se réjouissait à l'avance du trouble que ce double meurtre allait jeter dans l'esprit des flics.

Rien de pire qu'un crime sans mobile, pas vrai, Kenny ?

Le temps qu'ils comprennent, il serait déjà à l'étranger et l'affaire finirait aux oubliettes.

Pete emprunta un long trajet pour rentrer chez lui. Il passa par Sloat Boulevard et Portola Drive, où il dut s'arrêter au passage d'un train rempli de banlieusards serrés les uns contre les autres, puis remonta Clipper Street en direction de son appartement miteux, dans le quartier de Mission.

Il était presque l'heure de dîner, et ses geignards à lui n'allaient pas tarder à donner de la voix. Parvenu sur le perron, il sortit ses clés, déverrouilla la porte qu'il ouvrit d'un coup de pied.

Il était à peine entré qu'une odeur de couche sale lui monta au nez. Cramponné aux barreaux de son parc, la boule puante se mit à pleurer dès qu'il aperçut son père.

— Papa ! appela Sherry. Il faut lui changer sa couche.

— Génial ! fit Pete. Tais-toi, la boule puante. Je m'occupe de toi dans deux secondes.

Il prit la télécommande des mains de sa fille, zappa le dessin animé qu'elle regardait et mit la chaîne infos.

La bourse était en baisse, le prix du pétrole à la hausse. Aucune allusion à un double meurtre commis dans le parking de la Stonestown Galleria.

— J'ai faim ! lança Sherry.

— On commence par quoi ? La couche ou le dîner ?

— D'abord la couche.

— Ça marche.

Pete prit le bébé dans ses bras. Il avait à peu près autant d'affection pour lui que pour un sac de ciment, et n'était même pas certain d'être le père biologique de ce petit morveux – et quand bien même il l'aurait été, ça n'aurait rien changé. Il le posa sur la table à langer et procéda au rituel : lui soulever les jambes, lui essuyer les fesses, changer sa couche, le remettre dans son parc.

— Saucisses-haricots ? fit-il ensuite en se tournant vers sa fille.

— Mon plat préféré ! s'écria Sherry.

— Mets un T-shirt à la boule puante, histoire que ta mère ne fasse pas une crise en rentrant.

Pete passa le biberon au micro-ondes, ouvrit une boîte de conserve et alluma la plaque – autant de corvées censées revenir à sa garce de femme. Il vida le contenu de la boîte dans une casserole.

Les haricots commençaient à brûler lorsque l'info tomba.

Hé hé ! Voyons ça, se dit Pete.

Un abruti de la chaîne ABC, micro à la main, commentait la scène devant le Borders. Des lycéens s'amusaient à faire des grimaces derrière lui. « Nous

26

venons d'apprendre qu'un double meurtre particuliè-rement horrible a été commis dans le parking de la Stonestown Galleria. Nous vous tiendrons informés dès que nous en saurons un peu plus. »

4.

Yuki Castellano quitta son bureau et appela Nicky Gaines à l'autre bout du couloir :

— Tu es prêt, Wonder Boy ? Ou tu préfères qu'on se retrouve en bas ?

— J'arrive, j'arrive. Deux petites secondes.

— De quoi j'ai l'air ? lui demanda-t-elle en se diri-geant vers l'ascenseur qui devait les conduire à la salle d'audience.

— Si ça ne tenait qu'à moi, je te décernerais le titre de Miss America sans la moindre hésitation.

— Arrête un peu tes conneries, fit Yuki en riant. Et tiens-toi prêt à me souffler mon texte si jamais j'ai un trou. J'espère bien que ça n'arrivera pas...

— Ne t'inquiète pas, tout ira bien. Je suis certain que tu vas réussir à le mettre à l'ombre.

— Certain ?

— Plus que certain. Pas toi ?

— Si, bien sûr. Il me reste « juste » à convaincre le jury.

Nicky pressa le bouton de l'ascenseur et Yuki se plongea dans ses pensées. D'ici une vingtaine de minutes, elle exposerait son réquisitoire final dans l'affaire qui opposait l'État à Adam « Jo-Jo » Johnson.

Depuis qu'elle travaillait au sein du bureau du *district attorney*, elle avait sué sur pas mal de dossiers épineux : des journées de dix-huit heures à cravacher pour récolter des bons points de la part de son patron, Leonard « Red Dog » Parisi, et pour s'attribuer les faveurs du jury – un état de grâce qui n'avait pas duré.

Car elle s'était mise à perdre.

Elle était même en passe de devenir célèbre pour ses défaites, et cette situation, avec sa mentalité de battante, elle ne la supportait pas. Elle *détestait* perdre. Purement et simplement. Pourtant, à chacun de ses procès, pas un instant elle n'envisageait l'échec.

Et cette fois ne faisait pas exception.

Ses arguments étaient solides et le jury avait la tâche facile. L'accusé n'était pas seulement coupable : il était *tout* sauf innocent.

Nicky ouvrit la porte tendue de cuir menant à la salle d'audience et Yuki remonta avec élégance l'allée centrale de la grande pièce lambrissée de chêne. Elle remarqua que la tribune se remplissait de spectateurs, pour la plupart des journalistes et des étudiants en droit, et, tandis qu'elle s'approchait du banc de l'accusation, elle vit que Jo-Jo Johnson et son avocat, Jeff Asher, étaient déjà installés.

Tout était fin prêt.

Elle adressa un geste de la tête à son adversaire et jaugea l'accusé. Jo-Jo s'était coiffé et portait un costume soigné, mais il affichait cet air hagard du type qui a passé des années à se cramer le cerveau. Elle espérait qu'il aurait bientôt l'air pire, une fois qu'elle l'aurait fait condamner pour homicide.

— À voir sa tête, on croirait que Jo-Jo vient de fumer de l'herbe, glissa Nicky.

— Ou qu'il croit au baratin de son avocat, répondit Yuki, assez fort pour que son adversaire l'entende. Jo-Jo croit peut-être pouvoir s'en sortir, mais il quittera le palais de justice dans une fourgonnette, direction Pelican Bay.

Asher lui décocha un regard assorti d'un petit sourire narquois, histoire de montrer qu'il comptait bien remporter la partie.

Du cinéma !

Yuki ne s'était encore jamais retrouvée opposée à lui, mais elle savait que, après moins d'une année passée à exercer en tant qu'avocat de l'assistance judiciaire, Asher s'était déjà taillé une solide réputation de « *killer* » – le genre de type tout à fait capable de détruire le dossier de l'accusation et de faire libérer son client. Il possédait toutes les armes : le charisme, un physique avantageux et un diplôme d'Harvard. Et son père, un avocat-conseil de haut vol, lui dictait la marche à suivre depuis le banc de touche.

Mais ce jour-là, tout cela importait peu.

Les preuves, les témoins et les aveux faisaient pencher la balance en sa faveur. Jo-Jo Johnson était à sa merci.

5.

Le juge Steven Rabinowitz jeta un dernier coup d'œil aux photos de son nouvel appartement, à Aspen, puis éteignit son iPhone, fit craquer ses doigts et lança :

— L'accusation est-elle prête, mademoiselle Castellano ?

— Tout à fait, Votre Honneur.

Yuki se leva, et ses cheveux de jais, qui avaient récemment commencé à grisonner, lui tombèrent sur le visage comme elle se penchait pour lisser l'ourlet de sa veste. Elle s'avança d'un pas rapide jusqu'au pupitre, dirigea son regard vers le box des jurés et leur adressa un sourire. Quelques-uns le lui rendirent, mais la plupart conservèrent un visage impassible, impénétrable.

Cela n'effraya pas Yuki.

Elle allait exposer le meilleur réquisitoire de toute sa carrière, comme si la victime, loin d'être une ordure, était le meilleur des hommes, et comme si ce procès devait être son dernier.

— Mesdames, mesdemoiselles et messieurs les jurés, commença-t-elle. Le docteur Lincoln Harris est mort parce que cet homme, Adam J. Johnson, a délibérément refusé de lui porter secours. En Californie, nous qualifions cela d'homicide volontaire.

» Nous savons ce qui s'est passé cette nuit du 14 mars. En effet, après avoir renoncé à son droit au silence, M. Johnson a expliqué à la police comment et pourquoi le docteur Harris était décédé, alors même qu'il aurait pu lui sauver la vie.

Yuki laissa les mots résonner dans la salle d'audience. Elle étala ses fiches sur le pupitre avant de poursuivre :

— Le soir en question, l'accusé, alors employé par le docteur Harris en tant qu'homme à tout faire, est sorti acheter de la cocaïne destinée au docteur et à lui-même. Il est revenu une heure plus tard, puis les deux hommes ont consommé la drogue. Peu de temps après, le docteur a succombé à une overdose. Comment le savons-nous ?

» L'accusé a reconnu devant les policiers que le docteur Harris était clairement à l'article de la mort, ce qui a d'ailleurs été confirmé par plusieurs experts médicaux. Il avait de l'écume aux lèvres et a rapidement perdu connaissance, mais, plutôt que d'appeler une ambulance, l'accusé a profité de la situation pour s'emparer de son portefeuille et lui subtiliser mille dollars, ainsi qu'une carte de retrait.

» M. Johnson est ensuite allé retirer de l'argent — mille dollars supplémentaires — avec lesquels il s'est acheté une veste en cuir et une paire de chaussures chez Rochester Big & Tall.

» L'accusé est ensuite retourné acheter de la cocaïne et louer les services d'une prostituée, Elizabeth Wu, qu'il a ramenée au domicile du docteur.

» Durant les heures qui ont suivi, Mlle Wu et M. Johnson ont pris de la cocaïne et eu plusieurs rapports sexuels. Puis, selon la déposition de M. Johnson, ils ont discuté de la manière de faire disparaître le corps du docteur Harris. Mesdames, mesdemoiselles, messieurs, ceci nous montre que l'accusé avait parfaitement conscience de sa culpabilité.

» Adam Johnson *savait* que le docteur était à l'agonie. Et pourtant, malgré les quinze heures qui se sont écoulées, pas un moment il n'a songé à appeler les secours.

» Quinze heures, mesdames et messieurs les jurés ! martela Yuki en abattant son poing sur le pupitre. Finalement, sur l'insistance de Mlle Wu, M. Johnson a fini par appeler le 911, mais trop tard. Le docteur

Harris est mort dans l'ambulance qui le conduisait à l'hôpital.

» Nous savons tous que la défense n'a pas d'arguments valables. Lorsque les faits parlent d'eux-mêmes, les avocats ont recours à des effets de manche et cherchent à rejeter la faute sur la victime. M. Asher vous a ainsi expliqué que le docteur Harris s'était vu interdire la pratique de la médecine parce qu'il consommait de la drogue. Et puis qu'il trompait sa femme. Et après ? Certes, la victime n'était pas un saint, mais même les personnes imparfaites ont droit à un traitement humain. Ils ont également droit à la justice.

» La défense a ensuite présenté Adam Johnson comme étant un brave type sans instruction, incapable de faire la différence entre une OD et un CD.

» C'est faux. Adam Johnson savait parfaitement ce qu'il faisait. Il l'a lui-même reconnu : la non-assistance à personne en danger, le fait qu'il ait préféré passer du bon temps au lieu de secourir le docteur.

» C'est pourquoi je vous demande de le reconnaître coupable des trois chefs d'accusation suivants : vol qualifié, usage et cession de stupéfiants, ainsi que meurtre au premier degré.

6.

— Tu leur en as mis plein la vue ! s'exclama Nicky Gaines tandis qu'ils attendaient la reprise de l'audience.

Yuki hocha la tête. Elle cherchait les erreurs qu'elle avait pu commettre, mais n'en trouvait aucune. Elle n'avait pas eu de blanc, n'avait pas cherché ses mots ni bafouillé ou eu l'air de répéter un discours appris par cœur. Elle n'avait aucun regret. Elle aurait seulement aimé que sa mère assiste à son réquisitoire.

— Jo-Jo est coupable, fit-elle à son assistant. Il l'a reconnu dans sa déposition et nous l'avons prouvé.

Yuki sentait encore l'adrénaline bouillonner en elle, pétillante comme du champagne.

Nicky lui donna un petit coup de coude. Elle releva la tête et vit que l'huissier avait rouvert la porte. Ils regagnèrent leurs sièges. L'audience reprit ; Yuki avait la bouche sèche.

Et voilà que la peur commençait à s'insinuer en elle, à venir saper sa confiance. C'était maintenant à Asher de parler. Parviendrait-il à convaincre le jury ? Elle se prit à envisager le pire des scénarios – l'acquittement pur et simple de l'accusé. Le papa d'Asher organiserait une soirée pour son fiston au Ruby Skye, et elle rentrerait chez elle, seule et désespérée. Humiliée.

À côté d'elle, Nicky griffonna une caricature la représentant avec une auréole au-dessus de la tête. Elle parvint à esquisser un sourire, puis le silence s'installa dans la salle.

Le juge Rabinowitz demanda à Asher s'il était prêt.

— Nous le sommes, Votre Honneur.

Tel un pur-sang entrant dans le starting-gate, Asher caracola jusqu'au box des jurés. Il posa sa main sur la rambarde et entama sa plaidoirie à moins d'un mètre du président du jury, lequel pouvait sans peine distinguer les marques de peigne dans ses cheveux et l'éclat de ses dents récemment blanchies.

— Messieurs-dames, comme vous le voyez, je n'ai pas pris de notes avec moi. La défense d'Adam Johnson coule de source.

» Adam Johnson n'est pas médecin. Il n'a strictement aucune connaissance en la matière et ignorait donc que le docteur Harris courait un danger. Je vous rappelle que mon client était employé en tant qu'homme à tout faire. Lincoln Harris, lui, était médecin. Et comme vous l'a expliqué le légiste, il n'est pas décédé à la suite d'une overdose de cocaïne. C'est l'interaction entre la cocaïne et une dose d'héroïne qu'il s'est lui-même injectée qui s'est révélée fatale. En prenant ces drogues, le docteur était parfaitement conscient du risque encouru.

» Qu'en conclure ? Peut-être avait-il tout simplement décidé de mourir ? Je suis certain que si M. Johnson pouvait revenir en arrière, en sachant que le docteur risquait la mort, il appellerait aussitôt les secours. Mais il a commis plusieurs erreurs.

» Car oui, il est coupable d'avoir dérobé deux mille dollars à son riche patron, lequel, par ailleurs, lui avait donné le code de sa carte de retrait.

» Et oui, il est coupable d'avoir *offert*, dans un but récréatif, de la drogue à Mlle Wu, prostituée et toxicomane notoire – mais à aucun moment il ne lui en a *vendu*.

» Quant à avoir conscience de sa culpabilité, je suis persuadé qu'en parlant de « faire disparaître le corps » avec Mlle Wu, mon client ne faisait que plaisanter.

» Je vous le demande : l'ont-ils fait disparaître ? Non, M. Johnson a appelé une ambulance. Les faits parlent d'eux-mêmes. Mon client ignorait si le docteur Harris était en train de mourir ou s'il allait simplement se réveiller avec une migraine carabinée. Alors certes, ce n'est pas un génie, mais ce n'est pas quelqu'un de mauvais. Je vous demande donc de le déclarer non coupable de meurtre au premier degré, car il n'a *pas* commis d'homicide.

7.

Je quittai la brigade d'un pas pressé ce soir-là. Je voulais à tout prix éviter de croiser Jacobi, histoire de ne pas me retrouver assignée à une nouvelle enquête, et je venais juste d'entrer dans l'ascenseur lorsque mon téléphone se mit à vibrer.

C'était Yuki. Drôle et passionnée, elle traversait actuellement une sale période et je me résolus à prendre l'appel, déjà prête à encaisser une rafale de paroles.

— J'ai la tête en vrac, Lindsay. Tu ne pourrais pas me retrouver au MacBain's, disons… maintenant ?

— Qu'est-ce qui ne va pas ?

— Tu es occupée ?

— J'ai des choses à faire, mais j'ai le temps de boire une bière en vitesse…

— Je te retrouve là-bas à 17 heures.

Situé à deux blocs du palais de justice, le Mac-Bain's Beers O' the World est un pub où se côtoient de nombreux flics et juristes. Je récupérai ma voiture au parking et m'engageai dans Bryant en direction de l'est.

En entrant dans le pub, je repérai une table vide près de la fenêtre et m'y installai. Je venais de commander deux Corona lorsque je vis Yuki se frayer un chemin à travers la foule jusqu'à moi.

— Tu as déjà commandé ? Tant mieux. Comment vas-tu ? lança-t-elle avant même d'avoir pris place.

La serveuse nous apporta les bières et Yuki en profita pour commander un hamburger et des frites.

— Tu ne manges rien ? me demanda-t-elle.

— J'ai promis à Joe de préparer le dîner.

— Ah ! fit-elle en plaçant sa main en visière comme pour protéger ses yeux de l'éclat des diamants ornant ma bague de fiançailles. Tu sais que tu as de la chance ?

— Je sais, répondis-je en souriant.

Cet engagement était pour moi quelque chose de nouveau. Après plusieurs mois d'une relation tumultueuse, chacun à un bout du pays, Joe et moi vivions à présent dans le même appartement. Cela faisait pourtant plus de deux semaines que nous n'avions pas dîné ensemble, et j'avais promis de lui concocter des crevettes sauce pomodoro. J'avais hâte de passer cette soirée avec lui : la cuisine, le repas et la suite…

— Alors, Yuki ? Que se passe-t-il ?

Elle vida d'une traite la moitié de son verre avant de prendre la parole :

— Il se passe que ma victime était un salaud, et que Jo-Jo est un type aussi mignon que stupide ! Tu aurais vu ça, Linds. Les femmes du jury le regardaient comme si elles avaient envie de lui donner le sein.

J'avais fait un saut à la salle d'audience afin d'assister au réquisitoire de Yuki, et je dois reconnaître qu'elle avait raison. Le docteur Lincoln Harris était un sale type, et même si Jo-Jo ne valait guère mieux, il était en vie. Et surtout, il avait l'air du gars qui tombe des nues et n'a rien à se reprocher.

— Je ne serais pas étonnée qu'Asher gagne le procès, pleurnicha Yuki. Dire que j'ai abandonné une carrière dans le privé pour *ça* ! Aide-moi, Linds, je suis complètement paumée. Je ferais peut-être mieux de me trouver un job bien payé dans un cabinet d'avocats ?

Je sentis mon téléphone vibrer dans ma poche. L'écran affichait JACOBI – mon ex-coéquipier et actuel supérieur hiérarchique, qui a pour réflexe de m'appeler dès que quelque chose ne va pas. Les vieilles habitudes ont la vie dure.

— Boxer, j'écoute ?

— Il y a eu un double meurtre, Lindsay. Et ça m'a tout l'air d'être l'œuvre d'un psychopathe.

— Tu as appelé Paul Chi ? Il vient de rentrer de vacances. Je suis sûre qu'il est chez lui à cette heure.

— C'est *toi* que je veux pour cette enquête, grogna Jacobi.

Après plus de dix années passées à travailler ensemble, nous étions presque capables de lire les pensées l'un de l'autre, et je devinais au ton de sa voix que Jacobi était au plus mal. On aurait cru qu'il revenait d'outre-tombe.

— Quel est le topo ? demandai-je, sachant pertinemment que je pouvais dire adieu à ma petite soirée romantique.

— L'une des victimes est un enfant en bas âge, répondit Jacobi.

Il me communiqua l'adresse – le parking de la Stonestown Galleria.

— Conklin est déjà en route. Il sera sur place d'ici quelques minutes.

— OK. Je pars sur-le-champ.

8.

Je refermai mon téléphone et promis à Yuki de rediscuter plus longuement de sa carrière après la décision du jury.

— Ton réquisitoire était parfait, Yuki. Ne baisse pas les bras.

Je déposai un baiser sur sa joue et quittai le pub en quatrième vitesse.

Au volant de mon Explorer, je pris la direction de Market et me retrouvai coincée dans un embouteillage. Je décidai de sortir le gyrophare et d'enclencher la sirène. Les véhicules s'écartèrent de mauvaise grâce et je finis par atteindre l'entrée du parking de la Stonestown Galleria.

La voie d'accès était bloquée par un cordon de sécurité et une foule d'automobilistes impatients d'aller récupérer leur voiture. Je brandis mon badge, passai sous le ruban en plastique et allai signer le registre. L'officier Joe Sorbero avait le teint gris, comme si c'était la première fois qu'il était confronté à la mort.

— Vous êtes le premier agent arrivé sur les lieux ? demandai-je.

— Tout à fait, sergent.

— Ça va, Joe ?

— Ça pourrait aller mieux, répondit-il avec un sourire faiblard. J'ai des enfants, vous savez.

Il m'indiqua une RAV4 bleue garée tout au bout de la rangée :

— C'est là-bas que vous attend votre prochain cauchemar.

Je suivis du regard la direction qu'il m'indiquait et j'aperçus au loin l'inspecteur Rich Conklin, penché vers la vitre côté conducteur.

C'est à l'époque où Jacobi avait été promu lieutenant que Conklin était devenu mon coéquipier. À la fois intelligent et diaboliquement charmant, il possédait toutes les qualités d'un excellent enquêteur, et personne n'aurait été surpris de le voir accéder un jour au rang de capitaine. Mais, pour l'heure, je restais sa supérieure hiérarchique.

Il s'approcha de moi :

— Prépare-toi à un choc, Linds.

— Je t'écoute.

— La première victime est une femme blanche d'une trentaine d'années, Barbara Ann Benton. L'autre est un enfant âgé d'environ un an. Les deux ont été tués à bout portant. Les techniciens de scène de crime ne devraient plus tarder.

— Qui les a découverts ?

— Une femme qui était garée sur l'emplacement d'à côté. Je l'ai interrogée et autorisée à rentrer chez elle. Elle n'a rien vu de particulier. Pour le moment, il n'y a aucun témoin. Plusieurs de nos hommes sont en train de fouiller les poubelles et nous avons les enregistrements des caméras de surveillance.

— Tu penses que l'enfant est une victime collatérale ?

— Non. Pour moi, il a été tué délibérément.

Je me dirigeai vers le SUV et retins mon souffle tandis que je me penchais vers la vitre. Le corps de Barbara Ann Benton gisait effondré sur le siège conducteur, à moitié tourné vers la banquette arrière.

Les deux impacts étaient bien visibles : l'un au cou, l'autre à la poitrine. Prenant mon courage à deux mains, je me forçai à diriger mon regard vers l'enfant dans son siège-auto.

Le garçonnet avait des traces de sucre rose sur les lèvres et les doigts de la main droite. La vitre arrière était éclaboussée de sang. Il avait reçu une balle dans la tempe à bout portant.

Conklin avait raison.

La mort de ce bébé n'avait rien d'accidentel. Le tir était même si précis qu'on pouvait se demander si le petit n'était pas la cible principale.

J'espérais qu'il ne s'était pas rendu compte de ce qui lui arrivait.

J'espérais aussi qu'il n'avait pas eu le temps d'avoir peur.

9.

— Ça t'inspire quoi ? fit Conklin en me montrant les lettres rouges inscrites sur le pare-brise.

Je les fixai longuement, comme clouée sur place. Voilà ce à quoi Jacobi avait fait allusion en suggérant que ce double meurtre était sûrement l'œuvre d'un psychopathe.

Il n'avait pas précisé que l'œuvre en question était signée.

Les lettres WCF ne m'évoquaient rien, excepté le fait que seuls les tueurs les plus cinglés laissaient ainsi leur signature sur les lieux du crime. Je repensai à des affaires semblables, et inévitablement me revint en mémoire cette sombre histoire du « Backstreet Killer », qui avait terrorisé San Francisco dans les années 1990, tuant huit personnes innocentes. Malgré les signatures et les notes qu'il avait laissées à l'intention de la police, il n'avait jamais été arrêté. Un frisson me parcourut l'échine.

— Les sacs de courses, à l'arrière, ils ont été pillés ? demandai-je à Conklin, pleine d'espoir.

— Non, et il y a une centaine de dollars dans le portefeuille de la victime. Il ne s'agit clairement pas d'un vol, Linds. C'est une exécution en bonne et due forme.

De nombreuses questions s'entrechoquaient dans ma tête. Pourquoi personne n'avait entendu le moindre coup de feu ? Pourquoi le tueur avait-il ciblé ces deux victimes en particulier ? Les avait-il choisies au hasard ou bien les connaissait-il ? Et pourquoi avoir abattu un enfant ?

Un bruit de moteur se fit entendre derrière nous. Je me retournai et vis s'approcher la camionnette du coroner. Elle s'arrêta dans un crissement de pneus à une vingtaine de mètres, et le docteur Claire Washburn en descendit.

Elle portait une combinaison bleue et un coupe-vent noir où se détachaient, en lettres blanches, l'inscription MÉDECIN LÉGISTE. Il n'avait pas été facile pour elle, une femme noire, de se faire une place dans ce métier. Et pourtant, elle s'était hissée au rang des meilleurs – à mon sens, elle était tout simplement *la* meilleure à l'ouest des Rocheuses. Elle était également mon amie la plus proche, et même si nous travaillions dans des immeubles voisins, je ne l'avais pas vue depuis plus d'une semaine.

— Doux Jésus, que s'est-il passé ici ? me demanda-t-elle en me serrant dans ses bras.

Nous nous approchâmes du RAV4 et Claire se pencha pour observer le corps de la femme, à moitié tourné vers son bébé.

Elle eut un mouvement de recul face à cette vision de cauchemar. Peut-être même était-elle davantage choquée que nous.

— Cet enfant a l'âge de Ruby, me dit-elle. Quel genre de personne peut bien vouloir tuer un bébé trop jeune pour raconter ce qu'il a vu ?

— Il s'agit peut-être d'un règlement de compte ? Une histoire de drogue ou une dette de jeu… Ou alors le meurtrier n'est autre que le mari.

J'espérais ne pas me tromper.

Claire attrapa son Minolta et prit deux clichés de Barbara Ann Benton avant de contourner le véhicule et de prendre deux photos supplémentaires sous un angle différent.

Lorsqu'elle photographia le bébé, je la vis essuyer des larmes d'un revers de la main. Je ne me rappelais pas l'avoir déjà vue pleurer.

— Il y a des traces de poudre sur la joue et le cou de la mère, fit-elle. Elle a essayé de protéger son enfant en faisant bouclier avec son corps, mais cet enfoiré a quand même tiré une balle dans la tête du bébé. Et il y a un élément nouveau pour moi : je ne reconnais pas les traces laissées par l'arme du tueur.

— Ce qui signifie ?

— Ce qui signifie que WCF possède un modèle d'arme rare.

10.

Les Benton habitaient sur la 14ᵉ, un modeste pavillon de trois pièces aux murs peints en bleu. Les fenêtres étaient ornées de décorations du 4 Juillet peintes à la bombe et des jouets traînaient sur les marches du perron. Conklin pressa la sonnette, et je songeai, au moment où Richard Benton ouvrit la porte, que cet homme vivait là les dernières secondes de bonheur de son existence.

Les meurtres de femmes mariées sont la plupart du temps le fait du conjoint, mais la douleur qu'exprima Richard Benton me parut plus que crédible – et il avait un alibi. Il se trouvait à son domicile en compagnie de son fils âgé de cinq ans au moment où le meurtre avait été commis. Il avait fait rôtir un poulet et envoyé plusieurs e-mails professionnels pendant la préparation du repas.

Au début, Benton se montra incrédule, puis il s'effondra littéralement. Nous le questionnâmes tout de même sur son couple, ainsi que sur les amis et collègues de Barbara. Nous lui demandâmes également si elle avait reçu des menaces.

— Il était impossible de ne pas aimer Barbara, nous répondit-il. Je me demande vraiment ce qu'on va devenir…

Il fondit de nouveau en larmes.

Je contactai Jacobi sur les coups de 21 heures pour lui faire le topo. Je lui expliquai que, jusqu'à preuve du contraire, Benton me semblait hors de soupçon, et que les initiales WCF ne lui disaient rien.

— Barbara travaillait comme aide-soignante dans une clinique. Nous interrogerons ses collègues demain à la première heure.

— Je confierai cette mission à Samuels et Lemke, répondit Jacobi d'une voix comme un peu étranglée.

— Pour quelle raison ?

— Il y a du nouveau, Boxer.

Je venais d'enchaîner treize heures de travail consécutives, et je me sentais vidée. Derrière moi, Conklin expliquait à Richard Benton qu'il allait devoir venir identifier les corps à la morgue. L'ambiance était lourde.

— Du nouveau dans l'affaire Benton ? demandai-je.

Le mari avait-il déjà été arrêté ou condamné pour violence conjugale ? Un témoin s'était-il manifesté ? Les techniciens de scène de crime avaient-ils découvert un indice en inspectant le véhicule ?

— Non, il s'agit d'une nouvelle affaire. Si tu veux que je mette Chi et McNeil sur le coup, dis-le-moi. Mais je suis certain que vous serez intéressés, Conklin et toi.

— N'en sois pas si sûr, Warren.

— Tu connais sûrement Marcus Dowling ?

— Le comédien ?

— Sa femme a été abattue par un cambrioleur. Je suis déjà en route.

11.

Le couple Dowling vivait à Nob Hill, dans un gigantesque hôtel particulier noyé sous le lierre. Une lourde porte en chêne flanquée de deux arbres en pot accueillait le visiteur. En bref, c'était l'exact opposé du petit pavillon des Benton.

Conklin n'avait pas eu le temps d'actionner la sonnette que Jacobi nous ouvrit la porte. Le visage rongé par le stress, les paupières tombantes, il semblait avoir pris dix ans en une soirée.

— Ça s'est passé dans la chambre, nous dit-il. Au deuxième. Allez jeter un coup d'œil et rejoignez-nous en bas. Je serai avec Dowling dans la bibliothèque.

La chambre de Marcus et Casey Dowling paraissait tout droit sortie des pages d'un catalogue Neiman Marcus.

Le lit, orienté à l'ouest, avec sa tête de lit tendue de soie dorée, ses oreillers et ses draps en satin, évoquait les loges des danseuses de revue.

Une console délicatement ouvragée était renversée par terre, au milieu d'une multitude de babioles et autres flacons, pour certains brisés. Les rideaux en taffetas bruissaient à la fenêtre restée ouverte, mais je sentais encore flotter dans l'air des relents de poudre.

Charlie Clapper, le responsable de notre département scientifique, photographiait le corps de Casey Dowling. Il nous salua d'un geste de la main.

— Une si belle femme... Quel gâchis ! s'exclama-t-il en se reculant pour nous permettre de la voir.

Casey Dowling était allongée sur le dos, nue, ses longs cheveux platine formant comme un halo autour de sa tête. Ses paumes étaient ensanglantées – elle avait dû porter les mains à sa poitrine, au niveau de la plaie, avant de s'effondrer sur le sol.

— Son mari nous a expliqué qu'il faisait la vaisselle au rez-de-chaussée lorsqu'il a entendu deux coups de feu. En entrant dans la chambre, il a trouvé sa femme dans cette position. La console était renversée et la fenêtre ouverte.

— Des objets ont disparu ? demanda Conklin.

— Plusieurs bijoux qui se trouvaient dans le coffre ont été dérobés. Selon Dowling, le contenu de ce coffre était assuré pour une valeur de deux millions de dollars.

Clapper s'approcha de la fenêtre et souleva le rideau, révélant un trou découpé dans la vitre.

— Le cambrioleur a utilisé un coupe-vitre pour pouvoir déverrouiller la fenêtre. Les tiroirs semblent intacts. Le coffre n'a pas été forcé, donc soit il connaissait le code, soit le coffre était déjà ouvert, ce qui est plus probable. Les balles sont dans le corps. Pas de douilles. À part le meuble renversé, il n'a commis aucune erreur, mais on vient juste de s'y mettre. Qui sait, on découvrira peut-être des empreintes ?

Clapper était un grand professionnel. Il avait commencé sa carrière plus de vingt-cinq ans auparavant, d'abord au sein de la criminelle, avant d'intégrer le département scientifique. Vif d'esprit, il savait se montrer à la fois efficace et discret.

— Donc, selon toi, c'est un cambriolage qui a mal tourné ? demandai-je.

Il haussa les épaules :

— Comme pour tous les cambrioleurs professionnels, nous avons affaire à quelqu'un d'organisé et de méticuleux. Il portait peut-être une arme en cas d'urgence mais, vu le profil, ça m'étonnerait.

— Que s'est-il passé, alors ? Le mari n'était pas dans la chambre. La victime n'était pas armée – elle n'était même pas habillée. Qu'est-ce qui peut bien pousser un cambrioleur à tirer sur une femme nue ?

12.

Conklin et moi trouvâmes la bibliothèque en nous dirigeant grâce à la voix de Marcus Dowling, aisément reconnaissable à ses inflexions britanniques.

J'avais vu tous ses vieux films, ceux où il jouait des rôles d'espion ou de personnage romantique. J'avais même vu certains de ses films récents, dans lesquels il incarnait des hommes virils. Je l'avais toujours beaucoup apprécié.

La porte était ouverte ; nous entrâmes. Dowling était là, pieds nus, en jean et chemise blanche déboutonnée. Je dois admettre que j'étais un peu intimidée de le voir ainsi devant moi. Lui, Marcus Dowling, ce qui se faisait de mieux après Sean Connery, évoquant avec Jacobi l'incompréhensible tragédie qui avait coûté la vie à son épouse.

Jacobi nous présenta et expliqua à Dowling que nous serions les trois personnes en charge de l'enquête.

Je lui serrai la main puis j'allai m'asseoir à l'extrémité du canapé en cuir. Dowling semblait éperdu de douleur. Je remarquai que ses cheveux étaient mouillés.

Il répéta son histoire tout en arpentant la pièce, dont les rayonnages étaient couverts de livres du sol au plafond :

— Casey et moi recevions les Devereau pour le dîner : François et sa femme Sheila. François est le réalisateur de mon prochain film.

— Nous aurons besoin de leurs coordonnées, intervins-je.

— Je vous donnerai tous les renseignements que vous voudrez, mais sachez qu'ils étaient déjà partis lorsque cela s'est produit. Casey était allée à l'étage pour se changer. J'étais resté en bas pour faire un peu de rangement quand, soudain, j'ai entendu une détonation.

Son front se plissa.

— Je n'ai pas tout de suite pensé qu'il pouvait s'agir d'un coup de feu. J'ai appelé Casey, mais elle ne m'a pas répondu.

— Que s'est-il passé ensuite, monsieur Dowling ?

— Je l'ai appelée à nouveau, et pendant que je montais l'escalier, il y a eu une deuxième détonation. Cette fois, j'ai compris que c'était un revolver. Juste après, j'ai entendu un bruit de verre brisé. J'étais dans tous mes états. Je ne sais pas trop ce qui s'est passé ensuite... j'ai vu ma femme allongée sur le sol. Je l'ai prise dans mes bras...

Sa voix se mit à chevroter.

— Sa tête est retombée en arrière et elle ne respirait plus. Je crois que j'ai appelé la police. Il y avait des traces de sang sur le téléphone. C'est seulement après que j'ai constaté la disparition des bijoux... Celui qui a fait ça devait connaître Casey, reprit-il en sanglotant. Il devait savoir qu'elle ne fermait jamais le coffre pour éviter d'avoir à taper le code chaque fois. Je ne comprends vraiment pas pourquoi on lui a tiré dessus...

Il se tourna vers Jacobi :

— Dites-moi ce que je peux faire pour vous aider à coincer le salaud qui a fait ça.

Je m'apprêtais à lui demander pourquoi il s'était douché en attendant l'arrivée de la police, lorsque Conklin, me devançant, prit la parole :

— Possédez-vous une arme, monsieur Dowling ?

Dowling le dévisagea avec des yeux ronds, le visage comme contracté par la douleur. Il s'agrippa le bras gauche :

— Ça ne va pas, lâcha-t-il dans un grognement.

Il tomba à genoux et s'effondra sur le sol.

13.

Marcus Dowling était en train de mourir sous nos yeux !

Jacobi lui mit un coussin sous la tête, Conklin dénicha de l'aspirine et j'appelai une ambulance. Je répétai deux fois l'adresse et précisai :

— C'est un homme de cinquante ans qui vient de faire une crise cardiaque !

Dowling se tordait encore de convulsions lorsque les ambulanciers arrivèrent. Ils le placèrent sur un brancard, le transportèrent jusqu'au véhicule et Jacobi l'accompagna à l'hôpital, nous laissant, Conklin et moi, effectuer l'enquête de voisinage.

Les lumières qui brillaient dans les majestueuses villas du quartier venaient ponctuer çà et là l'obscurité de la rue plantée d'arbres. Cette nouvelle affaire ne me plaisait guère. Casey Dowling était une femme riche et célèbre, et les attentes du public allaient peser lourdement sur les épaules des politicards, lesquels, à leur tour, viendraient nous demander des comptes. Le SFPD souffrait déjà d'un manque de moyens à la fois financier et humain, auquel s'ajouterait bientôt la pression des médias et des téléspectateurs, qui s'imaginent qu'un crime peut être résolu entre deux pages de publicité...

J'espérais que Clapper allait nous sortir une piste de son chapeau magique, car, pour le moment, non seulement je ne disposais d'aucun indice, mais j'avais la désagréable impression que Marcus ne nous avait pas dit la vérité.

— Je trouve ça un peu étrange que le cambrioleur ait tiré sur Casey Dowling, fis-je à Conklin tandis que nous remontions la rue.

— Le type était armé en cas de problème, comme l'a dit Clapper.

— Quel genre de problème ? Une visite inopinée de la propriétaire ?

— Par exemple.

— Elle n'était pas armée.

— C'est vrai, mais elle a peut-être reconnu le cambrioleur. Tu te rappelles ces articles que Cindy a écrits sur « Hello Kitty » ?

Journaliste spécialisée dans les affaires criminelles, Cindy Thomas travaillait pour le *San Francisco Chronicle*. C'était aussi l'une de mes meilleures amies et une fille très douée pour résoudre les énigmes.

Elle avait récemment publié une série d'articles concernant un cambrioleur qui avait pour habitude d'opérer pendant que ses victimes dînaient au rez-de-chaussée et que le système d'alarme était désactivé. Il ne s'intéressait qu'aux bijoux, et pour le moment aucune des pièces dérobées n'avait été retrouvée. Cindy l'avait surnommé « Hello Kitty », un sobriquet qui lui était resté.

Nous savions de lui qu'il était en parfaite condition physique, agile et rapide, et qu'il était doté d'une sacrée paire de couilles !

— Hello Kitty semble très bien renseigné sur l'emploi du temps de ses victimes, poursuivit Conklin. Il appartient peut-être à la même sphère de la société ? Et si Casey Dowling l'a reconnu, il n'avait peut-être pas d'autre choix que de la supprimer.

— Ça se tient, marmonnai-je comme nous gravissions les marches menant à la porte d'entrée du manoir qui jouxte l'hôtel particulier des Dowling. Mais attends une seconde. Toi aussi, tu as remarqué que Dowling avait les cheveux mouillés ? Pourquoi, à ton avis ?

— Il s'est douché parce qu'il avait du sang sur lui.

— Ça me paraît quand même un peu bizarre.

— Tu penses que c'est lui qui l'a tuée ?

— Et pourquoi pas ? Parce que c'est une star du cinéma ? Il y a un truc pas clair avec lui. À Clapper, il dit qu'il a entendu deux coups de feu. À nous, il explique qu'il a entendu une première « détonation », puis une deuxième peu de temps après, qu'il a alors identifiée comme étant un coup de feu. Un peu confus, non ?

— Il y a une version résumée et une version détaillée, voilà tout.

— Possible. Ou alors il invente au fur et à mesure et il finit par s'embrouiller.

14.

Le manoir voisin se dressait en retrait de la rue et possédait une maison de gardien. Deux voitures de luxe étaient garées dans l'allée.

J'actionnai la sonnette ; un carillon retentit. La porte s'ouvrit, et un garçon aux cheveux châtains d'une dizaine d'années, en maillot de rugby par-dessus son pyjama, leva les yeux vers nous :

— Vous êtes qui ?

— Je suis le sergent Boxer. Et lui, c'est l'inspecteur Conklin. Tes parents sont là ?

— Kellyyyy !

Il s'avéra que l'enfant s'appelait Evan Richards. Kelly, une jeune femme âgée d'environ vingt-cinq ans, était sa baby-sitter. Elle nous expliqua qu'elle regardait *Projet haute-couture* dans la salle de télé lorsqu'elle avait entendu les sirènes.

— Casey Dowling a été tuée ? s'exclama-t-elle. C'est dingue, ça ! Ce cambrioleur aurait très bien pu s'introduire ici ! Evan, tu veux bien aller chercher le téléphone ? Il faut que j'appelle tes parents.

— Je crois que j'ai vu quelque chose, lança le gamin. J'étais à la fenêtre de ma chambre et j'ai vu quelqu'un passer en courant devant la maison, près des arbres.

— Tu pourrais le décrire ? demanda Conklin.

— Il était habillé en noir et avait une casquette.

— Cette personne, elle était plutôt grande ou plutôt petite ? intervins-je.

— Je ne sais pas trop.

— Tu as remarqué quelque chose de particulier dans sa façon de courir ?

— Non. Il avait juste l'air de faire un jogging.

Conklin laissa sa carte à la baby-sitter et demanda à Evan de surtout le rappeler si jamais un autre détail lui revenait en mémoire. Nous prîmes congé et nous dirigeâmes vers la maison suivante.

— C'est déjà ça, fis-je à Conklin. On a peut-être un témoin oculaire.

Mon portable bipa à cet instant. C'était un texto de Yuki : *Appelle-moi.* Ce que je fis. Elle décrocha à la première sonnerie.

— Je la connaissais, Linds ! s'exclama-t-elle.

— Tu connaissais qui ?

— Casey Dowling !

Vive le téléphone arabe, pensai-je. Comment Yuki pouvait-elle être déjà au courant ?

— On s'était rencontrées à la fac. Je suis sous le choc. Casey était vraiment un amour. Quand tu auras

coincé le meurtrier, je te jure de m'occuper personnellement du dossier et d'envoyer ce type rôtir en enfer !

15.

Sarah Wells entra dans sa chambre et ferma la porte
à clé derrière elle. Encore essoufflée par son équipée,
elle avait les mains qui tremblaient. Postée devant le
miroir, elle s'ébouriffa les cheveux et observa son
reflet.

Elle avait la peau très blanche, presque transpa-
rente, et de grands yeux noisette. Son mari lui répétait
souvent qu'elle aurait pu être jolie si elle s'en était
donné la peine – mais chaque nouvelle remarque
venait renforcer sa détermination de ressembler à ce
qu'elle était, tout simplement : une prof de vingt-huit
ans menant une double vie – et elle ne parlait pas
uniquement des cambriolages.

Elle posa ses sacs et ouvrit le tiroir du bas de sa
vieille coiffeuse Art déco. Tout comme elle, le meuble
renfermait des secrets.

Après avoir ôté les piles de vêtements – surtout des
T-shirts et des pantalons de jogging – elle souleva le
double-fond en espérant, comme toujours, que les
bijoux s'y trouvaient encore.

Oui, ils y étaient.

Chacun de ses butins était enfermé dans un petit
sac en toile, au total cinq collections de bijoux saisis-
sants de beauté, auxquelles venait s'ajouter sa sixième
prise.

Elle contempla longuement les somptueux bijoux qui, peu de temps auparavant, appartenaient encore à la femme d'une star du cinéma. Des saphirs et des diamants fabuleux : bagues, colliers, bracelets, il y en avait pour plus d'un million de dollars.

Ce dernier cambriolage chez les Dowling avait bien failli tourner à la catastrophe. Pour le moment, elle s'en sortait bien, mais il lui restait un problème de taille à résoudre : comment se débarrasser de toute cette marchandise ?

Maury Green, son mentor et ancien receleur, était mort, tué à l'aéroport par un flic qui visait en réalité son client. Maury s'était révélé un excellent professeur et ami. Quelle tristesse de penser qu'il n'était pas là pour célébrer sa réussite et toucher sa part du butin.

Comme tous les bons receleurs, Maury avait pour habitude de payer chaque bijou à environ dix pour cent de sa valeur. Cela pouvait sembler peu compte tenu des risques encourus, mais cela restait considérable en comparaison de son salaire de prof. Malheureusement, Maury n'était plus de ce monde.

Plus longtemps elle conserverait les bijoux, plus elle risquerait de se faire prendre. Elle empoigna son trésor à pleines mains et s'approcha de sa lampe de chevet.

Derrière la porte verrouillée de sa chambre, Sarah Wells resta hypnotisée par l'éclat des lumières qui se réfléchissaient sur les pierres finement ciselées.

16

Sarah Wells n'était pas la première cambrioleuse à choisir l'heure du dîner pour commettre ses forfaits. Elle avait étudié les meilleurs, et parmi eux le *Dinnertime Burglar*, ainsi que le *Dinner Set Gang*. À eux tous, ils étaient parvenus à amasser un butin d'une valeur de plusieurs dizaines de millions de dollars, et ce en utilisant des outils extrêmement basiques. À l'instar de ses modèles, Sarah choisissait ses victimes avec soin, étudiant leurs allées et venues dans le moindre détail. Avec tout le tapage médiatique sur Hello Kitty, elle s'étonnait de constater à quel point les gens se sentaient en sécurité chez eux du simple fait de leur présence et de quelques lumières allumées. Leur insouciance était telle qu'ils ne jugeaient même pas utile d'enclencher leurs alarmes.

Et c'était tant mieux pour elle.

Comme elle admirait son nouveau butin, un bijou en particulier attira son attention. Il s'agissait d'une bague sertie d'une énorme pierre jaune pâle taillée en coussin, une gemme qui devait peser une vingtaine de carats, entourée d'une multitude de petits diamants – une centaine, à vue de nez.

Cette bague était d'une beauté à couper le souffle. Marcus Dowling avait dû en faire cadeau à sa femme pour une occasion très particulière, et Sarah se demanda combien elle pouvait valoir.

Elle avait beaucoup appris depuis qu'elle s'était lancée dans le cambriolage, sans pour autant posséder le niveau de connaissances d'un véritable gemmologue. Elle était à présent curieuse d'identifier cette pierre.

Après avoir planqué ses outils et le reste du magot dans le tiroir, elle s'empara d'un guide illustré qu'elle gardait caché sous l'armoire et se mit au lit pour le feuilleter.

En le parcourant, elle tomba sur plusieurs pierres susceptibles de correspondre – une topaze, par exemple, ou une tourmaline jaune. Non, la pierre qui ornait la bague de Casey Dowling se teintait par endroits de légers reflets verts. Il s'agissait plus probablement d'une citrine, très tape-à-l'œil mais sans grande valeur marchande. Raison de plus pour la garder.

Oui, même si c'était imprudent, elle devait à tout prix trouver un moyen de la conserver. Elle voulait plus qu'un souvenir. Elle voulait un trophée. Une récompense. Après réflexion, Sarah se dit que le mieux serait d'en faire un pendentif.

Elle se remémora une phrase de sa grand-mère : « Sur certaines personnes, les faux diamants ressemblent à des vrais ; sur d'autres, ce sont les vrais qui ressemblent à des faux. »

Mais ce n'était pas avec sa garde-robe T. J. Maxx et son physique quelconque qu'elle pouvait espérer magnifier cette citrine. Elle s'approcha du miroir et porta la pierre à son cou.

Elle paraissait ainsi beaucoup plus petite, et Sarah était certaine qu'une fois montée en pendentif, la pierre saurait garder son secret. Tandis qu'elle s'observait dans le miroir, Trevor, son mari, frappa lourdement contre la porte.

— Qu'est-ce que tu fous ? Pourquoi t'as fermé la porte ? Tu te fais un petit plaisir solitaire, ou quoi ?

— On peut dire ça, oui.

— Laisse-moi entrer.

— Non.

— Laisse-moi entrer, j'te dis.

Sarah plaça la bague sous le pied de sa lampe de chevet.

— Va te faire foutre ! hurla-t-elle.

Et voilà qu'il commençait à s'énerver sur la porte et à mettre des coups de pied. Sarah alla lui ouvrir. Encore une journée d'écoulée, songea-t-elle. Une autre journée dans la vie secrète de Sarah Wells.

17.

Sarah claqua la porte de son appartement et, tout en se dirigeant vers sa voiture, elle repensa aux supplications de son horrible mari : « Reste encore une minute ! » Sauf que son calvaire en avait duré vingt – vingt longues minutes à agoniser sous son corps gras et répugnant. Elle était maintenant très en retard pour son travail.

Pour rattraper le temps perdu, elle s'engagea dans Delores Street et rejoignit l'autoroute. En allumant la radio, elle tomba sur l'émission *Good Morning*, avec Lisa Kerz et Rosemary Van Buren, *la* référence pour le point circulation, la météo et le bulletin d'informations.

— Du nouveau dans l'affaire Casey Dowling, Rosemary – Casey Dowling qui, je vous le rappelle, a été tuée la nuit dernière.

Tuée ? Mais de quoi parle-t-elle ? Sarah se cramponna au volant.

— La police tient une piste concernant le meurtrier ?

Le meurtrier ?

Sarah sentit son cœur bondir dans sa poitrine. Elle n'y comprenait rien. Casey Dowling était bel et bien vivante lorsqu'elle s'était enfuie de la maison. Elle l'avait parfaitement entendue crier.

— Non, la nouvelle concerne Marcus Dowling. Son avocat, Tony Peyser, vient de faire un communiqué.

Fixant la radio comme s'il s'agissait d'un être vivant, elle écouta Lisa Kerz expliquer à ses auditeurs que Peyser était intervenu en direct sur KQED pour demander l'aide des habitants de San Francisco. Sarah releva la tête juste à temps pour éviter la glissière de sécurité.

— Et voici le communiqué, embraya Van Buren. « Marcus Dowling offre une récompense de cinquante mille dollars à toute personne qui sera en mesure de fournir une information permettant l'arrestation du meurtrier de sa femme. »

Sarah vit sa bretelle de sortie arriver à toute vitesse. Sans mettre son clignotant, elle donna un brusque coup de volant, laissant la trace de ses pneus sur le bitume. Après avoir quitté l'autoroute, elle conduisit comme un automate et se retrouva bientôt sur le parking du lycée Booker T. Washington.

Elle coupa le contact, agrippa son sac à dos et se dirigea vers l'entrée du bâtiment principal en direction de la salle des profs, pour y boire son petit remontant habituel.

La cloche avait déjà sonné. La pièce était presque déserte, à l'exception d'une personne : Heidi Meyer, debout à côté de la machine à café, un gobelet à la main.

— Salut, Heidi !

— Salut, toi ! Mais… tu n'as pas l'air bien. Ça va ?

— Bah, Trevor est un sale con. Tu veux que je développe ?

Heidi posa son gobelet sur une table et prit Sarah dans ses bras, l'enveloppant d'une fraîche et délicieuse odeur de lilas. Sarah enfouit son visage dans sa douce chevelure rousse et resta ainsi un long moment.

Heidi entendait-elle son sang bouillonner dans ses veines ? Seigneur ! Les répercussions de ce qu'elle venait d'apprendre étaient inéluctables. La police allait bien sûr tout mettre en œuvre pour retrouver Sarah et l'inculper du meurtre de Casey Dowling. Elle éprouvait la sensation de nager en plein cauchemar.

— Les cours ont déjà commencé, fit Heidi en lui pressant affectueusement l'épaule, et nos sales monstres risquent d'être insupportables.

— Pour changer, fit Sarah en riant.

Heidi déposa un rapide baiser sur ses lèvres, mais Sarah la retint pour l'embrasser avec une fougue à peine contenue.

Si seulement elle avait pu tout lui avouer.

18.

Le lendemain, Barbara Ann Benton, Darren Benton et Casey Dowling refroidissaient à la morgue pendant que Conklin et moi nous observions en chiens de faïence par-dessus notre bureau encombré d'une montagne de papelards. Nous ne savions trop par quel bout commencer.

Jacobi s'était montré très clair avec nous : l'affaire Dowling devait être notre priorité absolue. Casey Dowling était une célébrité, les Benton de simples anonymes.

Je lui avais déballé tout ce que j'avais sur le cœur. Le cinglé qui avait laissé un message sur le pare-brise du RAV4 me glaçait le sang, et j'étais certaine que cette signature avait pour but de nous signifier le début d'une série de crimes. À mon sens, Conklin et moi aurions dû nous consacrer entièrement et sans délai à cette affaire.

Jacobi avait levé les mains, l'air de dire, *Tu veux quoi, au juste ? Je n'ai pas assez d'hommes, pas assez de budget et je veux garder mon job. Alors faites ce que je vous dis.*

Conklin, lui, semblait frais et dispos ; ses yeux noisette étincelaient dans l'obscurité de notre local. Nous commençâmes à étudier les rapports concernant les bijoux volés au cours des cambriolages commis par Hello Kitty, ainsi que les photos de la scène de crime prises dans la chambre des Dowling.

Je rentrais les données fournies par Clapper dans la base informatique lorsque Cindy Thomas fit irruption dans la pièce et se dirigea droit vers nous :

— Regardez un peu !

Ses boucles blondes s'agitaient comme des ressorts et ses yeux bleus lançaient des éclairs. Elle brandit devant nous un exemplaire du *Oakland Tribune*, le tabloïd qui faisait concurrence au *San Francisco Chro-*

nicle. « Première victime d'Hello Kitty », pouvait-on lire en première page.

Cindy, qui avait trouvé ce surnom à ce cambrioleur, le considérait comme sa chasse gardée.

— Tout le monde s'intéresse à lui, maintenant ! s'exclama-t-elle en promenant son regard outré entre Conklin et moi. Il me faut absolument quelque chose à me mettre sous la dent. Une info que le *Oakland Tribune* n'aura pas.

— Désolée, répondis-je, mais à mon grand regret, nous n'avons rien.

— Rich ? fit-elle en se tournant vers mon coéquipier.

Cindy avait quatre ans de moins que moi, et je la considérais un peu comme ma petite sœur – plus en tout cas que ma propre petite sœur. Je l'adorais, et même si elle me tapait parfois sur le système, j'appréciais son flair, son intuition et sa ténacité à toute épreuve. Elle m'aidait souvent à résoudre mes enquêtes.

Cindy s'installa sur une chaise, et je remarquai que nous formions un triangle, une métaphore visuelle qui me mettait plutôt mal à l'aise.

— Pourquoi Hello Kitty s'en serait pris à Casey Dowling ? demanda-t-elle. Il ne s'est jamais montré violent. Et pourquoi avait-il un flingue alors qu'un cambriolage à main armée peut lui coûter la prison à vie ?

— On vient à peine de commencer, Cindy. Et je t'assure qu'on n'a pas chômé depuis hier !

— Rich ? fit-elle en dressant la tête comme un petit oiseau.

— C'est vrai, Cindy. Nous n'avons rien. Aucune empreinte, pas d'arme, pas de témoin.

— Allez, le deal habituel, susurra-t-elle en jetant à Conklin une œillade enflammée. Tout ça restera entre nous.

Rich marqua une pause.

— Et si Casey connaissait son agresseur ? dit-il ensuite. C'est juste une hypothèse, mais…

Cindy lui sauta au cou et l'embrassa sur la bouche avant de disparaître.

— BYE, CINDY ! lançai-je derrière elle.

Rich partit d'un grand éclat de rire.

19.

— Je te laisse, je vais rendre une petite visite à Claire, fis-je à mon coéquipier.

— OK, mais tâche de rester joignable.

Je descendis les trois étages à toute vitesse et traversai le hall bondé en direction du passage couvert menant à l'immeuble où était installé le département de médecine légale.

Je trouvai Claire en salle d'autopsie. Penchée sur le corps éviscéré de Barbara Ann Benton, elle leva la tête à mon arrivée. Elle portait une charlotte à motifs floraux et un tablier noué par-dessus sa combinaison XXL – il lui restait quelques kilos à perdre depuis sa dernière grossesse.

— Salut, Linds ! fit-elle tout en déposant le foie de Barbara Ann sur une balance. Tu viens de rater Cindy.

— Non, rassure-toi. Nous avons eu droit à son passage tonitruant. Elle a roulé une pelle à Conklin et lui a promis ses faveurs en échange d'informations. Le pauvre vieux s'est laissé avoir. Et toi, qu'est-ce qu'elle t'a soutiré ?

— Un scoop. Casey Dowling est morte d'une blessure par balle ! Quand j'y pense, de nous toutes, c'est vraiment Cindy qui a le meilleur job, tu ne trouves pas ? Elle peut se permettre de se concentrer sur une seule affaire et il lui reste encore du temps pour fricoter avec l'inspecteur Beau Gosse.

— Des choses intéressantes concernant Barbara Ann Benton ? demandai-je, les yeux rivés sur la cavité abdominale du cadavre, closant ainsi un sujet délicat.

Il était toujours difficile de tenir Cindy à l'écart des affaires de la police – et contrairement à Conklin, je ne couchais pas avec elle.

— L'autopsie n'a rien révélé de surprenant. Mme Benton a reçu deux balles. Les deux auraient pu s'avérer fatales, mais c'est celle qu'elle a reçue dans la poitrine qui l'a tuée.

— Et le petit ?

— La mort a été causée par une balle de 9 millimètres qui lui a perforé le lobe temporal. On a bien affaire à un homicide. Les balles sont en cours d'expertise.

Claire demanda à son assistante de terminer le travail, puis ôta ses gants et son masque, et me conduisit dans son bureau. Elle sortit deux bouteilles d'eau du frigo, m'en tendit une puis s'installa dans le fauteuil pivotant. Je me laissai tomber sur une chaise et observai la photo que Claire gardait sur son bureau. Nous y étions alignées toutes les quatre sur les marches du palais de justice. Yuki, tirée à quatre épingles et les cheveux impeccablement lissés ; Cindy, tout sourire, avec ses incisives qui se chevauchaient légèrement et la rendaient si craquante ; Claire, la quarantaine généreuse, resplendissante.

Et moi, enfin, qui les dépassais toutes du haut de mon mètre soixante-dix-huit, mes cheveux blonds attachés en queue-de-cheval, mon air sérieux à la limite de l'austère. J'avais pourtant tendance à m'envisager comme une personne assez enjouée. Où avais-je bien pu pêcher une idée pareille ?

— Qu'est-ce qui ne va pas, Lindsay ?

— Rien, répondis-je avec un demi-sourire. Je me disais qu'on n'a pas toujours tout ce qu'on veut dans la vie.

— Tu fais référence à l'affaire Benton ?

— Entre autres. À propos, je ne fais que superviser Chi sur cette enquête.

— J'ai appris ça. Tu peux lui faire confiance, il fera son maximum.

Je hochai la tête :

— *Quid* de Casey Dowling ?

— Son agresseur a utilisé un calibre 44.

— Tu plaisantes ?

— Je sais, on se demande ce qu'un cambrioleur peut bien foutre avec une arme pareille alors qu'un petit 9 millimètres ferait aussi bien l'affaire ? Le labo n'a rien trouvé dans la base de données.

— Ils n'ont pas traîné, dis donc.

— J'ai fait pression sur Clapper pour accélérer les choses, mais, du coup, je suis obligée d'appeler mon prochain enfant comme lui.

— Clapper Washburn. Ça sonne bizarre, non ?

Claire éclata de rire, puis, reprenant son sérieux :

— J'ai peut-être quelque chose d'intéressant.

— Ne me fais pas languir davantage.

— En examinant le corps de Casey Dowling, je me suis rendu compte qu'elle avait eu un rapport sexuel juste avant sa mort. Les petits poissons frétillaient encore !

20.

— Soixante-douze personnes ont téléphoné pour le meurtre de Casey Dowling, me dit Conklin à mon retour. Regarde.

Brenda arriva à cet instant et déposa plusieurs Post-it sur le bureau :

— Dix de plus.

— Qu'est-ce que j'ai raté ?

— L'avocat de Dowling est passé en direct à la radio pour annoncer qu'il offrait cinquante mille dollars à toute personne détenant des informations susceptibles de faire arrêter le tueur.

— La question est donc la suivante, Rich. Dowling a-t-il raison d'agir ainsi, ou bien cherche-t-il simplement à nous submerger d'appels de cinglés en tout genre pour nous empêcher de bosser sur l'enquête ?

J'étais sur le point de contacter Yuki afin d'examiner avec elle la possibilité de placer le téléphone et la ligne Internet de Dowling sous surveillance, lorsque Jacobi entra dans la pièce une chaise à la main : il la plaça au centre de la pièce, s'y installa à califourchon et réclama l'attention de tous.

Je fus à nouveau frappée de le voir dans un état aussi pitoyable. Jacobi était un vétéran. Il avait à son compteur pas loin de vingt années de brigade criminelle, et, durant tout ce temps, il s'était pris quelques bonnes claques, au sens propre comme au figuré. Mais il avait traversé toutes ces épreuves sans broncher. Qu'est-ce qui pouvait bien le rendre si soucieux ?

Jacobi m'adressa un petit signe de la tête, puis nous observa tous un par un. Il y avait là l'équipe de jour au grand complet : les inspecteurs Chi, McNeil, Lemke, Samuels et Conklin, ainsi que deux types de l'équipe de nuit qui étaient restés pour nous prêter main-forte. Jacobi devait se dire que nous étions vraiment peu vu le nombre d'enquêtes en cours. Il savait pertinemment que certaines ne seraient jamais résolues.

Il demanda à Chi de nous livrer son rapport sur l'affaire Benton.

Chi se leva, déployant son mètre quatre-vingts d'intelligence et de perspicacité, et nous expliqua qu'ils avaient interrogé Richard Benton, que son alibi avait été vérifié et que l'assurance-vie de Barbara Ann Benton ne suffirait même pas à couvrir les frais d'obsèques.

— Les enregistrements des caméras de sécurité sont un peu flous. Le tueur porte une casquette et garde la tête baissée, mais on aperçoit son cou – il s'agit d'un Blanc. On le voit parler avec la victime avant de lui tirer dessus, puis sur le bébé. Il n'a rien volé, peut-être parce qu'il a été pris de panique ? En tout cas, ça ressemble à un hold-up qui a mal tourné.

Jacobi lui posa les questions qui nous brûlaient tous les lèvres :

— Pourquoi avoir tué le gosse ? Et pourquoi avoir inscrit ces trois putains de lettres, WCF ?

— Aucun WCF n'est répertorié dans la base de données, lieutenant. Ce n'est ni un gang ni une organisation terroriste connue. On a relevé une trentaine de noms dans l'annuaire dont les initiales correspondent et on est en train de vérifier tout ça.

J'étais la suivante à passer sur le gril.

Je fis un bref compte-rendu de notre état d'avancement quasi nul.

— Nous avons cinq autres cambriolages récents pour lesquels un mode opératoire identique a été utilisé. Les propriétaires étaient toujours présents sur les lieux, et personne n'a jamais rien vu ni entendu. La différence, c'est que cette fois il y a un mort. Et peut-être un témoin. Un gamin de dix ans qui dit avoir vu une personne habillée en noir s'enfuir en courant. Pour le moment, on peut supposer que le cambrioleur a été surpris par sa victime et qu'il l'a alors abattue.

Jacobi hocha la tête, puis lâcha une nouvelle qui me fit l'effet d'une bombe :

— J'ai reçu un coup de fil du grand chef. Pour lui, il serait plus efficace de fusionner avec la brigade de la division nord.

— Comment ça, fusionner ? m'exclamai-je, effrayée à l'idée d'avoir à partager notre minuscule espace de travail.

— Le concept, en haut lieu, c'est de créer une « dynamique de groupe ». Et il pourrait bien y avoir un changement de hiérarchie.

Voilà donc pourquoi Jacobi avait l'air d'un type qui vient d'encaisser un double uppercut. Son job était menacé, et les nôtres par la même occasion.

— Rien n'est encore décidé, ajouta-t-il. Si on boucle ces deux enquêtes, j'aurai plus de poids pour négocier. Dans le cas contraire...

La réunion s'acheva sur un soupir collectif, puis Jacobi nous invita, Conklin et moi, à le rejoindre dans ce que nous appelions entre nous, sur le ton de la plaisanterie, son « bureau d'angle » : un minuscule aquarium avec vue sur l'autoroute.

Conklin s'installa sur une chaise et je m'adossai au mur. Je remarquai de nouvelles rides sur le front de Jacobi, apparues au cours de la nuit.

— Dowling n'a pas eu d'attaque cardiaque, nous dit-il. Douleur au niveau de la poitrine, respiration accélérée : c'était plutôt lié à un état de stress. Ou alors il nous jouait la comédie. Qui sait ? Il l'aura peut-être, cette fois, son Oscar ! En attendant, il vient de sortir de l'hôpital.

Je lui annonçai que, selon le rapport d'autopsie, Casey Dowling avait eu une relation sexuelle juste avant sa mort.

— On part interroger Dowling sur-le-champ, ajoutai-je.

— Je reste près du téléphone.

21.

Marcus Dowling nous ouvrit la porte en personne et nous conduisit jusqu'à un salon à l'ambiance cent pour cent *british* – sofas à accoudoirs arrondis, assiettes en porcelaine accrochées aux murs et chiens de Foo sur la tablette de la cheminée. Un petit coin de Mayfair en plein San Francisco.

Une femme vêtue d'une robe noire, qui ne nous fut pas présentée, nous proposa à boire puis quitta la pièce en silence. Elle revint peu de temps après avec de l'eau minérale pour Conklin et moi, et un verre de Chivas pour notre hôte.

— Monsieur Dowling, commençai-je, j'aimerais que vous nous racontiez à nouveau tout ce qui s'est passé hier.

— Il me semble pourtant vous avoir déjà tout dit. Moi qui croyais que vous veniez m'annoncer quelque chose.

Conklin, qui savait faire preuve d'un peu plus de finesse, prit le relais :

— Nous sommes vraiment désolés d'avoir à vous importuner en de pareilles circonstances, monsieur Dowling. En fait, si nous vous interrogeons à nouveau, c'est uniquement dans le but de déclencher des souvenirs, de vous amener à repenser à un élément que vous auriez pu omettre de nous mentionner la première fois.

Dowling hocha la tête, se renversa dans son fauteuil et descendit une bonne lampée de whisky.

— Les Devereau venaient de partir. Comme je l'ai expliqué à l'autre policier, j'étais en train de débarrasser la table…

— Et la personne qui nous a servi à boire ? l'interrompis-je. Elle n'était pas là pour vous aider ?

— Vangy travaille uniquement la journée. Elle a un enfant.

Dowling nous répéta que sa femme était montée dans la chambre avant lui, qu'il avait entendu des coups de feu et qu'il l'avait trouvée allongée sur le sol près du lit. Elle ne respirait plus. Il avait ensuite appelé la police.

— Monsieur Dowling, embrayai-je. Hier soir, j'ai remarqué que vous aviez les cheveux mouillés. Vous avez pris une douche en attendant l'arrivée de la police ?

Dowling poussa un grognement et agrippa son verre posé devant lui sur la table basse. En observant son visage, je crus y déceler une trace de culpabilité.

— J'étais dévasté, sergent. Je suis resté longtemps sous la douche à sangloter parce que je ne savais pas quoi faire d'autre.

— Et vos vêtements ? demanda Conklin.

— Mes vêtements ?

— Nous voyons bien que vous êtes une victime dans cette affaire, monsieur Dowling, mais, pour ne rien vous cacher, nous sommes tenus de respecter une certaine procédure. Nous allons devoir apporter vos vêtements au laboratoire pour les faire analyser, et régler ainsi toutes les questions que nous pourrions être amenés à nous poser par la suite.

Dowling jeta à Conklin un regard furieux :

— Vangy ! appela-t-il. Conduisez l'inspecteur Conklin à l'étage et laissez-le emporter tout ce qu'il voudra.

Lorsque les deux eurent quitté la pièce, je me tournai vers Dowling et demandai :

— Monsieur Dowling, à quand remonte le dernier rapport intime que vous ayez eu avec votre épouse ?

— Où voulez-vous en venir, au juste ?

— L'autopsie a montré que votre femme avait eu une relation sexuelle juste avant sa mort. Si c'était avec le tueur, alors ce dernier a pu laisser des traces qui nous aideront à...

— C'est avec *moi* qu'elle a eu une relation sexuelle ! vociféra Dowling. Nous avions fait l'amour avant le dîner. Maintenant, à moi de vous demander en quoi cette question va permettre de faire progresser l'enquête !

Quinze minutes plus tard, Conklin et moi quittions le domicile de Dowling. Nous avions en notre possession une copie de son répertoire téléphonique, un sachet contenant un prélèvement de salive, et l'ensemble de ses vêtements sales – y compris, selon toute vraisemblance, ceux qu'il portait au moment où sa femme avait été tuée.

— J'ai pris tout ce que j'ai pu trouver dans la corbeille à linge et dans la salle de bains, me dit Conklin tandis que nous regagnions notre voiture. Si c'est lui qui a tiré sur sa femme, le labo détectera des traces de poudre, ou des éclaboussures de sang. Je suis sûr qu'on va réussir à le coincer.

22.

À la fin d'une longue journée de labeur, alors que la nuit venait de tomber, Claire et moi franchîmes la porte du Susie's, avec ses murs peints à l'éponge, ses parfums d'épices envoûtants et le rythme endiablé de son steel band.

Cindy et Yuki s'étaient installées à notre table habituelle, dans la salle du fond. Yuki portait l'une de ses tenues de travail les plus chic, tandis que Cindy avait troqué son jean pour un ensemble sexy en mousseline bleu clair, assorti à une veste courte dans les tons crème. Autour d'un verre de bière, elles discutaient de l'affaire Dowling en grignotant des chips de bananes plantain.

Nous nous glissâmes sur la banquette.

— Casey Dowling possédait un diamant jaune de vingt carats estimé à un million de dollars, expliquait Cindy. Une pierre surnommée le Soleil de Ceylan. Elle a peut-être affronté le cambrioleur pour tenter de la récupérer. Qu'en dis-tu, Linds ? Suffisant pour qu'Hello Kitty perde son sang-froid et lui tire dessus ?

— Le corps de Casey ne présentait aucune trace le lutte, intervint Claire.

— Et elle n'a pas appelé son mari à l'aide, ajou-tai-je.

Je m'emparai du pichet de bière puis me tournai vers Cindy :

— Où as-tu déniché cette info à propos du dia-mant ?

— J'ai mes sources... Mais ne t'enflamme pas trop vite, Linds. À mon avis, à l'heure qu'il est, il a déjà été fractionné.

— Oui, sûrement... Je viens de penser à un truc, Cindy. Toi qui connais par cœur le Bottin mondain, tu ne pourrais pas essayer de dresser une liste de toutes les personnes assez jeunes et athlétiques pour avoir pu réaliser cette série de cambriolages ?

— Tu crois qu'Hello Kitty fait partie de la haute ? demanda Yuki.

— C'est ce que pense Rich, répondîmes à l'unisson Claire et moi.

Yuki rabattit une mèche de cheveux derrière son oreille :

— Si Kitty fraye avec la haute, alors il devait savoir que Casey possédait ce diamant. Et si elle l'a reconnu...

— Oui, ça se tient, admis-je. La fenêtre de la chambre a été forcée, et le même mode opératoire a été observé pour les cinq autres cambriolages. Un témoin a vu quelqu'un s'enfuir en courant et Clapper n'a retrouvé aucune trace de poudre sur les vêtements de Dowling. Donc, en supposant que Casey connaissait Kitty...

Soudain, Claire abattit son poing sur la table. Les chips firent un bond et des éclaboussures de bière se répandirent sur la table. Nous l'observâmes, interloquées.

— Désolée, mais moi, c'est l'affaire Benton qui me préoccupe. WCF. Qu'est-ce que ces trois lettres peuvent bien vouloir dire ? Je trouve ça sinistre, et surtout complètement insensé. Une arme impossible à identifier, pas de mobile apparent et un enfant exécuté à bout portant. Je sais très bien qu'un crime est un crime et qu'il n'y a pas à établir de hiérarchie, mais la vision de ce bébé m'a bouleversée. Alors je vous dis au revoir et je file chez moi retrouver mon mari et ma petite fille.

23.

Yuki paya l'addition et offrit à Lorraine de garder la monnaie. Elle se rendit compte qu'elle n'avait pas eu le temps de donner de ses nouvelles. D'habitude, lorsqu'elles se retrouvaient au Susie's, les quatre amies en profitaient pour discuter gaiement et se raconter leurs problèmes autour d'un bon dîner. Mais ce soir-là elle avait senti une tension, un sérieux inhabituels et, pour finir, voilà qu'elle se retrouvait seule face à une table vide.

Elle se leva, boutonna sa veste et se dirigea vers la sortie. Elle avait la main sur la poignée de la porte, lorsque, prise d'une impulsion soudaine, elle pivota sur ses talons et s'approcha du comptoir.

Le barman avait de beaux cheveux bruns et bouclés, le sourire facile, et un badge indiquant son prénom accroché à sa chemise fantaisie.

— Miles ?

— C'est bien moi, répondit-il. Attendez... Je vous ai déjà vue plusieurs fois avec vos amies – bière et margarita, c'est bien ça ?

— Tout juste. Je m'appelle Yuki Castellano, fit Yuki en lui serrant la main. Dites, Miles, j'aimerais votre avis : que boit-on pour fêter une victoire au tribunal ?

— Vous avez réussi à faire sauter un PV ?

Yuki explosa de rire.

— Recommencez, pour voir, lança Miles. J'ai cru voir revenir le soleil.

— En fait, je suis avocate pour le ministère public, et il se trouve qu'aujourd'hui la justice était du côté des bons. Alors, que me conseillez-vous ?

— Du classique, de l'élégant. Du champagne !

— Parfait, répondit Yuki tandis que Miles lui servait une coupe. J'ai vraiment passé une excellente journée – même s'il y avait une ombre au tableau.

— Racontez-moi ça.

Yuki commanda une assiette de salade de crabe épicée, puis raconta à Miles les détails du procès de Jo-Jo Johnson. Elle lui expliqua que la victime, le docteur Harris, était un homme peu recommandable, mais que Jo-Jo était bien pire. Il avait laissé le docteur agoniser pendant une quinzaine d'heures, étouffé par son vomi.

— Ç'aurait dû prendre cinq minutes montre en main pour que le jury le reconnaisse coupable, observa Miles.

— Oui, mais ça a pris une journée et demie. L'avocat de Jo-Jo a de la tchatche et Jo-Jo est d'une simplicité désarmante. On lui donnerait le bon Dieu sans confession.

— Votre victoire n'en est que plus belle.

— Oui, et ça faisait un moment que j'attendais ça. Des défaites, croyez-moi, j'en ai connu un bon paquet.

— Vous ne m'avez toujours pas dit ce que c'était, cette ombre au tableau.

— Jeff Asher, l'avocat de Jo-Jo. Il est venu me voir à la fin du procès. Son client venait de repartir avec les menottes, et devinez ce qu'il me sort ? « Félicitations, Yuki ! Belle victoire. Ça vous en fait combien ? Une d'affilée ? »

— C'est un mauvais perdant, voilà tout. Et vous l'avez piqué au vif. Tenez, vous savez quoi ? C'est la maison qui offre le champagne.

— Merci beaucoup, Miles. Et vous avez raison, ce type est un mauvais perdant.

— Un barman ne ment jamais.

Yuki éclata de rire.

— Ah, revoilà le soleil ! s'exclama-t-il.

24.

Le chemisier de Cindy traînait en boule sur la banquette arrière, sa jupe était relevée sur ses hanches et son collant pendouillait à l'un de ses pieds. Une situation plutôt inconfortable, et pourtant elle n'aurait échangé sa place pour rien au monde.

Elle posa ses mains sur le torse de Rich encore moite de sueur et sentit son cœur battre à tout rompre. Il l'attira contre lui pour l'embrasser à pleine bouche.

— C'était un super concert, dit-il.

— Oui, la section rythmique était incroyable.

Les deux rirent de bon cœur. Rich avait garé sa voiture dans un recoin sombre d'une ruelle proche de l'Embarcadero, la main de Cindy posée sur sa cuisse ayant quelque peu précipité les choses.

— J'imagine le flic qui viendrait frapper à la vitre avec sa lampe torche : « Qu'est-ce qui se passe, ici ? »

— Et toi qui sortirais ton badge : « C'est bon, je suis de la maison ! »

Conklin se mit à rire :

— Je ne sais même pas où je l'ai mis, tiens ! Tu es vraiment maléfique, Cindy – et c'est un compliment.

Elle lui adressa un petit sourire entendu et laissa glisser sa main le long de son ventre dénudé, de plus en plus bas, ce qui ne manqua pas de produire son effet. La respiration de Rich se fit plus rapide et il la pénétra de nouveau en l'embrassant fiévreusement.

— Baisse la tête, souffla-t-il soudain. Je vois des phares.

Cindy se pencha vers lui, plaqua sa bouche contre la sienne et entama un lent mouvement de va-et-vient en le fixant droit dans les yeux, observant l'expression de son visage se transformer peu à peu. Puis elle se retira doucement et il l'agrippa par la taille pour la forcer à revenir.

— Tu me rends dingue, Cindy.

Elle posa sa joue contre son épaule et le laissa prendre le contrôle de la situation, partagée entre un sentiment de sécurité et de crainte, une combinaison des plus explosives. Elle se mit bientôt à gémir et il ne tarda pas à jouir en elle.

— Mon Dieu, murmura-t-elle, haletante, avant de s'effondrer, déjà prête à s'endormir dans ses bras.

Mais un détail la tracassait, quelque chose qu'elle n'avait encore jamais osé lui demander.

— Rich ?

— Tu veux remettre ça une troisième fois ?

— Chiche ! plaisanta-t-elle. Non, sérieusement, je voulais te demander si ça t'était déjà arrivé...

— De le faire trois fois d'affilée ? Je crois que oui, il y a longtemps.

— Arrête, je suis sérieuse. Ça t'est déjà arrivé de coucher avec Lindsay ?

— Avec Lindsay ? Non, bien sûr que non. Je te rappelle qu'on bosse ensemble.

— Et alors ? C'est illégal de coucher avec son coéquipier ?

— J'ai des fourmis dans le bras, Cindy.

Elle se tourna sur le côté, puis ils passèrent un moment à récupérer leurs vêtements éparpillés un peu partout. Je viens de gâcher l'ambiance, songea-t-elle en reboutonnant son chemisier.

Lui avait-il seulement dit la vérité ? Elle n'en était même pas certaine.

25.

Pete Gordon préparait de la purée en regardant un match de baseball lorsque sa femme apparut à la porte de la cuisine.

— Ça sent le brûlé, non ? lança-t-elle.

— D'une, je me passe de tes réflexions, et de deux, tu viens de me faire rater le dernier lancer.

— Eh bien ? Reviens en arrière !

— Tu vois un magnétoscope numérique, ici ? Tu en vois un ?

— Oh, pardon, monsieur le grincheux. Je voulais juste te dire que tu pouvais rattraper la purée en baissant le feu et en ajoutant un peu de lait.

— C'est pas croyable ! grogna Pete en éteignant le gaz et en transférant la purée dans une assiette. Avec toi, pas moyen de se détendre cinq minutes !

— J'ai aussi une surprise.

— Ah ouais ?

Il augmenta le volume et commença à manger. Il dut recracher la première bouchée, trop chaude, et releva la tête juste à temps pour voir l'équipe adverse franchir le *home plate*.

— NON ! hurla-t-il. Ces abrutis de Giants viennent de perdre le match ?

— Ma tante propose de nous inviter à dîner tous ensemble demain soir. C'est elle qui paie !

— Youpi ! J'ai hâte de nous voir réunis autour d'une table à la pizzeria du coin, avec ta tante et son gros derche.

— Pete !

Aucune réponse.

— Pete, répéta-t-elle en allant éteindre la télé.

Il se retourna et la fixa droit dans les yeux.

— Tu sais que c'est important pour les enfants de voir leur famille.

— Vous n'avez qu'à y aller sans moi, merde ! vociféra-t-il.

Il n'en crut pas ses yeux lorsqu'elle s'empara de la télécommande pour la balancer dans le broyeur à ordures. Elle le mit en marche.

— Va te faire foutre, Pete, fit-elle tandis que la machine commençait à grignoter le plastique.

Pete se précipita pour l'éteindre, et tout en observant sa maudite bonne femme quitter la cuisine, il se rejoua mentalement la scène. Mais, cette fois, c'était la main de sa femme qui passait au broyeur. Ouais, il imagina ses hurlements de douleur, les dents métalliques qui s'attaquaient à ses doigts avec un appétit vorace.

Un jour, il comptait bien se la faire.

Elle, Sherry et la boule puante. Bientôt.

WCF. Préparez-vous.

26.

J'ouvris les yeux à 5 h 52 précises. Je le savais, car Joe possédait un réveil à affichage digital qui projetait l'heure et la température au plafond.

En temps ordinaire, j'aimais me réveiller avec ces informations. Mais ce matin-là, en voyant les gros chiffres rouges, trois lettres s'imposèrent à moi : WCF.

Cet enfoiré de psychopathe tueur d'enfant s'était infiltré dans mon esprit, et je n'en voulais pas à Claire d'être révoltée au point d'avoir elle-même des envies de meurtre. Ces trois lettres insidieuses tracées au rouge à lèvres – cet indice qui ne nous menait pour l'instant nulle part – m'évoquaient un train lancé à pleine vitesse sur une maison d'où il était impossible de s'enfuir.

Je me demandais où en étaient Chi et McNeil à propos de cette liste de numéros de téléphone relevés dans l'annuaire. Qu'elle nous conduise au tueur me semblait hautement improbable. Comment imaginer un seul instant que ce type ait signé son forfait de ses propres initiales ?

Je fermai les yeux, mais Martha posa sa truffe sur le matelas juste à côté de ma tête et me dévisagea de ses grands yeux humides en remuant la queue. Puis Joe passa son bras autour de moi et m'attira contre lui :

— Essaie de te rendormir, Linds, marmonna-t-il.

Il était maintenant 6 h 14.

— Oui, fis-je en me blottissant au creux de son corps.

Je l'entendis bientôt respirer doucement par-dessus mon épaule, et je me remémorai mon ancien appartement, à Potrero Hill. Ma vie était si différente à l'époque. Alors à la tête de l'escouade, je faisais mon footing avec Martha presque tous les matins et passais mes soirées avec elle en tête-à-tête. Je me rappelais les plats surgelés pour une personne que je me réchauffais au micro-ondes, accompagnés de quelques verres de vin – et souvent un de trop – à me demander quand j'aurais des nouvelles de Joe. Quand je le reverrais.

Puis mon appartement avait brûlé.

Joe habitait maintenant San Francisco et je portais son alliance. Comme s'il lisait dans mes pensées, il me serra un peu plus contre lui, ses mains en coupe autour de mes seins, et je le sentis se raidir. Il descendit sa main jusqu'à mon ventre et se colla contre moi.

Sa respiration s'accéléra en même temps que la mienne et il me retourna sans effort, aussi aisément qu'il l'aurait fait d'une plume – une sensation que j'adore. Ses caresses me firent frémir. Cet amour me paraissait si différent de notre ancienne relation, tumultueuse et instable.

Plusieurs secondes fébriles s'écoulèrent avant qu'il n'entre en moi. Je plongeai mon regard dans ses beaux yeux bleus et m'abandonnai tout entière à la passion de notre étreinte.

— Je t'aime, Blondie, me dit-il.

Je hochai la tête, incapable de prononcer le moindre mot. Mes yeux s'embuèrent de larmes ; ma gorge se serra. Joe m'enlaça avec fougue et un sentiment de bonheur m'envahit. J'étais folle amoureuse de cet homme. Notre existence commune s'annonçait agréable et paisible.

Alors d'où venait cette angoisse qui me tenaillait ? Et pourquoi ce goût amer qui me montait à la bouche ?

II

Showtime

27.

Sarah Wells retourna le cordon-bleu dans la poêle et sortit le pain à l'ail du four en songeant qu'avec une nourriture aussi riche c'était la crise cardiaque assurée – ou prenait-elle ses désirs pour des réalités ?

La télévision était allumée dans la pièce d'à côté. Sarah apercevait l'écran à travers l'ouverture murale ; par-dessus le grésillement de la friture, elle entendait la belle Helen Ross compatir au chagrin de Marcus Dowling.

— Assez de larmes, Helen, grommela Sarah. Cuisine-le un peu, merde !

— Elle aimait tellement la vie, expliquait Dowling. Nous venions de dîner avec des amis, et la soirée s'était déroulée à merveille. Nous avions prévu de partir en vacances, et puis... Et puis l'inimaginable s'est produit.

— Inimaginable, c'est vraiment le terme qui convient, fit Helen Ross en se penchant pour poser sa main sur celle de Dowling. Casey possédait un tel charisme, une telle fougue. Il y a de ça à peine un an, nous avions participé toutes les deux à une collecte de fonds en faveur de la Croix-Rouge.

— Il n'y a pas de mot assez fort pour décrire ma douleur. Je n'arrête pas de me dire, si seulement j'étais monté avec elle au lieu de rester en bas à faire la vaisselle…

Trevor entra dans la cuisine, ouvrit le frigo et se baissa pour prendre une bière. Son ventre proéminent recouvrit la ceinture de son pantalon. Il décapsula la canette, s'envoya une bonne rasade et s'approcha de Sarah pour lui pincer les fesses.

— Hé ! fit-elle en se retournant vivement.

— Quoi ? Y a un problème ?

— Tiens, fit-elle en lui tendant la spatule. Prends un peu le relais.

— Tu vas où ?

— J'ai eu une rude journée, Trevor.

— Je serais toi, j'irais voir le médecin !

— La ferme.

— C'est pas normal que t'aies tes ragnagnas en permanence.

Sarah s'effondra sur le canapé et monta le son de la télé. Depuis son dernier cambriolage, elle n'avait plus qu'une chose en tête : comprendre ce qui s'était passé après qu'elle avait pris la fuite en sautant par la fenêtre.

— Vous ne pouviez pas savoir, disait Helen Ross.

Trevor tenta d'attirer son attention en faisant du bruit dans la cuisine.

— La police n'a toujours aucune piste, fit Dowling. Et quand je pense que le tueur se promène en liberté…

Sarah en était maintenant certaine. Elle ignorait pourquoi il l'avait fait, mais elle savait à présent que le tueur n'était autre que Dowling. Il ne pouvait s'agir que de lui. Et ce cambriolage était tombé à point nommé.

— Sarah ! appela Trevor. Tes Cheerios sont prêts !

Elle éteignit la télé et retourna dans la kitchenette.

— Désolée de t'avoir rembarré, s'excusa-t-elle, histoire de ne pas envenimer davantage la situation.

Son mari pouvait parfois devenir violent. Avec Heidi, elles avaient d'ailleurs coutume de l'appeler « Terreur ». Un surnom qui lui allait comme un gant.

— C'est bon, laisse tomber, grogna Trevor. Mais parfois, je me demande où est passée la nana avec qui je me suis marié.

— Ça fait partie des mystères de la vie.

— T'étais censée répondre : « Je me rattraperai ce soir. »

Sarah esquiva le regard de Trevor et plongea sa cuillère dans son bol de céréales. Elle allait devoir accélérer un peu les choses. Ce n'était peut-être pas moral, mais elle allait devenir riche ou bien finir en prison.

Elle n'avait plus d'autre alternative.

28.

Sarah traversa le jardin d'un pas furtif. Il régnait autour d'elle une profonde obscurité. Seuls l'ampoule du porche et les éclats de lune filtrant à travers les branches des arbres apportaient un peu de clarté. La lumière allumée signifiait que la porte de derrière était ouverte.

Sarah actionna la poignée, s'approcha en silence de la femme occupée à faire la vaisselle et lui passa les bras autour de la taille :

— Ne crie pas, dit-elle.

— Hé, tu as fait vite, fit Heidi en se retournant.

— Terreur est tombé ivre mort, comme d'habitude.

Elles échangèrent un baiser langoureux.

— Où est Brutus ? demanda Sarah.

Elle faisait référence au mari d'Heidi. Cette dernière ouvrit un placard et sortit deux verres.

— Tu sais, lui, dès qu'il a l'occasion de claquer la porte… Tu prends la bouteille dans le frigo ?

L'escalier grinça sous leurs pas, de même que le plancher du couloir qui longeait la chambre des enfants et menait à une petite chambre mansardée.

— Tu as combien de temps devant toi ? demanda Heidi.

Elle monta le son du baby-phone, ôta son pull et se débarrassa de son jean.

Sarah haussa les épaules :

— Même en imaginant qu'il se réveille et qu'il ne me voie pas, tu crois peut-être qu'il appellerait la police ?

Lentement, Heidi déshabilla Sarah. Elle défit un à un les boutons de son chemisier, descendit la braguette de son jean, émerveillée par son corps mince et athlétique.

— Je me damnerais pour avoir un corps comme le tien.

— Je te trouve parfaite, moi, répondit Sarah. Tout me plaît chez toi.

— Tu m'as piqué ma réplique, là. Allez, viens.

Heidi tendit un verre à Sarah et les deux femmes s'installèrent dans le lit en fer forgé, tendrement enlacées.

— Alors, demanda Heidi, quelles sont nos destinations de la soirée ?

Sarah avait listé trois endroits, avec une préférence pour les îles Palaos.

— C'est à l'écart de tout, expliqua-t-elle. On peut nager nu dans des grottes paradisiaques et, là-bas, tout le monde se fout de savoir qui tu es.

— Ça ne surprendra personne de croiser deux femmes accompagnées de deux enfants ?

— On n'aura qu'à dire que tu es ma sœur et que tu es veuve.

— Tu trouves qu'on a un air de famille ?

— Ma belle-sœur, alors.

— D'accord. Et pour la langue ?

— Il y a deux langues officielles, le paluan et l'anglais.

— Génial ! Je propose de porter un toast à notre future vie aux îles Palaos.

Elles trinquèrent, burent chacune une gorgée et s'embrassèrent longuement tout en se dévorant du regard. Puis elles posèrent leurs verres sur la table de chevet et s'étreignirent avec passion ; Heidi gardait un œil sur le baby-phone et Sarah surveillait la fenêtre, mais la peur ne faisait qu'accroître l'intensité de leur désir.

Comme Heidi lui enlevait sa culotte, Sarah pensa : *On s'enfuira dès que j'aurai fini le travail. Dès que les bijoux seront vendus.*

— Sarah ?

— Je songeais à notre avenir.

— Viens.

Une autre pensée traversa l'esprit de Sarah. Elle voulait parler à Heidi de cette femme et de son bébé abattus dans un parking, lui conseiller d'être prudente – mais l'instant d'après, cette pensée s'évanouit et fut remplacée par une autre.

Elle allait vendre l'intégralité des bijoux, excepté cette pierre jaune qui l'avait tant émerveillée. Un jour, bientôt, elle l'offrirait à Heidi.

29.

Il était 8 heures du matin lorsque Jacobi entra dans la pièce et nous fit signe d'approcher. Il s'installa sur une chaise. Yuki s'assit près de moi et Claire à côté de Jacobi, bras croisés sur la poitrine. Son investissement émotionnel envers le jeune Darren Benton était aussi important que celui de Yuki envers Casey Dowling.

Je constatai la présence d'un inconnu, assis sur une chaise métallique dans un coin, un Blanc d'une trentaine d'années à la peau tannée par le soleil, blond aux yeux bleus, les cheveux coiffés en catogan. Il devait mesurer pas loin d'un mètre quatre-vingts, peser dans les soixante-quinze kilos, et semblait plutôt baraqué, à en juger par les renflements des manches de son blouson.

Ce type était flic. Un flic que je n'avais encore jamais rencontré.

Jacobi reprit là où nous en étions restés la veille. Chi livra son rapport sur l'affaire Benton, expliquant que les balles extraites des deux corps n'avaient toujours pas pu être identifiées, mais que le docteur Washburn avait envoyé des photos au FBI afin d'obtenir leur expertise.

Il fit tinter les pièces de monnaie dans la poche de son pantalon, l'air mal à l'aise, et conclut en disant que le rouge à lèvres utilisé pour tracer les lettres WCF était un modèle d'une marque bon marché vendu en grandes surfaces.

Traduire : ils n'avaient pas progressé d'un iota.

Je me levai à mon tour, j'annonçai que nous étions en train d'éplucher les relevés téléphoniques du couple Dowling, et que plusieurs dizaines de numéros apparaissaient sur les deux listes. J'ajoutai que nous n'avions rien découvert d'inhabituel en étudiant leurs relevés de comptes en banque.

— Casey Dowling possédait un bijou d'un genre bien particulier, poursuivis-je. On fouille de ce côté-là. Concernant Hello Kitty, on en est toujours au point mort. Vos idées seront les bienvenues. Que ceux qui souhaitent se coller au standard pour réceptionner des dizaines d'appels de cinglés se manifestent.

Étrangement, personne ne leva la main.

La réunion était sur le point de se terminer lorsque Jacobi prit la parole :

— J'aimerais vous présenter le sergent Jackson Brady.

Le flic assis dans un coin leva la main en guise de salutations et observa chacun d'entre nous.

— Jack Brady est une nouvelle recrue, fit Jacobi. Il a servi douze ans au Miami Police Department, principalement au sein de la brigade criminelle. Anthony Tracchio l'a assigné à notre service pour quelque temps, en attendant son affectation définitive. Et Dieu sait qu'on a besoin d'aide. Je compte sur vous pour l'accueillir comme il se doit.

Jacobi nous libéra, et Jackson Brady s'approcha de moi. Il me tendit la main. Je la serrai puis me présentai, ainsi que Conklin.

Brady hocha la tête et m'expliqua qu'il avait entendu parler de l'affaire des étudiants pyromanes — deux jeunes qui incendiaient des maisons après y avoir enfermé leurs occupants, une enquête que Conklin et moi avions résolue peu de temps auparavant.

Brady balaya la pièce de ses petits yeux perçants. Claire s'entretenait en aparté avec Jacobi. Cindy et Yuki discutaient, un peu en retrait. Sur son support mural, la télé diffusait des images de Marcus Dowling répondant pour la énième fois aux questions des journalistes.

— Plus ils parlent, moins je les crois, fit Brady en pointant son menton en direction de l'écran.

— Ça fait seulement quelques jours qu'on enquête, répondis-je. On est encore en rodage.

— J'ai entendu votre rapport, sergent. Pour le moment, vous ne tenez pas la moindre piste.

30.

Le bureau de prêteur sur gages d'Ernie Cooper est situé sur Valencia Street, en plein cœur du quartier de Mission. C'est une petite échoppe coincée entre un traiteur chinois et un buraliste, clairement pas le genre d'endroit où la superbe pièce d'orfèvrerie de Casey Dowling risquait d'atterrir, mais Cooper était un ancien du SFPD et nous avait plus d'une fois apporté son aide précieuse.

Nous trouvâmes l'imposant Ernie avachi dans un vieux fauteuil Art déco devant sa boutique, ses écouteurs d'iPod sur les oreilles, plongé dans la lecture de son journal hippique. Ses cheveux gris étaient noués en une longue tresse qui lui descendait jusque dans le dos, et l'on devinait la forme d'une crosse de revolver sous sa chemise hawaïenne.

Un large sourire éclaira son visage lorsqu'il nous vit arriver. Il se leva pour nous serrer la main.

— Salut, Ernie. On enquête sur un cambriolage commis récemment et qui s'est soldé par un meurtre, expliquai-je.

— La femme de la star ? Oui, j'en ai entendu parler. Asseyez-vous.

Je m'installai sur un coffre à jouets et Conklin hissa ses fesses sur un tabouret de bar en bambou.

— Dites-m'en un peu plus, fit Cooper.

Je lui tendis le dossier transmis par la compagnie d'assurances. Il le feuilleta, s'arrêtant pour observer les saphirs montés sur platine et autres colliers de diamants, avant d'arriver à la page décrivant la pièce maîtresse – la bague au diamant jaune, dont la pierre évoquait le coussin d'un pacha sur son trône de diamants.

— Mazette ! s'exclama-t-il.

Il parcourut les caractéristiques du bijou, puis :

— Elle est estimée à un million de dollars, et je peux vous dire qu'elle les vaut largement.

— Même pour une bague de luxe, elle n'a rien de commun ? fit Conklin.

— Un diamant de vingt carats, c'est déjà rare, mais un diamant jaune, tu n'imagines même pas. Rien qu'à la monture, on voit que c'est une pièce exceptionnelle. Je me demande pourquoi elle n'est pas signée.

— Que ferais-tu si tu venais de la voler ? demandai-je.

— Eh bien pour commencer, c'est clair que je ne viendrais pas la mettre en vente ici. Je l'apporterais à un *flying fence*, je prendrais mes dix pour cent et basta.

« *Flying fence* » était pour moi un terme nouveau. Je demandai à Ernie quelques explications.

— Un *flying fence* est un receleur tout ce qu'il y a de plus classique, sauf qu'il prend possession de la marchandise aussitôt après le cambriolage, et que, dans l'heure qui suit, il attrape un vol pour Los Angeles, New York, ou n'importe quelle plaque tournante du blanchiment de bijoux.

— Et après ?

— C'est assez variable. Dans le cas de cette bague, si elle a été vendue en l'état, ce n'est certainement pas aux États-Unis. Elle doit être au doigt d'une jeune Dubaïote à l'heure qu'il est.

Cooper tambourina du bout des ongles sur le classeur, puis je vis une ampoule s'allumer au-dessus de sa tête.

— Il y a de ça quelques mois, à New York, l'un de ces types a reçu une balle. Ouais, un certain Maury Green. Il était spécialisé dans les pierres de grande valeur. Typiquement le genre de receleur par qui cette bague aurait pu transiter.

— Il est mort ?

— Oui, sur le coup. Il s'apprêtait à récupérer un arrivage, mais les flics filaient le gars chargé de la livraison. J'ai oublié son nom, mais je sais qu'il était recherché pour vol à main armée. Bref, le type a sorti un flingue, et Maury Green s'est retrouvé pris au milieu de la fusillade. Ça a fait disparaître un maillon de la chaîne. Si Hello Kitty avait recours aux services de Green, il risque de se la coltiner un bon moment, sa bague à un million. Votre matou est coincé en haut de l'arbre et ne sait pas comment redescendre !

31.

Yuki tomba dans les bras de la belle jeune femme au teint hâlé qui venait de lui ouvrir la porte.

— Mon Dieu, ça fait bien… quoi ? Six ans ? Tu n'as pas changé ! s'écria Sue Emdin en détaillant Yuki des pieds à la tête. Dire que je n'ai pas eu de tes nouvelles depuis la cérémonie de remise des diplômes !

Tout en traversant la maison, Yuki et Sue se mirent à bavarder de l'époque où elles étudiaient à Boalt Law. Ce n'est qu'une fois confortablement installées à l'extérieur, sous le porche, avec du thé glacé et des biscuits, qu'elles évoquèrent la mort de Casey Dowling.

— Tu es venue me parler de Casey de manière *officielle* ? demanda Sue.

— Quelle différence ? rétorqua Yuki. Casey est morte, et j'estime qu'en sa mémoire nous devons tout faire pour aider la police à arrêter le tueur.

— Comprends que Marc est mon ami, au même titre que l'était Casey. Ça me gêne de parler derrière son dos.

— Je comprends tout à fait, et je peux t'assurer que cette conversation restera entre nous. Si tu sais quelque chose, tu dois m'en parler et me faire confiance. Tu attendrais la même chose venant de moi.

— Très bien, très bien. Mais essaie de me tenir à l'écart de tout ça, OK ? Ça remonte à quand la dernière fois que je t'ai demandé une faveur ?

Yuki éclata de rire, et Sue se joignit à elle :

— Jamais, hein ?

— Non. C'est la première fois.

— Eh bien, entre nous, Casey m'avait confié qu'elle soupçonnait Marcus de la tromper. Voilà, c'est dit.

— Elle avait des preuves ? Elle suspectait quelqu'un en particulier ? Elle lui en avait parlé ?

— Du calme, Yuki. Une seule question à la fois, s'il te plaît.

— Désolée. Je reprends depuis le début. Sais-tu si Casey avait des preuves de son infidélité ?

— Non, mais elle avait un pressentiment. Comme beaucoup d'acteurs, Marc a toujours été un coureur de jupons. Il lui est arrivé plusieurs fois de me mettre la main aux fesses. En tout cas, Casey me disait souvent qu'il s'était lassé d'elle. En d'autres termes, elle ne l'attirait plus sexuellement parlant. C'était la seule preuve qu'elle avait, mais ça suffisait à la faire douter.

— Elle en avait déjà discuté avec lui ?

— Tu ne soupçonnes quand même pas Marcus de l'avoir tuée, Yuki ?

— Pas du tout. Simplement, leur vie de couple peut avoir son importance pour l'enquête.

— Je suis avocate, moi aussi, et je peux t'affirmer que Marcus n'est pas le coupable. Il aimait Casey. Il adorait son humour. Il disait souvent qu'il ne s'était pas ennuyé une seule seconde depuis leur mariage. Ben et moi sommes allés lui rendre visite hier soir, et il était clairement dévasté. Il est en train de crever de chagrin. Même s'il allait voir ailleurs, jamais il n'aurait quitté Casey. Et quant à imaginer qu'il ait pu... non, je ne peux même pas le dire à voix haute.

— Tu penses que Casey aurait fini par divorcer ?

Sue poussa un soupir :

— Je ne sais pas trop. Peut-être. Elle m'avait dit que, si jamais elle découvrait une preuve de son infidélité, elle le quitterait.

— Quand t'a-t-elle dit ça ?

— Mardi soir.

— Casey a été tuée *mercredi*, Sue !

— Tu fais fausse route, Yuki. Crois-moi. C'est le cambrioleur qui lui a tiré dessus. Pas Marcus.

32.

Pete Gordon était en chasse le long de l'Embarcadero, la route qui ceinture la ville dans sa partie est depuis le croisement de la 2e et de King Street en remontant vers le San Francisco-Oakland Bay Bridge et le Ferry Building un peu plus loin – une artère très fréquentée, aussi bien par les locaux que par les touristes. Autour de lui, la foule s'écoulait en un flot constant, à pied, à vélo ou en skateboard, tandis que le soleil couchant embrasait peu à peu le ciel indigo.

Pete avait repéré sa proie devant le Ferry Building, une blonde fine comme un roseau, en coupe-vent noir à capuche par-dessus une longue jupe noire qui ondulait et claquait sous l'effet de la brise. Elle lui faisait penser à une femme en burqa.

Elle promenait en poussette une gamine habillée en rose. La fillette était calme, plongée dans l'observation des voyageurs quittant le ferry pour se disperser dans le centre commercial.

Pete la suivit à travers les étals, la regarda acheter une miche de pain, une laitue et un filet de poisson. Il la suivit encore lorsqu'elle quitta le marché, ses sacs plastique accrochés autour du poignet. Elle n'adressait pas à un mot à sa fille, laquelle, d'une certaine manière, semblait avoir pris les commandes.

Parvenue au croisement de Market et de Spear, sa proie se dirigea vers l'entrée du BART. Elle inclina la poussette, s'avança sur l'escalator, et Pete sut que l'heure avait sonné. Il agrippa son revolver dans sa poche et lui emboîta le pas.

— Mademoiselle ? Mademoiselle ? cria-t-il à la descente de l'escalator.

À la troisième interpellation, elle tourna brusquement la tête, l'air à la fois agacé et inquiet.

Il lui adressa un sourire timide :

— Excusez-moi, je dois rejoindre un ami à l'angle de California Street, et je crois que je me suis perdu.

— Je ne peux pas vous renseigner, désolée, répondit la femme en le fixant droit dans les yeux.

Elle reprit sa progression vers le souterrain.

— Merci beaucoup, mademoiselle ! hurla Pete derrière elle. J'apprécie votre sympathie.

Les mains enfoncées dans les poches, Pete se remit en chasse. La partie n'était pas terminée. Il se demanda si c'était l'expression de son visage qui l'avait trahi. Était-il apparu trop empressé ? Trop agressif ?

Ça ne s'était pas passé comme ça en Irak. Ici, il ne foirerait pas.

Il était calme, déterminé. Il avait une mission.

Et il comptait bien l'accomplir.

33.

Marchant tête baissée dans le vent oblique, Pete se remémora le dernier jour du caporal Kenneth Marshall.

Pete se trouvait dans le véhicule de tête, sur une route poussiéreuse à la sortie d'Haditha. Ses hommes le suivaient en convoi, et ils étaient à une cinquantaine de mètres d'un petit hameau lorsqu'une voiture piégée avait explosé, éjectant le caporal-chef Lennar du dernier véhicule et amputant Kenny Marshall de ses deux jambes.

Pete aimait Kenny comme un frère. C'était un jeune gars franc, intelligent et sympa. Il se rappelait son visage avec des fossettes, la photo de Jésus collée à l'intérieur de son casque. Il jouait souvent au foot avec les gamins ennemis, leur offrait des rations de nourriture et croyait en sa mission – libérer l'Irak. Kenny aimait à dire qu'une fois son heure venue Dieu le retrouverait n'importe où.

Après que le Tout-Puissant l'avait rappelé à ses côtés, après que l'engin explosif improvisé avait privé la nation de l'un de ses fils, les hommes placés sous son commandement s'étaient rassemblés autour de lui, dans l'attente de ses ordres. Ç'avait été facile. Il avait fait les choses dans les règles. Ses propres règles.

Pete était certain de savoir qui avait actionné la bombe. Les terroristes se trouvaient dans la voiture qui roulait derrière le Humvee conduit par Kenny. Les minutes qui avaient suivi étaient si nettement inscrites dans sa mémoire qu'il sentait encore l'odeur de la cordite, de la poussière et de la terreur. Les cris des ennemis, lorsqu'il leur avait tiré dessus, résonnaient encore dans son crâne.

À présent, en cette fraîche soirée de San Francisco, la main posée sur la crosse de son pistolet dissimulé dans la poche de sa veste, Pete Gordon régnait en maître sur l'Embarcadero. Il parvint à une ruelle entre Sansome et Battery, où étaient installées des tables et des chaises en plastique. Une jeune maman avec son mioche débarrassait son plateau.

Pete suivit la maman et son gamin à l'intérieur du centre commercial. Elle passa devant la pâtisserie et le restaurant italien, au rez-de-chaussée du One Embarcadero Center, puis emprunta l'escalator jusqu'au cinéma, isolé au bout d'une impasse à l'ouest du premier niveau.

Elle s'assit sur un banc et observa les affiches des films tout en caressant les cheveux de son bébé. Les séances n'étaient pas encore terminées ; l'endroit était désert.

Pete l'interpella :

— Excusez-moi, madame. Je suis perdu. Vous pourriez m'aider ?

34.

Le temps que j'arrive sur les lieux du crime, les voitures de police et les ambulances étaient déjà garées le long de Battery et de Clay. Je montai sur le trottoir avec mon Explorer pour venir me ranger à côté de la Hyundai de Jacobi, puis j'abordai l'un des policiers en uniforme chargés de contenir la foule massée au niveau de l'entrée ouest du centre commercial.

— Premier niveau, sergent, me dit l'homme. Devant le cinéma.

J'appelai Jacobi sur son portable.

— Monte, Boxer. Et dis adieu à ta soirée.

Les clients du cinéma, qu'on avait évacués par une sortie de secours, avaient maintenant rejoint l'entrée principale, se mêlant aux banlieusards, employés de bureau et autres touristes rassemblés en bas de l'immeuble.

Je brandis mon badge et me faufilai à travers la foule, éludant sur mon passage des questions auxquelles je n'aurais pas répondu même si j'avais eu la réponse. Un homme en uniforme m'ouvrit les portes vitrées et je pénétrai dans le centre commercial, longue succession d'enseignes populaires, à présent étrangement vide.

Les escalators avaient été arrêtés et un ruban de police déployé pour barrer l'accès à l'aile ouest. Jacobi m'attendait en haut, et à son visage je devinai, avant même de m'être approchée des corps, à quel point ce qui m'attendait allait être éprouvant.

Je vis la mère en premier. Elle gisait là, sur le dos. Son cardigan bleu pâle avait pris une teinte sombre au niveau du cœur, où l'on distinguait deux impacts de balles. Elle avait également reçu une balle dans la tête. Je me penchai vers elle pour clore ses paupières par-dessus ses yeux vides.

C'est seulement à ce moment-là que j'osai regarder la petite silhouette immobile à son côté.

Il avait tué le bébé.

C'était une vision de cauchemar. J'étais frappée par la brutalité qui se dégageait de la scène, par le côté méthodique et impersonnel de ces tirs à bout portant.

Jacobi s'écarta et je fis le tour du corps de l'enfant, allongé dans la poussette renversée sur le côté. Ce bébé avait moins d'un an. Il m'apparaissait évident que ce double meurtre et celui du parking de la Stonestown avaient été commis par la même personne.

Mais où était sa signature ? Où étaient les trois lettres WCF ?

Jacobi déposa le portefeuille de la jeune maman dans un sachet en plastique :

— Elle s'appelle Judy Kinski. Elle avait sur elle quarante dollars en petites coupures, deux cartes bancaires et une carte de bibliothèque. Elle aurait dû fêter son vingt-sixième anniversaire la semaine prochaine. McNeil va contacter sa famille.

— Il y a des témoins ? demandai-je. Quelqu'un a dû voir ce qui s'est passé.

— Chi est en train d'interroger la caissière. Suis-moi.

35.

La fille installée dans le bureau du directeur du cinéma se tenait la tête à deux mains en sanglotant. Elle leva les yeux vers moi. Son visage était livide. Paul Chi me présenta.

— Voici Robin Rose, me dit-il. Elle a peut-être vu le tueur.

— Ma mère est là ? demanda Robin.

— On l'a prévenue, répondit Jacobi. Elle ne devrait plus tarder. Nous vous conduirons à elle dès son arrivée.

— Je n'ai pas vu les tirs, expliqua la jeune femme entre deux sanglots. J'étais occupée à ouvrir ma caisse pour la séance de 19 heures.

Chi lui tendit un paquet de mouchoirs en papier :

— Prenez votre temps, mademoiselle Rose.

— Je n'ai rien entendu, ajouta-t-elle après s'être mouchée. Mais quand j'ai remonté le rideau...

Je le voyais dans ses yeux. Ses dernières secondes d'innocence – elle avait ouvert sa caisse et vérifié son distributeur de tickets avant de remonter le rideau métallique. Que s'attendait-elle à trouver ? Deux ou trois clients venus acheter leur ticket à l'avance ?

— Au départ, je n'ai pas cru à ce que je voyais, poursuivit Robin. J'ai pensé que c'était une sorte de happening promotionnel pour un film. Et puis après, je me suis rendu compte qu'il s'agissait de vraies personnes, et qu'elles étaient mortes.

— Avez-vous aperçu quelqu'un près des corps ?

Elle hocha la tête :

— Oui. Il a dû m'entendre remonter le rideau. Nos regards se sont croisés l'espace d'une seconde. J'ai vu son pistolet et j'ai aussitôt plongé par terre.

L'homme qu'elle avait vu était un Blanc vêtu d'une veste de base-ball bleu et blanc et coiffé d'une casquette. Elle se disait incapable de le décrire, mais nous promit d'essayer. Pareil pour le pistolet. Elle ajouta qu'elle n'avait pas vu par où il était reparti.

Il avait aussi bien pu emprunter la passerelle permettant d'accéder aux autres bâtiments de l'Embarcadero Center que redescendre par l'escalator pour retourner dans la rue.

Je demandai à Robin si elle accepterait de venir au poste afin de visionner avec nous les images des caméras de surveillance, puis Jacobi et moi quittâmes le bureau du directeur. Il transmettrait un message d'alerte à toutes les patrouilles concernant un Blanc vêtu d'une veste de base-ball bleu et blanc, lorsqu'un bruit de pas se fit entendre dans l'escalator. C'était Claire, accompagnée de son assistante, Bunny Ellis.

La colère se lisait sur son visage. Armée de son Minolta, elle commença à photographier les corps. Je m'approchai d'elle.

— Regarde ça, Lindsay. Même type de balles. Mêmes tirs à bout portant. C'est le même salopard que la dernière fois. Il a volé quelque chose ?

— Le portefeuille est encore plein.

Ce fut Claire qui découvrit l'inscription, sous la poussette.

Je fixai les trois lettres éclairées par les flashs stroboscopiques des appareils photo. Le message était écrit au rouge à lèvres. La signature était la même – à peu de choses près.

FWC.

— FWC ! m'écriai-je. Ce n'est plus WCF, maintenant, c'est FWC ?

— Tu me demandes ? Ce gars se fout de notre gueule, Lindsay. Tout simplement.

36.

Notre nouvelle recrue, Jackson Brady, nous expliqua qu'il avait suivi plusieurs formations au sein du FBI, à Quantico.

— J'y ai passé deux étés à étudier les profils des tueurs en série. Ça ne fait pas de moi un professionnel de la question, mais j'ai appris pas mal de choses.

Jacobi avait réservé une salle de conférences au Crimes Against Persons Division, et nous étions tous installés autour d'une vieille table en formica, les yeux rivés sur Brady. Paul Chi lui communiqua les éléments des deux scènes de crime et Brady l'écouta en prenant des notes.

— Le fait de tuer des enfants est souvent un acte réactionnel, déclara-t-il ensuite. Face à des mauvais traitements subis pendant l'enfance, par exemple. Mais il est possible que le tueur soit si insensible qu'il les supprime uniquement parce qu'ils constituent des témoins.

— En l'occurrence, il s'agissait de deux bébés, intervint Jacobi.

Brady haussa les épaules :

— Le tueur ne tient pas forcément de raisonnement logique. Quant au fait d'avoir assassiné ces deux jeunes mamans, on y lit une haine des femmes évidente.

— Même en connaissant sa petite enfance et son profil psychologique, ça ne nous aiderait pas beaucoup à le retrouver, je me trompe ? fit Jacobi.

— Vous avez parfaitement raison, lieutenant. Ce gars-là est du genre à passer inaperçu en toutes circonstances. Il n'y a qu'à voir la manière dont il a commis ces deux doubles meurtres, et comment il est parvenu à s'éclipser sans se faire repérer. Nous avons affaire à un type extrêmement intelligent, prudent et organisé. Et le plus important : il ressemble à monsieur Tout-le-monde. C'est la raison pour laquelle il a pu approcher aussi facilement ses victimes. Aucune des deux femmes n'a crié pour donner l'alerte.

— Et il se sert d'un flingue impossible à identifier, intervins-je.

— C'est un détail intéressant, répondit Brady. Il semble bien connaître les armes. Il a peut-être suivi une formation militaire.

— Nous avons quand même un témoin qui l'a identifié, ajoutai-je. Et il apparaît sur les enregistrements de plusieurs caméras de surveillance. Ça nous donne une idée de son physique.

— Je crois qu'il n'a aucun signe distinctif particulier ?

— Pas grand chose, en effet, lança Chi. Un Blanc âgé d'une trentaine d'années qui porte une casquette. On va visionner à nouveau les enregistrements de l'Embarcadero Center.

— Si ce type est militaire, et s'il est parfaitement entraîné, qu'est-ce qui pourrait le faire trébucher ? demanda Conklin.

— Un excès de confiance, répondit Brady. Ça pourrait l'amener à semer des indices. Mais vous savez, avant qu'il commette une erreur, il peut se passer pas mal de temps.

Je me renversai contre le dossier de ma chaise. C'était une autre manière d'exprimer ce que je pensais depuis le meurtre des Benton dans le parking de la Stonestown Galleria.

Il fallait s'attendre à d'autres cadavres.

37.

Dix jours plus tôt, l'affaire Dowling devait être notre priorité absolue.

À présent, c'était l'ensemble de la brigade, usée jusqu'à la corde, plus une douzaine de flics venus en renfort, qui arpentait l'Embarcadero Center à la recherche d'indices ou de témoignages, effectuait le suivi des appels reçus au standard, même les plus loufoques, et travaillait douze heures d'affilée sous les ordres d'un Jacobi qui n'avait plus qu'une idée en tête – choper le tueur au rouge à lèvres.

Je me trouvais à la morgue en compagnie de Claire lorsque le rapport d'expertise balistique des fédéraux arriva dans son casier. Je tentai de contenir mon impatience tandis qu'elle décachetait soigneusement l'enveloppe tout en terminant une conversation téléphonique. Elle finit par raccrocher.

— Hé hé, notre affaire a été examinée par le docteur Mike en personne, fit-elle après avoir brièvement parcouru le document.

— Excuse mon ignorance, et dépêche-toi de me lire ce foutu rapport !

— Un peu de respect, jeune fille. Le docteur Michael Sciarra est *le* docteur Gun du FBI. Bon, passons aux choses sérieuses. Selon lui, la répartition des traces de poudre au niveau des plaies indique que le tueur a utilisé un silencieux. Et pas du genre qu'on bricole chez soi à la va-vite.

— De quel genre, alors ?

— Un équipement professionnel en acier ou en titane, ce dernier étant extrêmement rare. D'après le docteur Mike : « Aucun meurtre commis avec une arme munie de ce type de silencieux n'a été recensé aux États-Unis. »

— Ça veut dire quoi ?

— Déjà, ça nous explique pourquoi personne n'a entendu les coups de feu.

— Et pourquoi on n'a rien trouvé dans la base de données.

— C'est sûrement une arme importée de l'étranger…, fit Claire avant d'être interrompue par la sonnerie de mon portable.

Mon estomac se serra lorsque je découvris le nom

qui s'affichait sur l'écran. Je montrai le téléphone à Claire et pris l'appel :

— Boxer, j'écoute ? fis-je en tremblant intérieurement.

— Il a remis ça, cet enfoiré de psychopathe dégénéré ! hurla Jacobi dans mon oreille.

— Ne me dis pas ça, Warren. NON !

— Une femme et un enfant abattus dans le parking d'Union Square. Mode opératoire identique. Je suis sur place avec Chi et Cappy. Tracchio est en route, et à partir de maintenant il va vouloir fourrer son nez dans l'enquête.

Je raccrochai, mis Claire au courant des derniers événements puis contactai Conklin. Je me rendis ensuite au parking, où mon coéquipier m'attendait déjà au volant de notre voiture. J'avais à peine claqué ma portière qu'il appuya sur la pédale d'accélérateur. Sirène, gyrophares, nous nous élançâmes en laissant derrière nous des traces de pneus sur l'asphalte.

— Oser faire ça en plein centre-ville, hurla Conklin par-dessus le vacarme, ce type en a une sacrée paire !

— C'est ce qu'il aime. Ce gars-là est un putain de terroriste.

Je ne croyais pas si bien dire.

38.

L'accélération me colla littéralement à mon siège. Je me cramponnai au tableau de bord tandis que la Crown Vic nous conduisait, rugissante, dans une succession de montées et de descentes façon montagnes russes, ponctuées de virages en épingle à cheveux typiques des rues de notre ville, du genre qui vous retournent l'estomac.

Entre deux moments de frayeur, et quand je n'étais pas occupée à tenter de ralentir mentalement la voiture, je songeais au tueur au rouge à lèvres.

Ce type n'était pas seulement fou. C'était un cinglé de première.

Sa signature était si énigmatique qu'elle en devenait dénuée de sens. Comment pouvions-nous prédire son comportement si nous étions incapables de comprendre ses motivations ?

Au bas d'une rue en pente, Conklin donna un brusque coup de volant sur la droite et nous nous retrouvâmes pris dans un bouchon. Je fus tentée de sortir et d'aller frapper sur les toits des autres voitures jusqu'à ce que la route soit libérée, mais au lieu de ça, je sortis mon mégaphone et hurlai : « Poussez-vous ! Laissez passer ! »

De longues secondes s'écoulèrent pendant que, devant nous, les véhicules cherchaient à s'écarter en se grimpant les uns sur les autres. Nous pûmes enfin reprendre notre route. Quelques minutes plus tard, Conklin manœuvrait la Crown Vic au milieu d'un troupeau de voitures de patrouille agglutinées devant le parking d'Union Square. Je bondis de mon siège sans même attendre qu'il serrât le frein à main.

Nous naviguâmes à travers la foule paniquée des personnes qui avaient laissé leur voiture dans le parking. La peur se lisait sur les visages, et j'entendais presque leur pensée collective : *Le tueur était là. Il aurait pu s'en prendre à moi.*

Je me frayai un chemin en brandissant mon badge, j'allai signer le registre puis je demandai un bref compte-rendu à l'officier Sorbero.

— Même topo que les autres fois, me répondit-il. Le crime a eu lieu au troisième niveau. On a condamné les ascenseurs.

Nous franchîmes le ruban de police et pénétrâmes dans la fraîcheur du parking. Avec ses nombreuses galeries obscures menant vers l'énorme centre commercial Macy's, le magasin Saks ou encore le Sir Francis Drake Hotel, l'endroit se révélait idéal pour un prédateur désireux de traquer sa proie sans être repéré.

Alors que nous progressions le long de la rampe d'accès en spirale, je me préparai à affronter ce que Jacobi m'avait décrit comme une « vision de film d'horreur ». Nous le trouvâmes au deuxième niveau, en grande conversation avec Anthony Tracchio, dont le teint blafard concurrençait les paupières tombantes et les cernes de Jacobi. On les aurait crus de retour de l'enfer.

— Chi et McNeil sont sur place au troisième, articula péniblement Tracchio. L'équipe du soir est en train de ratisser le secteur. À partir de maintenant, je vais mettre sur le coup toutes les personnes qui se porteront volontaires et tous ceux que je croiserai sur ma route.

— Il y a des témoins ? demandai-je.

C'était plus un souhait qu'une question, car je m'attendais un peu à la réponse.

— Non, vociféra Jacobi. Personne n'a rien vu. Personne n'a rien entendu.

39

Plus nous nous rapprochions de la scène de crime, plus je sentais l'effroi m'envahir. En saluant Chi et McNeil, j'avais carrément l'impression que des araignées me parcouraient les bras pour me grimper dans les cheveux.

Je n'avais aucune envie de voir les victimes, mais j'y étais malheureusement contrainte. Me forçant à baisser les yeux, je vis les deux corps gisant sur le sol entre deux voitures.

La femme était belle, et conservait dans la mort une certaine grâce. Son pull blanc et ses longs cheveux châtains étaient imbibés de sang, qui formait une flaque autour d'elle et ruisselait lentement. Des empreintes de pas ensanglantées étaient visibles, et il y avait du sang sous ses chaussures.

L'enfant était posé au creux de son corps, comme si le tueur avait cherché à les mettre en scène.

Soudain, mon champ de vision se brouilla, le sol se déroba sous mes pieds et j'entendis la voix de Conklin dans le lointain, « Linds ? Lindsay ? ». Il passa son bras autour de ma taille pour m'empêcher de tomber.

— Ça va, Linds ?

— Ça va, ça va, marmonnai-je en hochant la tête. C'est juste que je n'ai rien mangé de la journée.

Je m'en voulais de cet instant de faiblesse. De passer pour la femme fragile. Mes supérieurs, les hommes placés sous mon autorité, mes amis de la brigade, tous attendaient de moi le comportement d'un leader. Je devais à tout prix me ressaisir.

Les victimes étaient allongées entre un Dodge Caravan rouge et un Highlander gris métallisé. Près des corps, un sac à main dont le contenu s'était répandu sur le sol.

Toutes les portes du Caravan étaient ouvertes. Je levai les yeux vers le pare-brise et j'y vis, inscrites en rouge, les lettres « CWF ».

Encore cette étrange signature. Que pouvait-elle bien signifier ?

Je me tournai vers Paul Chi. À son teint blême, je savais que, comme moi, il était profondément choqué par cet horrible meurtre.

— La victime s'appelle Elaine Marone, me dit-il. Elle avait trente-quatre ans. Il y a cinquante-six dollars dans son portefeuille, plusieurs cartes de crédit, son permis de conduire, etc. On ignore le nom de la petite.

— Vous avez retrouvé le tube de rouge à lèvres ? demandai-je, dans l'espoir qu'il ait roulé sous un véhicule et que le tueur y ait laissé ses empreintes.

— On n'a retrouvé aucun article de maquillage. Par contre, il y a un élément nouveau : regarde ces bleus sur le poignet de la victime. Elle a peut-être essayé de résister au tueur.

Je m'accroupis à côté du corps d'Elaine Marone. Effectivement, des traces bleues apparaissaient sur le poignet droit de la jeune femme. Je comptai en tout cinq impacts de balles sur son pull. Elaine Marone n'avait pas simplement tenté de désarmer son agresseur. Elle s'était débattue comme un beau diable.

C'est alors que retentit un hurlement, un cri déchirant qui se répercuta en écho sur les parois bétonnées.

— Laineeee ! Lillyyyy !

Des bruits de pas résonnèrent lourdement.

— Stop ! beugla Jacobi. Restez où vous êtes !

40.

Je me précipitai vers la rampe d'accès descendant au deuxième niveau. En contrebas, après le virage, je vis Tracchio et Jacobi saisissant à bras-le-corps un homme en jean et chemise de flanelle. C'était le genre balèze, un vrai taureau sous adrénaline. Il se débarrassa d'eux comme s'il avait affaire à des chiots et reprit sa course en direction de la scène de crime. J'avais l'impression qu'il allait me pulvériser sur son passage.

— Plus un geste ! hurla Jacobi.

Il s'empara du Taser qu'il portait à la ceinture.

— Jacobi, NON ! m'écriai-je. Ne fais pas ça !

Mais je savais qu'il n'avait pas le choix. J'entendis le grésillement électrique, puis l'homme s'effondra comme si on venait de lui sectionner la moelle épinière et dévala la pente pendant cinq bonnes secondes, paralysé, incapable de crier.

— Regardez ce que vous m'avez obligé à faire, bon Dieu ! brailla Jacobi en s'approchant de lui. Ça y est, vous êtes calmé ?

Le bruit du Taser s'interrompit, bientôt remplacé par les sanglots de l'homme. Je me penchai vers lui tandis que Jacobi lui mettait les mains derrière le dos pour le menotter.

— Je suis le sergent Boxer, fis-je en le fouillant.

Je ne tardai pas à découvrir son portefeuille dans la poche arrière de son jean. Son permis de conduire m'apprit qu'il s'appelait Francis Marone.

— Laissez-moi me relever ! Je dois aller les voir !

— Désolée, répondis-je, mais ça ne va pas être possible pour l'instant.

— Qu'est-ce qui s'est passé ? s'étrangla-t-il. Elles vont bien ? Je viens de parler à Elaine. Je me suis arrêté pour acheter des cigarettes et je lui ai dit que je la retrouverais à la voiture.

— Vous venez de lui parler au téléphone ?

— Oui. Je l'ai entendue dire à quelqu'un, « Qu'est-ce que vous voulez ? » Et juste après... Oh mon Dieu ! Dites-moi qu'elle va bien.

Je répétai que j'étais désolée, et Marone s'écria :

— NON ! Pas mes chéries ! Pas elles ! S'il vous plaît, laissez-moi les voir.

Sa détresse me fendait le cœur – et c'était là le côté brutal de la chose. Si jamais nous voulions arrêter le tueur, sans parler de l'inculper, il nous fallait à tout prix protéger la scène de crime.

Une forêt de jambes avait poussé autour de moi – Tracchio, Conklin, Chi, McNeil. Je demandai à monsieur Marone s'il souhaitait que je contacte un parent ou un ami, mais il ne m'écoutait pas. Je devais pourtant le questionner :

— Monsieur Marone, quelqu'un aurait-il pu vouloir du mal à votre femme ?

Ses yeux injectés de sang cherchèrent mon visage.

— Je suis un simple maçon ! s'exclama-t-il. Et Elaine est employée dans un magasin de jouets ! On est des gens sans histoires ! *Des gens sans histoires !*

Marone avait les avant-bras salement égratignés. Je posai la main sur l'épaule du pauvre homme, puis Jacobi et Tracchio l'aidèrent à se relever.

— Je ne voulais pas vous faire de mal, lui dit Jacobi.

Je fis signe aux officiers Noonan et Mackey et leur demandai de conduire Marone à l'hôpital. Je promis de l'y rejoindre dès que possible. La camionnette de Claire arriva sur ces entrefaites.

41.

Claire remballait son appareil lorsque j'arrivai à sa hauteur. Elle me regarda droit dans les yeux, et je lus sur son visage un sentiment d'horreur identique à celui que j'éprouvais. Nous tombâmes dans les bras l'une de l'autre, et cette fois je me foutais de ce qu'on pouvait penser de moi.

— Tous ces enfants morts. Je ne le supporte pas, Claire.

— Rien ne sera plus jamais comme avant, me répondit-elle. Même quand on aura chopé ce salopard, rien ne sera plus pareil. Tu le sais tout comme moi.

L'un des assistants de Claire s'approcha pour lui demander s'il était possible d'emmener les corps. Le sinistre travail de déconstruction du crime pouvait commencer.

— Tu as vu les lettres sur le pare-brise ? demandai-je.

— J'ai vu. C'est d'ailleurs un autre point qui pose problème. Le C et le W sont toujours accolés, mais le F se balade. Et voilà tout ce qu'on a…, ça et deux victimes supplémentaires qui n'auraient pas dû mourir.

Claire me tira par le bras ; je m'écartai pour laisser place à l'équipe de Clapper. Leur camionnette s'arrêta à côté de celle de Claire, et les techniciens de scène de crime se mirent à l'œuvre.

— On en vient à se demander si le Seigneur n'a pas tout simplement abandonné les hommes, fit Clapper à part soi en observant l'ignoble tableau.

Les flashs des appareils photo crépitèrent et les techniciens filmèrent les corps, ainsi que les impacts de balle relevés à l'intérieur et à l'extérieur de la voiture. Ils recueillirent les balles, dessinèrent des croquis, prirent des notes.

Je les regardai travailler en songeant qu'une heure plus tôt Elaine Marone faisait du shopping en compagnie de son mari et de sa fille. À présent, Claire et son équipe plaçaient les corps dans des housses mortuaires. Heureusement que Francis Marone n'était pas là pour entendre ce terrible bruit de fermeture Éclair, glaçant d'irrévocabilité.

J'espérais que les balles retrouvées allaient nous permettre de progresser, qu'il y aurait dans ce bain de sang un élément déterminant pour la suite de l'enquête.

— Linds ! appela Conklin. Viens voir ça.

Je me dirigeai vers le monospace des Marone. Mon coéquipier m'indiqua les trois lettres inscrites sur le pare-brise.

— Ce n'est pas du rouge à lèvres, me dit-il.

Je braquai ma lampe sur la signature et mon estomac se retourna.

— C'est du sang, fit Conklin. Il a signé en trempant
son doigt dans le sang de ses victimes.

L'un des techniciens de Clapper prit plusieurs
clichés en gros plan. Un autre se chargea de tamponner
les lettres. Une lueur d'espoir s'alluma en moi. .

Était-ce possible ?

Le tueur au rouge à lèvres, dans un moment de folie
et d'égarement, avait-il laissé une empreinte qui allait
le trahir ?

42.

À 20 h 30 ce soir-là, le sergent Jackson Brady se
tenait face à l'équipe réunie au grand complet dans la
salle de la brigade. Il introduisit une cassette vidéo
dans notre vieux lecteur :

— Si jamais quelqu'un repère un détail qui
m'aurait échappé, qu'il n'hésite pas à se manifester !

L'écran afficha une image en noir et blanc. On
distinguait un homme remontant l'allée centrale du
parking en direction du Dodge Caravan, au fond de
la rangée.

La bande s'avérait de qualité très moyenne, les
images hachées, sombres et un peu floues, résultat
d'un mauvais éclairage et d'une cassette bon marché
ré-enregistrée des centaines de fois, pourtant elles
nous permettaient de voir le tueur. Comme les fois
précédentes, il portait une casquette et une veste de

base-ball bicolore, et progressait tête baissée, dos à la caméra.

— Ici, commenta Brady, il a les mains dans ses poches. En s'approchant du monospace, il interpelle la victime, Elaine Marone. Que lui dit-il ? Est-ce qu'il lui demande l'heure ? De la monnaie sur un billet de vingt ?

» La victime dépose ses paquets sur la banquette arrière, referme la porte coulissante puis se dirige vers la portière avant, côté conducteur. Elle est en ligne avec son mari sur son téléphone portable.

J'observai le tueur s'avancer vers sa victime. J'étudiai sa démarche, je détaillai son langage corporel et celui d'Elaine Marone. La jeune femme ne présentait aucun signe d'inquiétude ou d'affolement. Le tueur, lui aussi, paraissait calme.

Je me rappelai ce qu'avait dit Brady : ce type ressemblait à monsieur Tout-le-monde. Puis je repensai aux pires tueurs en série de l'histoire, ceux dont on s'inspire pour faire des films, et me fis la réflexion que, la plupart du temps, ces psychopathes n'avaient effectivement rien dans leur apparence qui les distinguait des gens ordinaires.

— Il vient maintenant de sortir son arme, poursuivit Brady. Un Beretta 9 millimètres équipé d'un silencieux. La victime jette un rapide coup d'œil vers la banquette arrière, puis lui tend son sac à main. On la voit articuler « Qu'est-ce que vous voulez ? ». Elle cherche à négocier avec le tueur, mais sans succès. Le Highlander nous empêche de voir le bas de leurs corps, mais à en juger par la façon dont le type se plie en deux, on devine qu'elle l'a frappé.

» Là, il lui arrache son sac, et voici le premier coup de feu. La femme porte la main à sa poitrine.

On voyait ensuite Elaine Marone tenter de saisir la main du tueur, celle qui tenait l'arme. De sa main libre, l'homme lui attrapait le poignet, le secouait violemment et finissait par se dégager – cette scène venait expliquer les bleus. La seconde d'après, le corps de la victime était secoué par quatre ondes de choc, puis s'effondrait.

Pour finir, le tueur tirait un coup de feu en direction de la banquette arrière et disparaissait hors du champ de vision de la caméra.

— Regardez, fit Brady. Revoilà notre homme. Il tient Elaine Marone par la taille et utilise l'index droit de sa victime pour laisser sa signature sur le pare-brise. Elle n'avait pas de rouge à lèvres, alors il a improvisé.

Je demandai à Brady de repasser la scène, et me rendis compte qu'en plus d'utiliser le doigt de sa victime pour tracer les lettres « CWF », cet enfoiré portait des gants. L'espoir de recueillir ses empreintes digitales s'évanouit aussitôt.

— Il a laissé les portières ouvertes et disposé les corps sur le sol. On le voit maintenant se diriger vers le cinquième niveau, où une autre caméra l'a filmé sortant de l'ascenseur. L'enregistrement ne dure qu'une dizaine de secondes : un gros plan du dessus de sa casquette, sur laquelle ne figure aucun logo. Tenez, on le voit ressortir au niveau de la rue.

» Trois minutes et quarante secondes, conclut Brady. C'est le laps de temps qui s'est écoulé entre le moment où il a sorti son arme et celui où il a disparu.

43

Nous étions affalés sur le canapé en cuir du salon, à attendre le journal de 11 heures. J'avais étendu mes jambes, les pieds posés sur les genoux de Joe, et Martha ronflait sur le tapis à côté de moi. J'éprouvais un mélange de frustration et d'épuisement intense. Je tombais de sommeil, mais mon cerveau bouillonnant refusait de se laisser amadouer.

— Une femme s'est présentée au Palais tout à l'heure, fis-je à Joe. Elle a déclaré à Jacobi qu'un homme l'avait abordée aux abords du Ferry Building le soir où les Kinski ont été tués. Il prétendait s'être perdu et il portait une casquette et une veste de base-ball bleu et blanc.

— Son témoignage semblait crédible ?

— D'après Jacobi, elle tremblait de tout son corps et elle n'arrêtait pas de se mordre les lèvres. Apparemment, le type lui a filé une sacrée trouille. Elle lui a répondu qu'elle ne pouvait pas l'aider et puis elle s'est éloignée avec son bébé. Elle l'a entendu crier derrière elle, un truc du genre « J'apprécie votre sympathie, mademoiselle ! ». Jacobi lui a fait visionner les images de la caméra de surveillance et elle pense qu'il peut s'agir du même homme.

— Bonne nouvelle. Ça vous fait un témoin.

— Oui, c'est déjà mieux que rien. Mais tu sais, ça pouvait être n'importe quel type portant une veste de base-ball et une casquette. WCF, FWC, et maintenant CWF. Toi qui adores les énigmes, qu'est-ce que ça t'inspire ?

— West Coast Freak. Factory Workers' Coalition. Chief Wacko Freak. Tu veux que je continue ?

— Non. Tu as raison, ça n'a ni queue ni tête. Ce tueur se paye nos tronches.

— Écoute, avant que j'oublie de t'en parler...

— Ça y est ! m'écriai-je en saisissant la télécommande pour augmenter le volume.

Le visage familier d'Andrea Costella, la présentatrice du journal, venait d'apparaître à l'écran :

— Des nouvelles du tueur au rouge à lèvres, filmé par une caméra de surveillance dans le parking d'Union Square alors qu'il quittait les lieux d'un nouveau meurtre particulièrement odieux.

Suivit une vidéo d'une dizaine de secondes où l'on voyait l'homme entrer dans l'ascenseur, presser le bouton de sa main gantée et attendre l'ouverture des portes, immobile, tête baissée, avant de quitter la cabine.

— Un témoin anonyme a décrit le tueur à la police, qui a dressé un portrait-robot.

Ledit portrait vint remplacer la vidéo à l'écran.

— Tu vois ? fis-je à Joe. Monsieur Tout-le-monde. Yeux et cheveux de couleurs indéfinies. Traits du visage quelconques. Même les balles qu'il utilise sont banales. Par contre, ce qu'ils ne disent pas, c'est que son arme est équipée d'un silencieux extrêmement performant.

— Ça pourrait être un militaire. Un gars des forces spéciales. Ou un fournisseur de l'armée qui se sera procuré son silencieux au marché noir ou à l'étranger.

— Ouais. C'est une piste à creuser. Mais rien que dans cette ville, il doit bien y avoir des dizaines de milliers d'anciens militaires, non ? Et la moitié d'entre eux pourraient coller à la description... Hé, c'est quoi, ça ?

Bouche bée, j'observai une nouvelle vidéo montrant un reporter qui suivait Claire, caméra à l'épaule. Elle venait de quitter la morgue et se dirigeait vers le parking. Autour d'elle, une foule de journalistes l'assaillaient de questions : avait-elle une déclaration à faire aux habitants de San Francisco ?

Mais Claire marcha droit devant elle et monta dans sa nouvelle Prius. Elle alluma le moteur, et je m'attendais à la voir démarrer, histoire d'échapper à tous ces vautours, mais au lieu de ça, elle baissa sa vitre et fixa les caméras, le coude appuyé contre le montant de la portière :

— Oui, j'ai quelque chose à dire aux habitants de San Francisco. Et je ne m'exprime pas en tant que médecin légiste mais en tant que mère et femme. On est bien d'accord là-dessus ?

— Oui, répondirent en chœur les journalistes.

— Je m'adresse à toutes les mamans, poursuivit Claire. Gardez les yeux bien ouverts. Ne faites confiance à personne. Ne vous garez pas dans des endroits isolés et regagnez votre véhicule uniquement si vous voyez des passants autour de vous. Je vous conseille aussi de vous procurer un permis de port d'armes, d'acheter un pistolet et de le garder sur vous. Et je dis ça très sérieusement.

44.

Peter Gordon était assis devant son ordinateur portable posé sur la table en formica, dos au porche où

Sherry s'amusait avec son frère à des jeux de marion-
nettes complètement débiles. La boule puante poussait
des cris aigus, de joie ou de peur, ça, Pete n'en savait
trop rien, mais une chose était sûre, ces glapissements
lui donnaient l'impression qu'on lui enfonçait un tour-
nevis dans les tympans.

— Un peu de silence, Sherry, beugla-t-il par-
dessus son épaule. Sinon, dans deux minutes je retire
ma ceinture.

— D'accord, papa. On va se calmer.

Pete se replongea dans la rédaction de sa lettre –
une sorte de demande de rançon. Ouais. C'était ainsi
qu'il envisageait la chose. En général, il écrivait plutôt
bien, mais cette lettre devait être absolument limpide
et ne révéler aucun indice sur son identité.

*Lettre ouverte aux citoyens de San Francisco. J'ai
un message important à vous communiquer.*

Il réfléchit un instant au mot « citoyen », le trouva
trop formel et le remplaça par « habitant », beaucoup
plus approprié.

Lettre ouverte aux habitants de San Francisco. Il
décida de changer également la deuxième phrase : *J'ai
une proposition à vous faire.* Soudain, un hurlement
strident retentit sous le porche. Pete se retourna et vit
Sherry mettre un doigt devant sa bouche pour faire
taire la boule puante.

— Papa ! appela-t-elle à travers la fenêtre. Je suis
désolée, papa. Ne te mets pas en colère, Stevie ne l'a
pas fait exprès.

Le bébé continuait à brailler. Pete serra les poings
et songea à quel point il les détestait, à quel point il
haïssait son existence tout entière. *Admirez un peu,
messieurs-dames : le capitaine Peter Gordon, ancien*

commando reconverti en père au foyer niveau trou-
fion.

Lamentable !

La seule chose qui lui procurait un peu de joie, c'était de réfléchir à son projet. De penser au plaisir qu'il aurait, après avoir zigouillé Sherry et la boule puante, à montrer à sa femme qui il était vraiment. Il brûlait d'impatience de lui clouer le bec pour l'éternité. « Pete, trésor, n'oublie pas d'acheter du lait et pense à prendre tes médicaments. » « Hé, poussin, tu as préparé le repas des enfants ? » « Tu as fait le lit ? » « Tu as pris rendez-vous pour qu'ils viennent installer le câble ? »

Il se représenta le visage d'Heidi, livide en contraste avec ses cheveux roux, ses yeux comme des yoyos lorsqu'elle se rendrait compte de ce qu'il avait fait. Et de ce qu'il s'apprêtait à lui faire.

Bye-bye, Heidi. Bye-byyyye !

III

Le piège

45.

Vêtue de sombre et accroupie dans le massif d'arbustes qui séparait la rue de l'immense bâtisse de style Tudor, Sarah Wells se fondait dans l'obscurité. Elle vivait un flash-back tridimensionnel de son cambriolage chez les Dowling. Elle repensa à l'attente dans le placard pendant que le couple faisait l'amour, puis au moment où elle avait trébuché contre le meuble lors de son évasion *in extremis*. Et, le pire de tout, l'accusation de meurtre qui planait au-dessus de sa tête.

Elle envisagea une seconde de renoncer tant qu'il en était encore temps, mais d'un autre côté, la maison des Morley constituait un trophée de choix.

Avec ses murs blancs, ses poutres sombres et ses larges bow-windows, la villa s'élevait sur trois niveaux. Elle appartenait à Jim et Dorian Morley, qui possédaient une chaîne de magasins de sport présents tout le long de la côte. Elle avait lu tout ce qui les concernait sur Internet, vu des dizaines de photos. Dorian Morley s'habillait uniquement en haute couture et détenait une impressionnante collection de bijoux.

Sarah avait notamment relevé une phrase extraite d'une interview accordée au *Chronicle*, dans laquelle

elle expliquait qu'elle aimait porter des diamants
« même pour aller faire ses courses ».

Même pour aller faire ses courses !

Voilà pourquoi Sarah avait décidé d'inscrire les
Morley sur sa liste. Elle avait effectué plusieurs repé-
rages pour se rendre compte des allées et venues dans
le quartier aux alentours de 21 heures, localiser le
meilleur endroit où garer sa voiture et où se cacher.
Un peu plus tôt dans la semaine, au cours d'une de
ces expéditions, elle avait même vu Jim Morley quitter
son domicile au volant de sa Mercedes. Il était trapu
et musclé, façon bodybuilder.

Sarah n'avait bien sûr aucune envie de tomber sur
lui. Mais il n'y avait *a priori* aucun risque. Les Morley
organisaient une grande soirée *Big Chill* dans leur
jardin, et avaient prévu d'offrir à leurs invités un
concert d'un groupe de rock and roll des années 1960.
Elle entendait déjà retentir les premiers accords de
guitare électrique.

Que rêver de mieux comme couverture sonore ?

Quinze minutes plus tôt, l'un des employés avait
garé la voiture du dernier invité en bas de la colline
et traînait à présent sur le trottoir avec son collègue.
Sarah distinguait leurs éclats de rire et sentait l'odeur
de leurs cigarettes.

Elle était prête. Elle avait pris sa décision. Il n'y
avait plus une seconde à perdre.

Elle leva les yeux vers la fenêtre de la chambre,
prit une profonde inspiration et s'élança depuis sa
planque. Elle traversa en courant les vingt mètres qui
la séparaient de la maison. Parvenue au pied de l'édi-
fice, elle exécuta une série de gestes maintes fois
répétés lors de ses séances d'entraînement sur le mur

132

d'escalade. Du bout de sa chaussure gauche, elle s'agrippa au bardeau, saisit le tuyau de la gouttière de sa main droite et s'étira jusqu'au rebord de la fenêtre.

À mi-chemin de son ascension, son pied gauche glissa et elle resta suspendue, le cœur battant, plaquée contre le mur, sa main droite cramponnée à la gouttière et priant pour que le tuyau ne cède pas, ce qui créerait un vacarme de nature à fortement compromette la suite des opérations.

Abandonne tout, Sarah. Rentre chez toi tant qu'il en est encore temps.

L'instant parut durer une éternité, mais les nombreuses heures qu'elle avait passées suspendue à la barre installée chez elle, entre les montants de la porte de son placard, avaient transformé ses avant-bras en véritables câbles d'acier. Quant à ses doigts, elle les avait fortifiés en pressant dans sa paume une balle en caoutchouc chaque fois qu'elle conduisait ou regardait la télé – en fait, dès qu'un moment le lui permettait. Pour autant, malgré sa force et sa détermination, elle ne pouvait rien contre le clair de lune, qui ce soir-là procurait une forte luminosité, ni contre le fait qu'elle ne possédait pas le don d'invisibilité.

Soudain, elle entendit une voiture s'arrêter au coin de la maison, puis les voix de nouveaux invités qui remontaient l'allée. Elle attendit qu'ils entrent, et lorsqu'elle se sentit en sécurité, elle lâcha le tuyau, se déploya pour venir agripper la moulure située sous la fenêtre et se hissa jusqu'à pouvoir passer sa jambe sur le rebord.

L'instant d'après, elle pénétrait dans la chambre.

46

Sarah sauta sur le tapis et s'immobilisa, étourdie par un mélange d'allégresse, de peur, et un sentiment d'urgence. Elle jeta un coup d'œil au réveil posé sur la table de nuit, à côté de l'imposant lit à baldaquin : l'écran digital affichait 21 h 14. Elle se fixa pour objectif d'être ressortie à 21 h 17.

La lumière venue du hall d'entrée éclairait faiblement la vaste pièce. Elle observa les meubles en érable de style Queen Ann, issus d'un héritage familial, mais aussi des millions de dollars amassés par les Morley grâce à leur lucratif business. Un gigantesque écran plasma trônait face au lit ; des toiles de maître et des photos du clan Morley naviguant sur des voiliers ornaient les murs de la chambre. Dehors, le concert rugissait ses riffs de guitare.

Sarah traversa la longue pièce moquettée pour aller fermer la porte à clé. À présent, hormis la lueur des chiffres bleus du réveil, la chambre était plongée dans l'obscurité.

21 h 15.

Sarah tâtonna le long du mur, trouva la porte du dressing, l'ouvrit et alluma sa lampe frontale. De la taille d'une chambre à coucher, la pièce accueillait d'immenses linéaires remplis de vêtements qui se faisaient face, pour monsieur d'un côté, pour madame de l'autre, ainsi qu'un gigantesque miroir sur le mur du fond. Le dressing idéal, sauf qu'il manquait un coffre-fort. Où était-il ?

Sarah se mit aussitôt au travail, fouillant derrière les innombrables robes de soirée à la recherche d'une ouverture, faisant courir ses doigts le long des plinthes et des étagères. Et pendant ce temps, les secondes défilaient à toute allure.

Elle allait devoir repartir les mains vides.

Sarah venait tout juste d'éteindre sa lampe et de ressortir lorsqu'elle entendit des bruits de pas. Elle vit la poignée de la porte s'actionner de haut en bas, et une voix d'homme lança :

— Hé ! Qui a fermé à clé ?

Sarah se figea sur place. Devait-elle se cacher ? Chercher à regagner la fenêtre dans le noir ?

L'homme appela de nouveau :

— C'est Jim ! Faut que j'aille aux chiottes !

Il ponctua sa phrase d'un gros rire d'ivrogne, puis, d'une voix plus haut perchée :

— Hello Kitty ? C'est tooooiiii ?

Sarah sentit son cœur s'arrêter. C'était Jim Morley, et il s'énervait sur la poignée.

— *Oh ! Ouvrez, maintenant !*

47.

Sarah se précipita vers la fenêtre sans se préoccuper de ce qu'elle risquait de percuter sur son passage. Elle venait de poser la main sur le rebord lorsqu'une porte s'ouvrit, laissant pénétrer un halo lumineux. Morley se trouvait dans la salle de bains attenante à la chambre. Sa silhouette massive se découpait à contre-jour dans l'encadrement de la porte.

— Il y a quelqu'un ? lança-t-il tout en cherchant l'interrupteur sur le mur.

En l'absence de lumière dans la pièce, elle le voyait beaucoup mieux que lui ne la voyait. Prise d'une impulsion soudaine, elle tenta le tout pour le tout :

— Jim ? Tu veux bien nous laisser quelques minutes d'intimité ?

— Laura ? C'est toi, Laura ? Désolé. Prenez votre temps, Jesse et toi. Prenez tout le temps que vous voudrez.

La porte de la salle de bains se referma, et la pièce se retrouva de nouveau plongée dans l'obscurité. *Prenez tout le temps que vous voudrez*, avait dit Morley. Mais en rejoignant ses invités, il ne tarderait pas à se rendre compte que Laura et Jesse n'étaient pas dans la chambre, et donnerait l'alarme.

21 h 20.

Sarah posa son pied sur le rebord et, subitement, une image s'imposa à son esprit. Dans sa hâte, elle avait tout de même eu le temps de remarquer une peinture représentant un champ de blé, juste à côté du lit. Ne dissimulait-elle pas une cachette ?

Trente secondes, pas plus… Il fallait qu'elle vérifie !

Sarah trouva le bord du lit grâce à la lueur du réveil et s'en servit pour se diriger vers le mur. Elle fit courir ses doigts le long du cadre, puis le tira vers elle.

Elle poussa un soupir en sentant le tableau pivoter. Derrière, elle tomba sur une boîte en métal. Le verrou était ouvert. D'un geste vif, elle s'empara du coffre, le posa sur le lit et souleva le couvercle. Elle ouvrit le sac en toile qu'elle avait apportée pour transporter le butin, et entreprit d'y transvaser le contenu du coffre.

Lorsque son sac fut plein, elle le referma et replaça le coffre vide à sa place derrière le tableau.

Il était temps de filer !

Sarah glissa un œil à travers les rideaux et aperçut un homme qui promenait son rottweiler. Le type s'arrêta pour discuter un instant avec le voiturier avant de reprendre son chemin. Sans perdre une seconde, Sarah sauta sur le rebord, se retourna pour faire face à la pièce et, plaçant ses mains entre ses jambes fléchies, elle s'accrocha à la fenêtre et se laissa tomber. Mais au moment d'atterrir, son pied s'enfonça dans une ornière ; elle se tordit la cheville.

Elle étouffa un cri, les dents serrées, le visage déformé par une grimace de douleur. Profitant d'un passage de nuages venus masquer la lune, elle regagna sa voiture en boitillant.

48.

Sarah pleura presque de soulagement en apercevant sa Saturn rouge garée le long du trottoir, non loin de chez les Morley. Elle ouvrit la portière, s'installa et ôta d'un seul geste son bonnet et sa lampe frontale. Puis elle se débarrassa de ses gants et les fourra dans son sac, qu'elle glissa sous son siège.

Elle resta un instant à savourer l'obscurité apaisante de la nuit, les mains posées sur le volant. Des élancements de douleur montaient de sa cheville tandis qu'elle repensait à son équipée aussi brève qu'intense.

Elle venait de vivre une scène incroyable.

Jim Morley l'avait appelée « Hello Kitty » !

Il avait ouvert la porte de la salle de bains et braqué son regard droit sur elle. Et pourtant, elle ne s'était pas fait prendre.

Du moins pour le moment, songea-t-elle. Il y avait dans son sac de quoi l'envoyer derrière les barreaux pour vingt ans, sans compter l'accusation de meurtre qui lui pendait au nez.

Sarah se passa la main dans les cheveux, enfila la chemise qu'elle gardait sur la banquette arrière et démarra le moteur. Elle remonta Columbus Avenue en direction de Bay Street en prenant soin de respecter les limitations de vitesse, dépassa Chestnut Street et Francisco Street, perdue dans ses pensées.

Elle aurait tant voulu dire la vérité à Heidi, lui expliquer que le butin accumulé au cours de ses cambriolages allait leur permettre de financer leur liberté, peut-être pour le restant de leurs jours, de vivre ensemble en formant une famille comme elles en rêvaient depuis si longtemps.

Un bruit distant attira soudain son attention. Elle se rendit vite compte qu'il s'agissait d'une sirène de police. Les gyrophares se rapprochaient et la plainte stridente s'amplifia.

Les flics !

Jim Morley avait-il appelé la police ? Le voiturier l'avait-il vue descendre la rue en boitant lorsque Morley avait donné l'alarme ? Elle était pourtant certaine que personne ne l'avait suivie jusqu'à sa voiture.

Quelle erreur avait-elle commise ?

Le cerveau en ébullition, le cœur battant à tout rompre, elle se rangea sur le bas-côté. Elle repoussa le sac un peu plus sous son siège, puis, les yeux rivés sur le rétroviseur, elle observa le véhicule de patrouille qui se garait derrière elle.

49.

En cherchant à se construire un alibi, Sarah sentit son esprit s'embrouiller. Elle était loin de chez elle, et certaine d'avoir l'air coupable de quelque chose. Son corps tout entier se couvrit d'une fine pellicule de sueur lorsqu'elle vit s'ouvrir la portière. Un flic en uniforme se dirigea vers elle.

Son chapeau lui masquait les yeux, mais Sarah remarqua sa mâchoire carrée, son nez long et pointu, son absence de sourire. Le type même du flic pas arrangeant.

— Carte grise et permis de conduire, s'il vous plaît.

— Tout de suite, répondit Sarah en se penchant pour fouiller dans la boîte à gants.

Elle trouva son portefeuille au-dessus d'une pile de cartes routières. Ses gestes étaient fébriles, et elle fit tomber ses cartes de crédit en voulant sortir son permis. Elle fouilla à nouveau pour mettre la main sur sa carte grise, puis tendit les documents au policier.

— J'ai commis une infraction ? demanda-t-elle. Je roulais au-dessus de la limite ?

Le flic braqua le faisceau de sa lampe torche sur les papiers :

— Attendez-moi un instant.

Il regagna sa voiture pour vérifier le nom de Sarah sur son ordinateur.

Les lueurs rougeâtres des gyrophares se reflétaient dans son rétroviseur. Sarah se répétait en boucle qu'elle avait été stupide de commettre ce cambriolage chez les Morley. Elle imagina le flic lui demandant de quitter son véhicule et de mettre les mains sur le capot. Il n'aurait aucune peine à trouver le sac rempli de bijoux.

Le temps passait. Elle se représentait déjà l'arrivée d'autres voitures de patrouille, les flics l'encerclant, hilares de constater à quel point elle s'était fait prendre bêtement. Elle imagina l'interrogatoire auquel ils la soumettraient jusqu'à ce qu'elle finisse par tout avouer – ce qui arriverait assez vite, car comment justifierait-elle la présence sous son siège de bijoux appartenant à Dorian Morley ?

La douleur dans sa cheville était devenue insupportable, et elle commençait à se sentir nauséeuse.

Qu'allait-il lui arriver ? Que deviendrait Heidi ?

Un rayon de lumière vint l'éblouir ; l'officier était de retour. Il lui rendit ses papiers :

— Votre feu arrière gauche ne fonctionne plus. Vous devez le faire réparer le plus vite possible.

Sarah se confondit en excuses, expliquant qu'elle ne s'était pas aperçue qu'il était cassé, promettant de conduire sa voiture au garage dès le lendemain – et ce fut tout. Elle attendit que la voiture de patrouille se fût éloignée, ouvrit sa portière et vomit sur la route. Puis elle se redressa et appuya son front contre le volant.

— Merci, mon Dieu, fit-elle à voix haute.

Ses mains tremblaient encore lorsqu'elle mit le contact. Elle repartit en direction de Marina Boulevard. En chemin, elle tourna la tête vers le Golden Gate Bridge et ses lumières qui scintillaient comme des diamants. C'était un signe. Sarah sentit son optimisme revenir et l'euphorie la gagner.

Elle n'avait commis aucune erreur fatale. Le cambriolage chez les Morley se soldait par une réussite totale et la rapprochait un peu plus de son but. Une idée brillante naquit dans son esprit.

En plus d'aller faire réparer son feu arrière, elle allait contacter la veuve de Maury Green et lui faire une offre. Elle lui proposerait une prime d'intermédiaire si elle acceptait de la mettre en relation avec un autre receleur.

D'autres pensées lui vinrent en tête. Elle avait maintenant hâte d'ouvrir les enveloppes remplies des diamants de Dorian Morley et de contempler son butin.

50.

Sarah ouvrit la porte du petit deux-pièces qu'elle partageait avec son répugnant mari, et resta un instant immobile dans l'entrée minuscule, l'oreille tendue. Elle ne tarda pas à distinguer les ronflements de « Terreur ».

S'avançant dans le salon, elle le vit vautré dans son fauteuil en cuir marron, en marcel et en short, la braguette ouverte. Elle fronça le nez en apercevant le couple dont l'écran diffusait silencieusement les ébats pornographiques, et passa devant lui pour se rendre dans la chambre.

Ce n'est qu'après avoir refermé le loquet derrière elle qu'elle se sentit suffisamment en sécurité pour ne plus avoir à retenir sa respiration. Elle tira les rideaux, alluma le plafonnier, puis vida son sac en toile sur le couvre-lit.

Les yeux brillants, elle ouvrit les enveloppes mate-lassées, et eut le souffle coupé en découvrant les rivières de diamants, les bracelets en or incrustés de pierres précieuses, les broches, pendentifs et autres bagues. Elle les contempla longuement, les caressant du bout des doigts, stupéfaite de son audace et hyp-notisée par la beauté de ces bijoux.

Dorian Morley avait vraiment beaucoup de goût. Les colliers de diamants étaient récents, mais d'autres bijoux, finement travaillés et de facture plus classique, semblaient faire partie d'une collection personnelle. Sarah se demanda si ce trésor lui venait d'un héritage, ou s'il avait été acquis pièce par pièce par Dorian Morley en personne.

Et pour la première fois depuis qu'elle avait com-mencé sa série de cambriolages, Sarah sut que cette femme éprouverait un profond chagrin en découvrant la disparition de ses bijoux.

Elle se força à chasser ces pensées, consciente qu'il valait mieux ne pas s'égarer dans de telles considéra-tions. Et puis, les Morley étaient couverts par leur assurance, tandis qu'Heidi et elle ne pouvaient comp-ter que sur elles-mêmes. Chaque jour passé au côté de leur mari, en plus de leur faire courir des risques, ne faisait qu'ajouter à leur dégoût.

142

Sarah replaça les bijoux dans leurs sachets et ouvrit le tiroir inférieur de sa commode. Elle repoussa les piles de vêtements, souleva la planchette qui servait de double-fond et y déposa son sac en toile.

Avant de refermer le tiroir, Sarah devait absolument la revoir. Dans le fond de la cache secrète, sur la droite, se trouvait une petite boîte ronde en cuir noir. Elle ouvrit le couvercle et contempla fixement la somptueuse bague de Casey Dowling, scintillant sous la lumière comme si elle était vivante.

Cette pierre jaune, ouah, quelle merveille !

51.

— Drôle de coïncidence, hein ! marmonna Conklin en se garant face à la demeure de style Tudor plantée en plein cœur du quartier de Russian Hill. Hello Kitty commet un cambriolage le soir même où le tueur au rouge à lèvres abat Elaine Marone et son enfant.

— Tu sais, Rich, des fois, quand j'ouvre les yeux le matin, après deux ou trois heures de sommeil, je me dis que c'est trop, que le travail est en train de me bouffer et que je ferais mieux de changer de vie avant qu'elle finisse par avoir ma peau ! Et il me prend des envies de tout plaquer pour aller monter une boutique de plongée en Martinique !

— Eh bien sois mignonne avec les Morley, ils peuvent sûrement faire quelque chose pour toi.

Conklin réprima un fou rire comme l'imposante porte d'entrée s'ouvrait devant nous. Dorian Morley était une belle femme d'une quarantaine d'années. Elle portait une tunique à fleurs, un pantalon noir, et avait noué ses cheveux en un chignon négligé. Elle semblait en état de choc ; ses yeux étaient rougis. Elle nous guida jusqu'à la cuisine, une vaste pièce très lumineuse munie de larges comptoirs en verre et équipée d'appareils dernier cri. Son mari était installé à la table devant une tasse de café. Il se leva à notre entrée.

— Je me sens vraiment con, nous dit-il une fois les présentations terminées.

Nous prîmes place face à lui.

— La porte de la chambre était verrouillée, embraya-t-il. Ça m'a semblé bizarre. Quand je pense que j'ai lancé un truc du style, « C'est toi, Hello Kitty ? ».

Il s'interrompit, émit un drôle de ricanement et ajouta :

— On croit toujours que ça n'arrive qu'aux autres !

Il nous expliqua qu'il avait dû traverser la chambre d'amis pour accéder aux toilettes.

— Vous avez vu le cambrioleur ? demandai-je sans trop y croire.

— Non. Les lumières étaient éteintes. Elle m'a demandé de lui laisser quelques minutes d'intimité, et j'ai pensé qu'il s'agissait d'une de nos amies, Laura Chenoweth. Jesse et elle traversent actuellement une période mouvementée dans leur vie de couple. J'ai cru qu'ils s'étaient isolés dans la chambre histoire de se rabibocher, si vous voyez ce que je veux dire… Les journaux continuent d'écrire qu'Hello Kitty est un homme, non ?

Cette information valait son pesant d'or.

Si Hello Kitty était bien une femme, alors ce nouvel élément constituait notre première piste. Floue, certes, mais c'était déjà un début !

— Après la soirée, j'ai simplement déposé mes bijoux sur la commode, intervint Dorian Morley. J'ignorais qu'on nous avait volé quoi que ce soit jusqu'à ce que j'aille les ranger dans le coffre.

Elle enfouit sa tête dans ses mains et éclata en sanglots.

— Une grande partie de ces bijoux appartenait à la mère de Dorian, ajouta son mari. D'autres lui venaient de sa grand-mère. Dites-le-nous franchement, quelles sont nos chances de les récupérer ?

Encore sous le choc d'avoir découvert que le cambrioleur était une femme, j'entendis Conklin expliquer que, pour le moment, aucun des bijoux volés lors des précédents cambriolages n'avait refait surface.

Dorian Morley releva la tête :

— Il n'y a pas que le problème des bijoux, Jim. Il y a aussi le fait qu'une meurtrière s'est introduite chez nous, dans notre chambre. Oh, Jim, elle aurait pu te tuer !

52.

Une convocation dans le bureau de Tracchio représente toujours une aventure. On ne sait jamais si on va être couvert de compliments ou apprendre une terrible nouvelle.

Tracchio raccrocha son téléphone tandis que Jacobi, Chi et moi prenions place autour de son bureau en acajou. Je l'observai remettre en place la longue mèche qui lui servait à masquer sa calvitie. Je n'avais rien contre Tracchio, mais c'était vraiment le bureaucrate dans toute sa splendeur, et, à mon sens, seul un vrai flic aurait dû occuper son poste.

— Le maire a rentré mon numéro dans sa liste de favoris, asséna-t-il tandis que son assistante déposait devant lui une tasse de thé fumant. Déjà qu'en temps normal il m'appelle tous les jours, avec ce qu'il a lu dans le journal ce matin, je vous garantis que je vais décrocher la première place.

Il brandit devant nous un exemplaire du *Chronicle* dont la première page montrait une photo de Claire penchée à la portière de sa voiture, et ce titre : « Sortez armées ! »

Je rougis, gênée pour mon amie, mais également un peu inquiète des répercussions engendrées par sa déclaration.

— Je n'arrive pas à croire que quelqu'un de chez nous ait pu tenir de tels propos, lança Tracchio d'une voix qui montait peu à peu dans les aigus. Expliquer à la population qu'il est préférable de porter une arme ! Vous voulez savoir ce qu'en pense le maire ? Eh bien, il pense que nous sommes complètement à côté de la plaque. Nous tous, et surtout vous, fit-il en pointant son doigt grassouillet en direction de Jacobi.

L'intéressé se leva pour protester, mais Tracchio lui intima le silence d'un geste de la main :

— Rasseyez-vous, Jacobi. Et taisez-vous, je ne suis pas d'humeur. J'ai autre chose à vous montrer.

Il sortit un dossier, d'où il tira une feuille de papier qu'il glissa vers nous :

— Ce texte paraîtra dans le *Chronicle* demain matin. Ils en ont fait parvenir une copie au maire, qui me l'a ensuite envoyée.

Je lus le titre à voix haute : *Lettre ouverte aux habitants de San Francisco.*

— Allez-y, Boxer. Continuez.

— *Lettre ouverte aux habitants de San Francisco. J'ai une proposition à vous faire. C'est très simple. Je veux deux millions de dollars en liquide et une personne de confiance qui sera mon contact. Dès que j'aurai l'argent, je quitterai San Francisco et les meurtres cesseront. Je souhaite une réponse publiée par voie de presse. Nous verrons par la suite pour les détails. Bonne journée à tous.* Ce n'est pas signé, mais je suppose que nous savons tous qui est l'auteur de ce message.

Je sentis poindre un début de migraine.

— Vous ne pensez quand même pas céder à ses exigences ? demandai-je à Tracchio.

— Pas avec notre budget, ça c'est sûr, mais un citoyen a d'ores et déjà proposé de payer la somme.

— Désolée de vous contredire, monsieur, mais je pense que vous commettez une erreur. Ce serait la porte ouverte à n'importe quel cinglé qui déciderait de...

— Elle a raison, me coupa Jacobi. Et vous le savez très bien, Tony. Ce serait la pire chose à faire.

Tracchio abattit son poing sur le bureau :

— Écoutez-moi bien, tous autant que vous êtes. Plusieurs personnes innocentes ont été abattues ces dernières semaines. Nous avons mobilisé un effectif de quarante personnes sur cette affaire, et, pour l'instant, il n'y a aucune avancée significative. Rien, à part notre médecin légiste qui recommande à la population de sortir armée.

Il s'interrompit, nous observa à tour de rôle et ajouta :

— Je n'ai pas le choix. Cette lettre sera publiée dès demain, et je ne peux rien y changer. Il va donc falloir trouver un moyen d'arrêter ce psychopathe. Vous allez organiser une souricière. Je vous laisse carte blanche sur la méthode. Je sais que ce n'est pas facile, mais je vous rappelle que vous êtes payés pour ça. Allez, je dois téléphoner au maire.

53.

Nous quittâmes le bureau du big boss drapés dans un silence honteux. Oui, Tracchio nous avait engueulés de façon humiliante, mais, pour ma part, ce qui me souciait avant tout, c'était de voir la ville prise en otage par un dangereux psychopathe. Et de voir que Tracchio cédait au chantage de ce terroriste.

Apparemment, le processus était déjà enclenché. Avant même la publication de la lettre, une personne proche du maire avait proposé de payer les deux millions de dollars exigés par le tueur. Il était ridicule et illusoire de croire qu'en lui donnant cet argent il quitterait forcément la ville. Et même s'il tenait parole, où irait-il ? Et pour faire quoi ? Sans compter le nombre de tarés que cette histoire risquait d'inspirer !

À notre entrée dans la salle de la brigade, tous les regards se tournèrent vers nous et une question muette flotta dans l'air tel un nuage orageux.

Alors, qu'est-ce qu'il a dit ?

Jacobi s'arrêta sitôt franchi le pas de la porte et, livide, annonça aux six hommes qui le dévisageaient :

— Le tueur veut deux millions de dollars et Tracchio nous demande d'organiser une souricière.

Un déluge de soupirs et de commentaires s'abattit sur lui.

— Ça suffit ! lança-t-il. Le sergent Boxer prend la tête des opérations. Et je veux être tenu informé heure par heure.

Je me laissai tomber sur mon fauteuil de bureau, face à Conklin, l'informai de la gueulante que venait de nous passer Tracchio puis composai le numéro d'Henry Tyler. Je fus mise en relation avec son assistante personnelle, laquelle me mit en relation avec une musique d'ambiance destinée à me faire patienter.

Éditeur associé du *San Francisco Chronicle*, Henry Tyler était un homme puissant. Sa fille, Madison, avait été kidnappée peu de temps auparavant – une adorable fillette très précoce, musicienne surdouée.

Nos efforts, à Conklin et à moi, avaient permis de retrouver la petite saine et sauve. Grâce à nous, elle avait pu reprendre le cours de son existence, continuer à jouer du piano, aller à l'école, batifoler avec son chien.

« Je vous suis à jamais reconnaissant », nous avait dit Tyler. J'espérais qu'il n'avait pas oublié ces paroles.

— Henry Tyler, j'écoute ?

54

— Monsieur Tyler ? fis-je en essayant de me repré-
senter mentalement le grand homme aux cheveux gris.

Lors de notre dernière rencontre, il se promenait au
square en compagnie de sa fille. Il riait et était heureux.

— Voyons, Lindsay, je vous ai déjà dit cent fois
de m'appeler Henry. J'attendais avec impatience
d'avoir l'occasion de vous parler. Dommage que ce
soit en de telles circonstances.

— Nous sommes contents que le tueur se soit
manifesté, fis-je à Tyler. C'est pour nous une réelle
chance, mais nous avons besoin de temps pour organiser un plan. Et du temps, justement, vous pourriez
nous en faire gagner en publiant sa lettre après-
demain, ce qui nous laisserait une journée supplémentaire. Qu'en pensez-vous ?

— Et s'il s'en prend à d'autres personnes durant
ce laps de temps ? Je serais incapable de vivre avec
une telle culpabilité. Je suis prêt à payer la somme
qu'il réclame, Lindsay. Et j'espérais que vous seriez
notre intermédiaire.

— C'est donc vous qui avez proposé de verser les
deux millions ?

— Ce n'est pas si cher, quand on y pense. Il aurait
pu en demander dix, j'aurais réagi de la même
manière. Il continuera à tuer tant qu'il n'aura pas ce
qu'il réclame, vous le savez parfaitement. Je suis certain que c'était son intention dès le départ.

J'étais stupéfaite d'apprendre que c'était lui le
généreux donateur, et encore plus abasourdie par sa

conclusion, à savoir que cette série de meurtres n'avait eu d'autre motivation que l'argent.

— Ce qui m'inquiète, Henry, c'est que le versement d'une rançon ne nous garantit pas qu'il cessera de tuer, et je crains que ça n'amène d'autres personnes à suivre son exemple par la suite.

— Je vous comprends, Lindsay. Nous n'avons pas le choix : il va falloir le coincer d'une manière ou d'une autre. Et c'est la raison pour laquelle je souhaite travailler main dans la main avec vous.

Mon mal de crâne s'était à présent concentré en une douleur lancinante, juste entre les yeux. Je n'étais qu'un simple flic, rien d'autre. Je ne possédais pas de superpouvoirs me permettant de voir à travers les murs ou de lire dans les pensées d'un psychopathe. Même si j'étais flattée que Tyler m'estime capable d'arrêter le tueur, ce type n'en restait pas moins d'une redoutable intelligence, et je doutais fort qu'il tombe dans le piège de la camionnette banalisée garée à proximité du lieu de remise de l'argent.

Je voyais se profiler le pire des scénarios : le tueur s'emparait de l'argent, quittait la ville, continuait ses meurtres, et ouvrait une brèche dans laquelle s'engouffraient de nombreux cinglés à travers le pays. Les États-Unis ne comptaient pas suffisamment de policiers pour stopper une telle vague de terrorisme.

— J'aimerais être sûre de bien comprendre, fis-je à Tyler. Vous n'avez à aucun moment été en contact avec le tueur ? Il ignore que vous êtes prêt à payer la somme qu'il exige ?

— En effet. Pour l'instant, il nous a demandé de publier sa lettre, et il attend une réponse par voie de presse. Je peux essayer de faire traîner un peu les choses, le temps de rassembler l'argent, et ne faire paraître la réponse qu'après-demain.

— Ce qui nous laisse deux jours.

— Exactement.

— Bien. Vous aurez donc une nouvelle secrétaire à partir de demain matin ! Tenez-vous prêt, je serai avec vous vingt-quatre heures sur vingt-quatre !

55.

Une montagne de doughnuts nous attendait en salle de pause et je me jetai littéralement dessus. Je n'avais pas fait de vrai repas ni dormi plus de cinq heures d'affilée depuis environ deux semaines. Quant à l'exercice physique, zéro, à moins de prendre en compte l'activité de mon cerveau en effervescence permanente.

Je me servis un café puis regagnai la salle de la brigade. J'y trouvai Cindy assise sur mon fauteuil face à Conklin, le sourire aux lèvres, agitant gaiement ses boucles blondes.

— Linds ! s'écria-t-elle en se levant pour me prendre dans ses bras.

— Salut, Cindy ! fis-je en la serrant un peu trop fort. Rich et moi avons quelque chose à te dire – en off, je précise.

— Vous voulez m'apprendre qu'Hello Kitty est une femme ?

Je me tournai vers mon coéquipier, qui me regarda en haussant les épaules.

— Cette information ne doit pas s'ébruiter, Cindy, fis-je en m'installant sur mon siège tandis qu'elle prenait place sur une chaise.

J'empilai mes doughnuts sur une serviette en papier et je plaçai mon gobelet de café sur une chemise de dossier.

— J'avais établi une liste de types figurant dans le Bottin mondain et susceptibles de savoir escalader la façade d'une maison, nous dit Cindy en tirant de sa mallette une feuille imprimée. Duke Edgerton, William Burke Ruffalo et Peter Carothers pratiquent tous les trois la varappe. Ils faisaient partie de mes favoris, mais puisque Hello Kitty est une femme...

— On ne sait pas si la femme en question est bien Hello Kitty. Il peut tout à fait s'agir d'une personne qui assistait à la fête et que les Morley ne connaissaient pas, répondis-je. Alors mieux vaut ne pas s'enflammer en publiant des informations non vérifiées. OK ?

— Hummm...

— Révéler qu'Hello Kitty est une femme risquerait de fausser l'enquête, Cindy.

— Les Morley recevaient une cinquantaine d'invités ce soir-là. La nouvelle finira forcément par s'ébruiter !

— Il y a une différence entre une rumeur et une information confirmée par la police. Mais je ne t'apprends rien.

— Et si j'écrivais : « Selon des sources proches du SFPD, les enquêteurs détiennent des informations qui pourraient permettre d'identifier Hello Kitty. » ?

— Si tu veux, oui. Et au cas où ton boss ne te l'aurait pas encore dit...

— La lettre du tueur à paraître en première page ? Oui, Henry m'en a parlé.

— Tant mieux si tu es au courant. Autre chose, Cindy ?

— Je voulais vous prévenir que j'allais de ce pas interviewer Jim et Dorian Morley.

— Merci pour l'info, fit Conklin.

— Alors à plus tard, Cindy. Amuse-toi bien, ajoutai-je.

— Je te sens énervée, Linds ?

— Pas du tout. Merci pour la liste.

— OK. Alors à bientôt.

Je détournai les yeux lorsqu'elle embrassa Conklin. Après le départ de Boucles d'or, j'ouvris le dossier posé devant moi et étalai sur le bureau les photos d'Elaine et Lily Marone que Claire avait prises à la morgue.

— Et maintenant, au boulot ! fis-je à Conklin d'un ton glacial.

56.

— Je ne lui ai rien dit, m'assura Conklin.

— Peu importe.

J'avais l'esprit littéralement scindé en deux. D'un côté, Hello Kitty. De l'autre, le tueur au rouge à lèvres, qui était à présent notre priorité absolue.

— Je ne lui ai même pas parlé des Morley.

— Je te crois, Rich. Laissons tomber. Elle va publier son article et, une fois de plus, le standard sera saturé d'appels.

— Elle a obtenu l'info par l'intermédiaire d'un ami des Morley. Elle s'est débrouillée toute seule.

— On pourrait passer à autre chose ?

J'avais beau ne pas vouloir croire à ses explications, je savais que Conklin était quelqu'un d'honnête. Nous faisions équipe depuis maintenant plus d'un an, et durant cette période, j'avais plus d'une fois placé ma vie entre ses mains – et réciproquement. Je me remémorai les explosions, les incendies, les échanges de coups de feu auxquels nous avions survécu.

Notre relation, en tant que coéquipiers, était très forte, mais il y avait aussi ce que Claire appelait « l'autre truc ».

Je me rappelai notre étreinte, à moitié nus sur le lit d'une chambre d'hôtel, et mon refus d'aller plus loin. Ses déclarations d'amour. Les promesses de ne plus évoquer ces instants, de nous en tenir à une relation strictement professionnelle car c'était la meilleure chose à faire.

Et voilà que Rich était tombé raide dingue amoureux de Cindy. C'était sûrement la raison pour laquelle je me montrais si odieuse. Ça ne pouvait être que ça, car j'aimais Joe. Je l'aimais à la folie – et Cindy et Rich formaient un très joli couple.

Je séparai en deux ma pile de doughnuts et j'en offris une partie à Conklin.

— Waouh ! J'ai même droit à celui au chocolat ?

— Je suis désolée. Ça doit être les hormones.

— Essaie de te ménager un peu, Linds, OK ?

— J'essaie, j'essaie.

Conklin se leva et vint s'installer sur la chaise que Cindy venait de quitter.

— Tu es sûre de toi concernant Joe ? me demanda-t-il.

L'espace d'une seconde, je restai comme hypnotisée. La beauté de Conklin produisait souvent cet effet sur moi. Son odeur, aussi, et ça n'avait rien à voir avec le gel douche qu'il utilisait.

— Oui, répondis-je en détournant le regard.

— C'est lui le bon ?

— C'est lui, fis-je en hochant la tête.

Je sentis les lèvres de Conklin se poser sur ma joue, un geste qui n'avait rien de professionnel, surtout au beau milieu de la salle de la brigade, mais je me moquais qu'on puisse nous voir.

— Alors très bien.

Il regagna son siège et posa ses pieds sur le bureau.

— Quelle différence qu'Hello Kitty soit une femme ? Pourquoi aurait-elle tué Casey Dowling ?

57.

Sarah avait été la première à quitter le bâtiment à l'heure du déjeuner. En entrant dans le restaurant, Heidi la vit installée à une table près de la fenêtre.

Son visage se fendit d'un large sourire. Elle lui adressa un petit geste puis vint se glisser à côté d'elle sur la banquette en Skaï rouge. Elle lui prit la main et l'embrassa furtivement avant de jeter un œil par-dessus son épaule pour s'assurer qu'aucun prof ne se trouvait dans la salle.

— Joyeux anniversaire, fit Sarah. Tu sais que tu es plus sexy que jamais, du haut de tes trente ans ?

Heidi éclata de rire :

— Je ne me sens pas si différente de celle que j'étais à vingt-neuf ans. Contrairement à ce que je croyais.

On leur apporta les menus. Elles avalèrent leurs sandwichs en vitesse, car leur pause était brève et elles avaient une foule de choses à se dire.

— J'aimerais te poser une question, Sarah. Tu penses que si on pouvait vivre ensemble librement, sans craindre d'être renvoyées ou de rendre nos maris complètement dingues, nos sentiments l'une pour l'autre changeraient ?

— Est-ce qu'on se montrerait moins attentionnées, tu veux dire ?

— Oui, par exemple.

— Non. Ce serait encore mieux qu'avant. Et je te promets que ce jour arrivera. Écoute, Heidi...

À cet instant, trois serveuses sortirent de la cuisine avec un gâteau sur lequel brillaient trente petites bougies. Parvenues devant la table, elles entonnèrent la chanson, « *Happy birthday to you, Heidi. Happy birthday to yooouuu.* »

Les applaudissements retentirent d'un bout à l'autre de la petite salle. Heidi plongea son regard dans celui de Sarah, lui pressa la main et souffla ses bougies. Elle réussit à les éteindre du premier coup.

— Ne me dis pas ton souhait, fit Sarah.

— Pas la peine. Tu le connais.

Les deux femmes échangèrent une étreinte affectueuse, et Sarah sentit son cœur s'emballer en pensant au cadeau qui se trouvait dans la poche de son jean.

— J'ai une surprise pour ma petite trentenaire !

Elle plongea la main dans sa poche et en extirpa un paquet si petit qu'il ne pouvait contenir qu'un présent fabuleux. Heidi lui coula un regard plein de malice, défit le papier gris argenté et trouva une petite boîte en cuir.

— Qu'est-ce que ça peut bien être ?

— Ouvre, tu verras bien !

Heidi souleva le couvercle et découvrit la chaîne et son pendentif : une pierre jaune étincelante et finement ciselée. Bouche bée, elle sauta au cou de Sarah et lui demanda de l'aider à la mettre.

Rayonnante de joie, Sarah souleva les doux cheveux roux d'Heidi et attacha le fermoir. Le type spécialiste des colliers, dans le quartier de Fisherman's Wharf, avait vraiment fait un travail remarquable. Il n'avait posé aucune question, et n'avait même pas levé les yeux lorsqu'elle lui avait tendu les vingt dollars.

— Je l'adore. C'est le plus beau cadeau qu'on m'ait jamais fait. Comment s'appelle cette pierre ?

— Ce n'est qu'une simple citrine, fit Sarah. Mais je la vois surtout comme un symbole, une promesse.

Heidi plongea son regard dans le sien et Sarah effleura du bout des doigts le diamant qui oscillait doucement autour de son cou. Elle réaliserait bientôt son dernier cambriolage, prendrait ensuite contact avec un receleur et emmènerait Heidi, Sherry et Steven loin de San Francisco. D'une manière ou d'une autre, ils cesseraient bientôt de vivre dans la peur.

58.

Durant les heures qui suivirent la publication de la réponse à la « lettre de rançon », la planète entière se mit sur pause, les yeux rivés sur San Francisco. Les journalistes ne tardèrent pas à rappliquer en masse, qui à bord de camionnettes équipées d'antennes satellite, qui à pied, encerclant le palais de justice et l'immeuble du *Chronicle*, submergeant Tyler de demandes d'interviews, sautant sur le moindre flic ou employé du journal pour tenter de lui soutirer une information. Hommes, femmes, enfants, tous ceux qui avaient une opinion et disposaient d'un ordinateur, bombardaient leurs commentaires sur le site du *Chronicle*.

Les demandes d'interviews étaient systématiquement refusées, et le maire déclara aux médias : « Laissez-nous faire notre travail. Nous vous communiquerons les détails en temps voulu. »

Rich Conklin, Cappy McNeil et moi-même étions cloîtrés dans les locaux du journal. Notre mission : effectuer le tri entre les courriers bidon et ce que nous attendions, à savoir une réponse du tueur contenant les instructions quant à la remise des deux millions de dollars censés mettre fin à la série de meurtres.

C'était une situation terrible, et nous ne pouvions qu'en ressortir perdants – à moins de parvenir à capturer le tueur. Notre plan était simple. Suivre la piste de l'argent.

À 14 h 15, le type du courrier se pointa avec une grosse enveloppe marron adressée à *H. Tyler*. J'enfilai une paire de gants en latex et je lui demandai qui lui avait apporté cette lettre.

— Hal, un employé de chez Speedy Transit que je connais depuis longtemps.

— Vous avez signé le reçu ?

— Oui, il y a environ dix minutes. Je suis venu aussi vite que possible.

— Quel est votre nom ?

— Dave Hopkins.

— Dave, j'aimerais que vous alliez dans le hall et que vous demandiez à l'inspecteur McNeil d'interroger illico ce fameux Hal. Vous le reconnaîtrez, c'est un grand type costaud avec une veste marron.

J'appelai ensuite Conklin et nous nous rendîmes dans le bureau de Tyler.

— Henry, fis-je, cette lettre pourrait bien être celle que nous attendons. Ou alors il s'agit d'un paquet piégé.

— Vous voulez la jeter aux toilettes ou vous préférez l'ouvrir ?

Je me tournai vers Conklin.

— Je le sens bien, dit-il.

Je plaçai l'enveloppe sur le bureau de Tyler et nous l'observâmes un instant. Le mot *URGENT* figurait sous l'adresse en grosses lettres noires. À l'emplacement correspondant aux coordonnées de l'expéditeur, trois lettres rouges : *WCF*.

Nous avions délibérément omis de mentionner au public la signature du tueur ; j'avais donc peu de doutes. Tyler s'empara d'un coupe-papier, fendit le haut de l'enveloppe puis la retourna et la secoua doucement pour en vider le contenu.

Le premier objet était un téléphone portable à carte prépayée. Il y avait également une lanière permettant de le porter autour du cou ainsi qu'un kit mains libres avec oreillette et micro. Le téléphone possédait un appareil photo intégré.

Le deuxième objet était une enveloppe de taille standard adressée à *H. Tyler*. Je l'ouvris et découvris une feuille de papier blanc pliée en quatre sur laquelle était imprimé un message tapé à l'ordinateur : « Tyler. Appelez-moi avec ce téléphone. »

Au bas de la page, un numéro et cette signature : *WCF*.

59.

— Est-il possible de tracer un appel sur ce genre de téléphone ? demanda Tyler.

— Pas vraiment, répondis-je en secouant la tête. Il n'y a pas de système GPS, donc aucun moyen de connaître la position géographique.

Tyler prit l'appareil et composa le numéro indiqué dans la lettre. Il y eut plusieurs sonneries, puis la voix d'un homme :

— Tyler ?

— Oui, ici Henry Tyler. Qui est à l'appareil ?

— Vous avez l'argent ?

— Tout à fait.

— Montrez-le-moi.

Henry posa une mallette sur son bureau, ouvrit les fermoirs et dirigea l'objectif de la caméra sur les liasses de billets. Il prit une photo et l'envoya.

— Vous l'avez reçue ?

— Oui. Je vous avais demandé de désigner un intermédiaire.

— Je me charge de ce rôle, répondit Tyler.

— Non, vous êtes trop reconnaissable.

— Alors, j'ai un homme à vous proposer, fit Tyler en jetant un regard à Conklin. Il travaille au service publicité. Ma secrétaire s'est également proposée, mais je le lui ai fortement déconseillé.

— Comment s'appelle-t-elle ?

— Judy. Judy Price.

— Passez-la-moi.

Tyler me tendit le téléphone.

— Judy Price ? fis-je.

— Écoute-moi bien, Judy. Ce téléphone possède une batterie suffisante pour diffuser une vidéo sur mon ordinateur pendant environ trois heures. Mais j'espère qu'il nous faudra moins de temps que ça pour conclure notre affaire. Tu vas le porter autour du cou en tournant l'objectif devant toi, et le garder jusqu'à ce que j'aie récupéré l'argent. Je te donnerai les instructions au fur et à mesure. Tu as compris ?

— Vous voulez que je porte le téléphone autour du cou avec la caméra allumée et tournée devant moi, pour avoir la vidéo en temps réel sur votre ordinateur.

— Bien. Tu piges vite. À la moindre hésitation de ta part, ou si je vois que tu essaies de me jouer un sale tour, je raccroche. Après ça, je commettrai d'autres meurtres, et ce sera entièrement ta faute.

— Et si jamais il y a une coupure de réseau ?

— À ce compte-là, je te rappellerai. Débrouille-toi pour garder la ligne disponible et n'essaie pas de me la faire à l'envers.

— Comment dois-je vous appeler ?

— Appelle-moi « monsieur ».

— Bien, monsieur.

— Parfait. Maintenant, mets le téléphone autour de ton cou et tourne sur toi-même pour que je voie qui est avec toi.

J'effectuai une rotation complète.

— Je reconnais Tyler, mais qui est l'autre type ?

— C'est Rich, du service publicité.

— Mets le haut-parleur.

Je m'exécutai.

— Je te préviens, Rich : ne t'avise pas de suivre Judy. C'est valable aussi pour Tyler. Et inutile de préciser que si je vois des flics, ou si je repère quoi que ce soit indiquant que Judy a été suivie, je raccroche et c'est *game over* ! Je suis bien clair ?

— Très clair.

— Dirige la caméra vers toi, Judy.

Il y eut un long moment de pause, puis :

— Belle paire de nibards. J'espère que tu es aussi intelligente que jolie. Allez, branche l'oreillette… C'est bon, tu m'entends ?

— Je vous entends.

— OK, poupée. Prends l'ascenseur et sors de l'immeuble. Quand tu arriveras à l'intersection de Mission et de la 5ᵉ, je te donnerai mes instructions.

— J'ai hâte, marmonnai-je.

— Je t'entends parfaitement, fit le tueur d'une voix irritée. Fais gaffe, Judy. La ville compte sur toi, alors ne fais pas tout foirer.

60

Le téléphone accroché autour de mon cou me donnait l'impression d'une bombe miniature. Cet ignoble psychopathe voyait ce que je voyais, entendait ce que j'entendais et disais, et menaçait de continuer à tuer si les choses ne se déroulaient pas exactement comme il l'avait décidé.

Nous étions avertis.

Je quittai l'immeuble du *Chronicle*. C'était un après-midi gris et morose. J'observai les passants et je me demandai si le tueur saurait repérer les véhicules banalisés dispersés le long de Mission et de la 5e. J'aperçus Jacobi et Brady, Lemke, Samuels et Chi.

Conklin avait déjà dû les prévenir que je servais d'intermédiaire et que le tueur ignorait ma véritable identité. Pourtant, afin d'éviter tout problème, j'accrochai le regard de Jacobi, et, tout en prenant soin de garder ma main hors du champ de l'objectif, je pointai deux doigts en direction de mes yeux puis vers le téléphone pour lui signaler que j'étais sous surveillance.

C'est alors que je vis Cindy. Appuyée contre le mur de l'immeuble du *Chronicle*, les yeux exorbités, elle me regardait comme si je me dirigeais droit vers la guillotine. Je me sentis envahie par un élan d'amour pour mon amie. J'aurais voulu me précipiter vers elle et la serrer dans mes bras, mais au lieu de ça, je lui adressai un clin d'œil en croisant les doigts.

Elle parvint à décocher un sourire faiblard.

Tenant fermement la mallette de Tyler dans ma main droite, je poursuivis mon chemin. J'étais terrorisée, cela va de soi. Une fois que j'aurais remis cette mallette à *monsieur* le tueur, il était évident qu'il cherchait à se débarrasser de moi. Probablement en me tirant dessus. Sauf si je dégainais la première.

— Je suis au croisement de Mission et de la 5ᵉ, fis-je dans le micro. Et maintenant ?

— Jette ton sac à main dans la poubelle.

— Mon sac à main ?

— Dépêche-toi, poulette.

Pour jouer à fond le rôle de la secrétaire de Tyler, j'avais planqué mon arme et mon téléphone portable dans mon sac. Je le plaçai dans la poubelle la plus proche en prenant soin de montrer tous mes gestes à la caméra.

— Trèèèès bien, fit le tueur. À présent, direction la station de Powell Street.

Cette station était située à un bloc d'immeubles. Parvenue à hauteur de Market Street, je vis Conklin arriver derrière moi, hors du champ de la caméra. Une vague de soulagement me submergea. Je n'avais plus d'arme, mais j'avais mon coéquipier.

Je descendis les marches jusqu'au quai. Lisse et brillant comme une balle de revolver géante, le train déboucha du tunnel en émettant ce crissement caractéristique des trains de banlieue, qui sonnait ce jour-là comme une mise en garde. Les freins grincèrent, les portes s'ouvrirent et je montai dans la rame à destination de l'aéroport ; Conklin s'engouffra à l'autre bout du même wagon. Le train se mit en marche.

— Fais-moi un panoramique, siffla le tueur d'une voix légèrement étranglée.

Je fis pivoter lentement mes épaules pour donner à Conklin le temps de se retourner. Le train ralentissait pour le prochain arrêt lorsqu'une voix mécanique annonça le nom de la station : Civic Center.

— Descends, Judy. Maintenant.

— Vous m'aviez dit à l'aéroport.

— Descends, je te dis.

Conklin était coincé sur une banquette côté fenêtre, et il y avait des dizaines de personnes entre nous. Je savais qu'il ne m'avait pas vue descendre jusqu'à la fermeture des portes. L'inquiétude se lut sur son visage tandis que le train repartait.

— Retire ta veste et jette-la dans la poubelle.

— J'ai mes clés dans ma poche.

— Jette ta veste dans la poubelle et ne discute pas. Ensuite, tu prendras l'escalier. Une fois arrivée au premier palier, tu feras un tour complet pour que je vois si tu es suivie.

Je m'exécutai, et le tueur parut satisfait.

— En route, princesse. On a rendez-vous au Whitcomb.

61.

Je quittai le souterrain et débouchai sur la Civic Center Plaza, un parc planté de plusieurs alignements d'arbres et encadré par des bâtiments fédéraux de style classique, des banques et des institutions culturelles – une zone agréable mais fréquentée par de nombreux toxicomanes.

Tout en me dirigeant vers l'hôtel Whitcomb, je scrutai les voitures garées le long du trottoir dans l'espoir de repérer un véhicule banalisé. J'entendis une voiture prendre un brusque virage pour s'engager sur Market, obligeant une Ford grise à piler net. Impossible de me retourner sans montrer le conducteur à la caméra. Il ne me restait plus qu'à prier pour que Jacobi ou un autre membre de la brigade soit sur mes traces.

Je parvins bientôt devant le Whitcomb, un élégant hôtel de style victorien, et pénétrai dans le hall, somptueux, avec ses chandeliers en cristal, son sol recouvert de marbre et ses boiseries finement sculptées. D'énormes bouquets de fleurs embaumaient l'air de leur parfum délicat.

Mon guide touristique personnel m'ordonna de me rendre au Market Street Grill, un magnifique restaurant dont la salle était à cette heure presque vide. La jeune femme en poste derrière le comptoir de la réception portait une queue-de-cheval, et un badge indiquant son prénom : SHARRON.

Elle me demanda si je comptais dîner seule.

— En fait, je suis venue chercher une lettre pour mon patron, M. Tyler. Il pense l'avoir oubliée ici ce matin.

— Oh oui, fit Sharron. Je me souviens l'avoir mise de côté. Patientez une minute.

L'hôtesse fouilla un instant derrière son comptoir puis, après un petit cri de victoire, me tendit une enveloppe blanche sur laquelle était écrit *H. Tyler* au marqueur noir.

J'aurais aimé lui demander si elle avait vu l'homme qui avait laissé cette enveloppe, mais l'avertissement du tueur résonnait encore dans ma tête : « À la moindre hésitation de ta part, ou si je vois que tu essaies de me jouer un sale tour, je raccroche. Après ça, je commettrai d'autres meurtres, et ce sera entièrement ta faute. »

Je remerciai la jeune femme puis regagnai le hall de l'hôtel.

— Ouvre l'enveloppe, poupée, fit le tueur.

Je l'ouvris en grinçant des dents. À l'intérieur, je trouvai un ticket de parking et vingt-cinq dollars en billets neufs. Le talon du ticket indiquait TRINITY PLAZA. Je connaissais cet endroit, un immeuble locatif situé tout près de là.

— Vous vous amusez bien ? demandai-je au tueur.

— Beaucoup. Parle-moi de toi si jamais tu t'ennuies. Je suis tout ouïe.

— Je préférerais qu'on parle de vous. Pourquoi avez-vous commis tous ces meurtres ?

— Je te le dirais bien, mais tu connais le proverbe, Lindsay : après, je serais obligé de te tuer.

— Qui est Lindsay ? retournai-je, ébranlée par ce que je venais d'entendre.

Chancelante, je manquai de trébucher en descendant les marches de l'hôtel. Comment connaissait-il mon prénom ?

— Tu pensais que je ne te reconnaîtrais pas ? Voyons, trésor, tu es presque une célébrité ici, à San Francisco. Je me doutais bien qu'ils mettraient un flic sur le coup. Et à ma plus grande joie, c'est toi qu'ils ont choisie. Je tiens en laisse le sergent Lindsay Boxer !

— Si ça vous fait plaisir, c'est déjà ça…

— Je suis carrément sur un petit nuage. Écoute-moi bien, Lindsay. En deux clics sur Google, je peux découvrir ton adresse, qui sont tes amis et qui est l'homme qui partage ta vie. J'imagine que ça te donne une raison supplémentaire de faire en sorte que tout se passe bien, et que je puisse récupérer mon fric sans encombre. Je n'ai pas raison ?

Je visualisai mentalement Cindy et Conklin ; Joe, installé derrière son bureau avec Martha à ses pieds. Puis je m'imaginai mon Glock à la main, le canon braqué entre les yeux de ce taré. Je pressais la détente.

Problème, je n'avais pas mon Glock.

62.

— Tu es bien silencieuse, princesse, fit la voix dans mon oreille.

— Que voulez-vous que je dise ?

— Tu as raison. Ne réfléchis pas trop et contente-toi d'obéir aux ordres.

Au contraire, je n'arrêtais pas de gamberger. Si j'étais amenée à voir son visage et que je réchappais de cette aventure, je quitterais la police s'il le fallait pour finir le travail. Je visionnerais des milliers de photos d'anciens soldats, marines et autres gardes-côtes vivant à San Francisco.

Et s'il n'habitait pas à San Francisco, je continuerais à regarder des photos sans relâche jusqu'à le retrouver.

Mais bien sûr il ne me laisserait pas repartir tranquillement après m'avoir montré son visage. Pas lui. Pas le tueur au rouge à lèvres.

Je remontai Market Street, tournai et j'arrivai bientôt en vue du parking. Le type installé à l'entrée, dans la cabine, était adossé au mur, les yeux fermés, plongé dans la musique de son iPod. Je tambourinai contre la vitre et lui tendit le ticket.

— Ça fait vingt-cinq dollars, fit-il en me regardant à peine.

Je poussai les billets devant lui et il me remit les clés.

— Quelle voiture ? demandai-je au tueur.

— Une Chevrolet Impala verte, un peu plus loin sur ta droite. Je précise que c'est une voiture volée, Lindsay, donc pas la peine de chercher à m'identifier grâce à elle.

La bagnole avait l'air si vieille qu'elle pouvait dater des années 1980. Clairement pas le genre de caisse dont le propriétaire serait pressé de déclarer le vol. J'ouvris la portière et je vis, posée sur la banquette arrière, une mallette pour pistolet de la marque Pelican, assez grande pour contenir un fusil d'assaut.

— À quoi va-t-elle servir ? demandai-je.

— Ouvre-la.

Pelican était une marque réputée pour la fiabilité de ses mallettes : revêtements intérieurs en mousse, cadenas incassables, étanches et résistantes aux flammes.

Elle était vide.

— Mets-y l'argent.

Je suivis ses instructions, la rage au ventre, et me fis la réflexion que j'aidais un dangereux psychopathe à préparer son évasion après avoir semé la terreur dans toute la ville. Je ne pouvais m'empêcher de penser aux nazis qui avaient mis la main sur Paris pendant la Seconde Guerre mondiale.

— Glisse la mallette de Tyler sous la Lexus située sur ta gauche. Tout ça, c'est juste par précaution, princesse. Au cas où elle serait équipée d'un mouchard.

— Il n'y en a pas, mentis-je.

La poignée de la mallette accueillait en effet une balise de géolocalisation.

— Retire aussi tes chaussures et mets-les sous la voiture avec la mallette.

Je fis ce qu'il me demandait et songeai qu'en suivant le signal GPS jusqu'au parking, Jacobi trouverait la mallette – mais se retrouverait dans une impasse.

— Tu te sens d'humeur pour une petite virée ? lança mon compagnon virtuel.

— J'en rêve, répondis-je d'un ton faussement enjoué.

— J'en rêve, qui ?

— J'en rêve, *monsieur*.

Je m'installai au volant et démarrai le moteur.

— Où va-t-on ? demandai-je.

J'avais le sentiment d'être en route pour la mort.

63.

— C'est une surprise, me dit le tueur.

— Quelle direction ?

— Tourne à gauche.

Je jetai un œil à ma montre. Je trimballais ce téléphone démoniaque depuis ce qui me semblait être une éternité, et je me rendis compte que je ne savais toujours rien du tueur ni de ses intentions. Notre plan génial consistant à suivre la trace de l'argent était tombé à l'eau à cause de ce fou furieux, et je faisais tourner mon cerveau à plein régime pour tenter de trouver une solution. Mais laquelle ? J'ignorais tout de l'endroit où ce type comptait procéder à la remise de l'argent.

Je quittai le parking, longeai l'Asian Art Museum, puis le tueur me demanda de suivre Larkin Street. Après un bref coup d'œil à mon rétroviseur, je constatai, à mon grand désespoir, qu'aucune voiture banalisée n'était sur mes traces.

J'arrivai bientôt dans le quartier de Tenderloin, l'un des plus mal famés de San Francisco, avec ses bars miteux et ses boîtes à strip-tease sordides. Jacobi et moi avions essuyé des tirs dans une ruelle toute proche, et bien failli y laisser notre peau.

En chemin, j'empruntai des rues où j'avais patrouillé à mes débuts dans la police. Je passai devant une pizzeria excellente que j'avais fait découvrir à Joe, puis un bar où Conklin et moi venions parfois nous détendre après une rude journée. Je bifurquai ensuite dans Geary Street et longeai le Mel's Drive-in, où Claire et moi nous rendions souvent autrefois. Autour d'une assiette de frites, nous y évoquions notre condition de femmes luttant pour survivre dans un univers presque exclusivement masculin.

Je sentis monter les larmes, non en raison de la terrible épreuve que m'infligeait le tueur, mais de la nostalgie que j'éprouvais à me remémorer tous ces bons souvenirs. J'avais l'impression d'effectuer un ultime pèlerinage.

La voix désincarnée de l'homme qui avait ôté la vie à trois mères et à leurs bébés se fit de nouveau entendre :

— Suspends le téléphone au rétroviseur et tourne l'objectif vers toi.

J'étais arrêtée à un feu rouge, au croisement de Van Ness Avenue et de Geary Street. Je fis ce qu'il me demandait.

— Maintenant, enlève ton chemisier.

— Mon chemisier ? Pour quoi faire ?

— Ne pose pas de questions. Enlève-le.

Je compris soudain qu'il voulait vérifier l'éventuelle présence d'un micro. D'abord mon sac, ensuite ma veste, puis mes chaussures et la mallette.

J'ôtai mon chemisier.

— Jette-le par la fenêtre.

Je m'exécutai. Aucun passant ne leva les yeux.

— Fais la même chose avec ta jupe.

— Le feu vient de passer au vert.

— Alors démarre et gare-toi un peu plus loin... Voilààààà, très bien. Allez, enlève ta jupe, ton soutif, et jette-les dehors.

Ce type me rendait malade, mais je n'avais pas le choix. J'enlevai ma jupe, je dégrafai mon soutien-gorge puis les lançai par la fenêtre. Le tueur poussa un petit sifflement admiratif, et je me sentis humiliée comme jamais. Non seulement cet ignoble infanticide avait fait de moi sa marionnette, mais il avait également réussi à manœuvrer le SFPD tout entier.

Personne ne savait où j'étais.

— C'est bien, Lindsay, tu es une brave fifille. Maintenant, remets le téléphone autour de ton cou et démarre. Le meilleur reste à venir.

La vieille Impala se remit en branle et ce fut une succession de montées et de descentes jusqu'à Lombard Street, l'une des rues les plus sexy de la ville, un véritable aimant à touristes dont le point culminant, au niveau de Hyde Street, offre une vue à couper le souffle – une vue qui, à elle seule, devrait valoir à San Francisco d'être considérée comme l'une des sept merveilles du monde.

Ce panorama, je l'avais souvent admiré, mais c'était la première fois que je n'arrivais pas à être éblouie par la baie qui s'étalait devant moi, avec Alcatraz et Angel Island qui se dessinaient dans le lointain. Je dévalai bientôt la portion la plus sinueuse de la rue.

Le tueur continua de m'indiquer le chemin, glissant au passage un petit commentaire amusé pour exprimer le plaisir qu'il avait à me laisser conduire, ce qui lui permettait d'admirer le paysage tout en rêvant à son argent. De mon côté, je me baissais à chaque feu rouge, les épaules voûtées, priant pour que personne ne remarque une femme parcourant les seins à l'air l'une des artères les plus fréquentées de la ville.

J'avais beau contrôler fréquemment mes rétroviseurs et tourner la tête à chaque intersection, je ne voyais aucune trace de Jacobi, Conklin, Chi ou qui que ce soit d'autre.

Je dois admettre que l'espace d'un instant je faillis péter un câble. C'est une chose de risquer sa vie pour une cause en laquelle on croit, c'en est une autre d'être utilisée comme un robot par un tueur, d'être la seule personne à se sacrifier pour une opération en laquelle, pour le coup, on ne croit pas du tout – et qu'on juge même totalement folle.

Le tueur se manifesta de nouveau pour me demander de rebrousser chemin en direction du Presidio, ce que je fis. J'arrivai bientôt sur Richardson Avenue, puis la voie d'accès menant au Golden Gate Bridge.

Étions-nous en train de quitter la ville ?

Ma colère se dissipa en même temps que je reprenais mes esprits. La brigade devait être dans tous ses états : ils ignoraient tout de l'endroit où je me trouvais – et comment auraient-ils pu se douter que j'étais au volant d'une vieille Impala verte ?

Le tueur avait maintenant cessé de plaisanter. En m'engageant sur le pont, je me rendis compte que le réservoir était presque vide.

— Il va falloir refaire le plein.

— Non, répondit-il. Tu seras bientôt au milieu du pont. Je te dirai quand t'arrêter.

— M'arrêter ? Mais… c'est impossible !

— Tout est possible si je te le demande.

65.

— Je vais compter jusqu'à dix, fit le tueur.

La sueur me coulait dans les yeux tandis que le tueur égrenait le compte à rebours.

— Arrête-toi maintenant ! lança-t-il.

J'avais mis mon clignotant depuis mon entrée sur le pont, mais les automobilistes qui me suivaient devaient penser que je l'avais oublié par inattention.

— Arrête-toi ! répéta le tueur.

Il n'y avait pas d'endroit adéquat pour se garer, alors je ralentis progressivement pour venir m'immobiliser sur la voie la plus proche de la barrière métallique délimitant l'étroit cheminement piéton qui longeait la route.

J'enclenchai les feux de détresse et écoutai le cliquetis régulier en priant pour ne pas provoquer une collision susceptible de tuer les occupants de la voiture de derrière tout en me broyant contre le volant. Vivais-je donc mon dernier jour ?

— Prends la mallette sur la banquette arrière.

Je détachai ma ceinture de sécurité et me retournai pour attraper la mallette, que je déposai à côté de moi, sur le siège passager.

— Parfait. Sors de la voiture.

Ç'aurait été du suicide de tenter de descendre côté conducteur. Les voitures étaient lancées à pleine vitesse sur les deux autres files. Certains conducteurs me klaxonnaient, d'autres m'observaient avec des yeux ronds en hurlant des insultes. Je redressai la mallette contre le dossier, me penchai pour atteindre la poignée côté passager et ouvrir la portière d'un grand coup de pied.

J'étais presque nue, c'est vrai, mais j'avais quand même hâte de quitter la voiture. J'enjambai aussitôt la barrière de protection pour me retrouver sur le cheminement piéton. Les véhicules continuaient à klaxonner en esquivant l'Impala de justesse. J'entendis quelqu'un crier « Saute ! Saute ! »

— Ils ne rigolent pas avec la sécurité, vous savez. Les flics ne vont pas tarder à rappliquer.

— La ferme ! Approche-toi de la rambarde.

Je fus prise de vertige en regardant l'eau qui miroitait au soleil tout en bas. Ce taré allait me demander de sauter. Plusieurs centaines de personnes s'étaient déjà suicidées en se jetant du pont. Une vingtaine seulement en avaient réchappé. J'allais donc bientôt mourir, sans même savoir si ma mort permettrait de sauver des vies – ou si le tueur, après avoir récupéré l'argent, poursuivrait ses macabres activités.

Et d'ailleurs, comment comptait-il s'y prendre pour le récupérer ?

Je dirigeai mon regard vers Fort Point, à l'extrémité sud du pont, puis le long du rivage bordant Crissy Field. Où était-il ? C'est alors que j'aperçus un petit bateau à moteur qui s'approchait depuis Fort Baker, à l'autre bout du Golden Gate.

— C'est l'heure de se dire au revoir, Lindsay, grésilla la voix dans mon oreille. Jette le téléphone, et ensuite la mallette. Je compte sur toi, poupée. Ne fais pas tout foirer au dernier moment.

Le vent rabattit mes cheveux sur mon visage en même temps que je balançais le téléphone et la mallette par-dessus bord. Je suivis des yeux leur chute de près de quatre-vingts mètres.

66.

La mallette atterrit dans une gerbe d'éclaboussures puis coula brièvement avant de remonter à la surface. Depuis mon poste d'observation, je distinguai un homme dans le bateau à moteur.

Je quittai brutalement mon état de transe – j'étais enfin libre !

Je me plaçai à l'arrière de l'Impala et levai la main pour faire signe aux automobilistes. Le conducteur d'une Honda bleue lança un long coup de klaxon en passant devant moi. Un type au volant d'une Corvette me reluqua, mais sans s'arrêter. Que croyait-il, au juste ? Me prenait-il pour une prostituée d'un genre nouveau ?

Je continuai d'adresser des signes désespérés aux véhicules, effrayée à l'idée de me faire écraser par un chauffeur mal réveillé. Soudain, une BMW ralentit et vint s'arrêter devant l'Impala.

— Je suis flic, expliquai-je en me penchant vers le conducteur, un grand échalas de dix-huit ans. J'ai besoin de ton téléphone.

Il me tendit son portable, puis je lui indiquai un journal posé à côté de lui sur le siège passager. Il me le tendit également, et je m'en servis pour dissimuler ma poitrine tandis que je composais le numéro du standard. Je communiquai mon nom et mon matricule.

— Lindsay ! Oh mon Dieu ! Tout va bien ? Où es-tu exactement ?

Je connaissais la personne à l'autre bout du fil. Il s'agissait de May Hess, autoproclamée la « Lucky Luke du téléphone ».

— Je suis sur le Golden Gate…

— Avec cette femme nue sur le point de se suicider ?

Je partis d'un grand éclat de rire et me repris juste à temps pour ne pas sombrer dans l'hystérie la plus totale. Je lui expliquai brièvement la situation et lui demandai d'envoyer un hélicoptère de toute urgence.

Les gardes-côtes devaient intercepter un homme pilotant un bateau à moteur.

— Entendu, sergent. La patrouille sera là d'ici une trentaine de secondes.

J'entendis bientôt le cri des sirènes. Tenant toujours le journal contre ma poitrine, je me penchai à la rambarde pour observer le bateau qui se rapprochait de la mallette. Un hélico arriva en vrombissant au-dessus de lui.

Le Zodiac manœuvra de gauche à droite tel un cheval fou pendant un rodéo et s'engouffra sous le pont, suivi de près par l'hélico qui le pourchassa jusqu'à la plage de Crissy Field.

Je vis le tueur sauter hors de l'embarcation et marcher vers le rivage, de l'eau jusqu'à la taille. Le navire de patrouille ne tarda pas à arriver à sa hauteur.

Muni d'un mégaphone, un garde-côte lui ordonna de regagner la plage les mains en l'air. Aussitôt, les véhicules de police fondirent sur lui et l'encerclèrent.

Game over, enfoiré !

67.

J'observai les gardes-côtes sortir la mallette de l'eau. Le cri assourdissant des sirènes retentissait tout autour de moi.

Je me retournai et vis une flotte de voitures de police s'arrêter derrière l'Impala dans un concert de crissement de pneus. Presque tous les flics que j'avais pu croiser au cours de ma carrière étaient là. Ils bondirent

de leurs sièges et se précipitèrent vers moi en se bous-
culant.

Mon attention fut alors attirée par une Land Rover
arrêtée sur une voie dans le sens opposé. Elle avait dû
réussir à passer juste avant la fermeture du pont. Un
type barbu en descendit, tenant à la main un appareil
photo équipé d'un long objectif, et commença à prendre une série de clichés me montrant en petite culotte,
l'air hagard, avec mon exemplaire du *Chronicle* pla-
qué contre la poitrine.

Un cri s'éleva sur ma gauche et un homme surgit
de l'arrière d'un fourgon de police, un beau mec bâti
comme un joueur de football. Il s'élança en direction
du barbu.

— Donne-moi ça ! rugit-il.

Cet apollon n'était autre que Joe.

Face au refus du photographe, il l'empoigna par le
col et lui arracha l'appareil, qu'il balança dans la flotte
avant d'envoyer valser le type contre le capot de sa
Land Rover.

— Colle-moi un procès, juste pour voir ! grogna-
t-il par-dessus son épaule.

L'homme de ma vie courut jusqu'à moi. Son visage
trahissait son anxiété. Je me réfugiai contre lui en
sanglotant.

— On l'a chopé, Joe.

— Ce salaud t'a fait du mal ?

— Non, je vais bien. Et on l'a chopé !

— Oui. Tout est fini, maintenant.

Joe m'enveloppa de sa veste et me prit dans ses
bras. Conklin et Jacobi s'approchèrent de nous à cet
instant :

— Ça va, Lindsay ? demandèrent-ils à l'unisson.

— On ne peut mieux, répondis-je, les joues ruis-
selantes de larmes.

— Rentre chez toi, fit Jacobi. Prends une bonne
douche, mange quelque chose, et quand tu auras
retrouvé tes esprits, pointe-toi au Palais. On va prendre
notre temps. Entre le relevé d'empreintes et la pape-
rasse, tu as trois bonnes heures devant toi. On te le
laisse en priorité, Boxer. Tu as fait du bon boulot.

68.

Mes cheveux étaient encore humides lorsque j'arrivai au Palais, parée pour un face-à-face avec l'homme
qui m'avait humiliée et terrorisée, ce cinglé qui avait
ôté la vie à six innocents.

— Quoi de neuf ? lançai-je en poussant la porte du
bureau de Jacobi.

— D'après ses papiers, il s'appelle Roger Bosco.
C'est un ancien jardinier municipal qui travaille
actuellement comme agent d'entretien au San Francisco Yacht Club. Aucun passé militaire, pas de casier.
Il ne souhaite pas faire appel à un avocat.

— OK. Allons-y.

La salle d'observation, munie d'une glace sans tain,
était pleine à craquer de flics, de politiques et d'offi-
ciels en tout genre. Les caméras étaient prêtes à tourner. L'interrogatoire pouvait commencer.

Assis à la table, le suspect leva les yeux à notre
entrée. Je fus instantanément surprise par son apparence et son attitude.

Roger Bosco semblait plus vieux, et aussi plus petit que l'homme filmé par les caméras de surveillance. Il avait l'air complètement désorienté.

— J'ai eu peur de l'hélicoptère, expliqua-t-il en m'observant de ses yeux bleus et humides. C'est pour ça que j'ai essayé de m'enfuir.

— Commençons par le commencement, Roger. Je peux vous appeler Roger ?

— Bien sûr.

— Pourquoi avez-vous fait ça, Roger ?

— Pour l'argent.

— Vous aviez prévu de demander une rançon dès le départ ?

— Une rançon ?

Je m'installai sur une chaise à côté de lui et le dévisageai longuement, cherchant à voir le psychopathe froid et calculateur qui se cachait derrière ce type d'apparence si banale. Pendant ce temps, Jacobi arpentait la pièce de long en large.

— Deux millions de dollars, c'est une sacrée somme, fis-je en m'efforçant de conserver mon calme.

Je voulais lui montrer qu'il pouvait avoir confiance en moi, que je ne lui tenais pas rigueur de notre petite « escapade ».

— Deux millions ? Mais… On m'a proposé cinq cents dollars, et je n'en ai touché que la moitié !

Je me tournai vers Jacobi, mais son regard n'exprimait rien. De nouveau, je sentis pointer un accès de colère. Les faits étaient indiscutables : au moment de son arrestation, Bosco pilotait un Zodiac et se dirigeait droit vers la mallette.

— Écoutez, Roger. Si vous voulez qu'on fasse un geste envers vous, il va falloir vous montrer un peu

182

plus coopératif. Dans un premier temps, vous allez m'expliquer la façon dont vous avez planifié tous ces meurtres. Entre nous, je dois reconnaître que vous avez du génie. Il a fallu mobiliser de nombreux policiers pour vous arrêter. Ça mérite d'être salué. Si vous acceptez de parler, je ferai en sorte d'intervenir en votre faveur auprès du *district attorney*.

Bosco me dévisagea avec des yeux ronds. Il se tourna vers Jacobi, puis de nouveau vers moi :

— Je ne comprends rien à votre histoire. Je jure devant Dieu que je n'ai jamais tué personne. Jamais ! Vous me prenez pour quelqu'un d'autre.

69.

L'interrogatoire se prolongea durant plusieurs heures. Il s'avéra que Bosco travaillait bien comme agent d'entretien au Yacht Club. Nous passâmes son emploi du temps à la loupe afin de vérifier ses alibis. Joints par téléphone, ses collègues nous confirmèrent l'avoir vu au travail aux jours et heures où avaient été commis les meurtres des Benton, des Kinski et des Marone.

J'allai chercher Bosco en cellule pour le reconduire en salle d'interrogatoire, cette fois avec du café, un sandwich au jambon et un paquet d'Oreos.

Il nous raconta son histoire depuis le début. Un homme qui se disait réalisateur était venu le trouver au Yacht Club. Il tournait un film d'action et avait besoin d'une doublure pour une scène au cours de laquelle le personnage principal devait récupérer une mallette jetée depuis le Golden Gate.

Bosco avait accepté avec enthousiasme et pris une journée de congé pour participer au tournage. À la demande du réalisateur, il avait emprunté un Zodiac appartenant au Yacht Club – il avait reçu pour consigne d'attendre près de Fort Baker et de guetter le moment où une mallette serait jetée du haut du pont.

Le « réalisateur » lui avait donné deux cent cinquante dollars d'avance et promis de lui remettre le reste de la somme après avoir récupéré la mallette. Ils avaient convenu d'un rendez-vous devant le Greens Restaurant, à Fort Mason.

Bosco avait-il réellement gobé cette histoire à dormir debout ? Était-il impliqué dans l'affaire, ou tout bonnement stupide ?

— Il vous a donné son nom ? demandai-je.

— Bien sûr. Tony… Tony quelque chose. Un mec banal. Un mètre quatre-vingt-cinq. Assez mince. Je ne me souviens même pas de ce qu'il portait. Hé ! Attendez une minute. Il m'a laissé sa carte.

On m'amena le portefeuille de Bosco, complètement trempé. La carte se trouvait dans le compartiment à billets.

Il s'agissait d'une carte de visite faite maison, imprimée sur une imprimante à jet d'encre. La plupart des gens ne s'y seraient pas laissé prendre, mais Roger Bosco semblait tout content de pouvoir se justifier grâce à elle. Il souriait comme s'il venait de trouver du pétrole dans son jardin.

— Regardez, fit-il en pointant son gros doigt sur le logo rouge aux contours baveux. « Anthony Tracchio. WCF Productions. »

Jacobi et moi laissâmes Bosco en salle d'interrogatoire.

— Le boss va adorer, lâcha Jacobi d'un air las. Je vais l'appeler pour le prévenir que le tueur au rouge à lèvres court toujours. Et qu'on a récupéré l'argent.

70.

La lumière des lampadaires filtrait à travers les stores de la chambre, dessinant sur la couverture une série de lignes bien nettes. Cindy se lova contre Rich, le bras posé sur son torse.

— Je suis vraiment désolé, Cindy. Je ne pensais pas avoir à dire ça un jour, mais je t'assure, c'est la première fois que ça m'arrive.

— Ce n'est rien, répondit-elle en l'embrassant sur la joue. Ne t'inquiète pas pour ça.

— Au contraire. Si j'en suis là à tout juste la trentaine !

— Tu sais ce que je crois ? Que quelque chose te tracasse. Dis-moi ce qui ne va pas, Rich. La première chose qui te vient à l'esprit.

— Lindsay.

— Je te donne un million si tu retires ce que tu viens de dire.

Cindy roula sur le côté et s'absorba dans la contemplation du plafond. Rich éprouvait-il des sentiments pour Lindsay ? Leur relation professionnelle s'apparentait-elle à une forme de relation amoureuse ?

Une chose était certaine, un lien très fort les unissait. Et, de nouveau, Cindy se demanda s'il ne valait pas mieux faire machine arrière et renoncer tout de suite à vivre une histoire avec Rich.

— Excuse-moi, ma réponse peut prêter à confusion, fit Rich en l'attirant contre lui. En fait, je n'arrête pas de repenser à ce cinglé qui l'a forcée à se déshabiller. Il aurait pu la tuer à n'importe quel instant. Je suis son coéquipier, tu comprends ? J'aurais dû être là pour la protéger.

Cindy poussa un soupir et se détendit peu à peu.

— Tu as fait ton possible, Rich. Tu n'as pas à t'en vouloir. Et en même temps je comprends ta réaction. Lindsay m'a glissé un petit clin d'œil quand je l'ai croisée à la sortie de l'immeuble. Elle voulait me convaincre que tout se passerait bien, pourtant elle ignorait ce qui l'attendait. À ce moment-là, je me suis sentie complètement impuissante.

— Exactement.

— J'aurais voulu agir, mais je ne pouvais rien faire. Rien.

— Les femmes font preuve d'un courage qui m'impressionnera toujours. Comme toi, Cindy, qui passes ton temps à enquêter sur des affaires criminelles. Même le fait d'être restée vivre ici montre à quel point tu es courageuse.

Juste après avoir emménagé dans cet appartement ensoleillé de Blakely Arms, en lisière d'un quartier plutôt mal famé, Cindy avait découvert que plusieurs meurtres avaient été commis dans la résidence.

— J'ai tout le temps peur, tu sais. Ce que tu appelles du courage consiste en réalité à tout mettre

186

en œuvre pour oublier que j'ai peur. C'est ma façon de fonctionner. De prendre soin de moi.

— C'est ce que tu veux ? Prendre soin de toi ?

— Oui, mais ça ne veut pas dire que j'ai envie de vivre seule.

— Ah non ?

Rich la serra contre lui, et elle se noya dans son regard. Elle éprouvait un amour si fort qu'il en était presque douloureux.

— On devrait passer nos nuits ensemble, fit Rich. Ça m'inquiète de te savoir seule ici.

— Tu veux emménager chez moi pour assurer ma protection, c'est ça ?

— Je suis dingue de toi, Cindy. C'est sympa de se voir, de sortir au restaurant et tout, mais j'ai envie de plus. J'ai envie de vivre avec toi.

— Ah oui ?

— Parole de scout ! répondit Rich en souriant.

71.

La douleur dans ses bras était semblable à une brûlure, et même pire, mais Sarah resta suspendue jusqu'à ce que ses muscles refusent d'obéir plus longtemps.

Elle lâcha la barre, secoua lentement ses mains pendant plusieurs minutes puis se rendit au salon et s'installa avec son ordinateur portable dans le fauteuil de Trevor, dont la laideur n'avait d'égal que l'incroyable confort.

Elle corrigeait des interrogations écrites tout en écoutant la télé d'une oreille distraite, lorsqu'elle entendit Kathryn Winstead, la présentatrice la plus séduisante du paysage audiovisuel, interroger Marcus Dowling d'un ton plein d'émotion.

En voyant Dowling à l'écran, Sarah fut submergée par une brusque bouffée de haine. Elle monta le son et étudia les changements qui s'étaient opérés chez ce monstre depuis la mort de sa femme. Il s'était laissé pousser la barbe et avait perdu du poids. Il semblait même un peu hagard, mais n'en conservait pas moins une formidable prestance dans son rôle du mari éperdu de douleur.

Sa voix se brisait par moments, et il bégayait presque en racontant à Kathryn Winstead à quel point il se sentait « vide à l'intérieur ».

— Je me réveille souvent trempé de sueur, avec l'impression d'avoir fait un cauchemar. Je me tourne vers Casey, mais son côté du lit est vide et tout me revient d'un seul coup. J'entends sa voix, « Marc ! Il y a quelqu'un dans la chambre ! » Et puis les coups de feu. Les terribles coups de feu. *Bang ! Bang !*

Sarah attrapa la télécommande et repassa les dernières secondes : « Marc ! Il y a quelqu'un dans la chambre ! »

Dowling n'avait encore jamais évoqué les dernières paroles de sa femme. Casey avait effectivement crié pour alerter son mari, mais il n'y avait eu aucun coup de feu.

Sarah posa son ordinateur sur la table basse et se dirigea vers la cuisine. Elle se lava le visage au robinet, puis ouvrit le frigo pour y prendre une bouteille de thé glacé, qu'elle vida d'un trait. Ce cabot avait vraiment des couilles grosses comme des pastèques. Il pariait sur le fait qu'elle n'oserait jamais se manifester, sachant pertinemment que personne ne la croirait. La parole d'une cambrioleuse ne ferait pas le poids contre celle de Marcus Dowling !

Elle retourna s'asseoir devant la télé.

— La police n'a toujours aucun suspect ? demanda Kathryn Winstead d'une voix dégoulinante de compassion.

— Je n'ai pas eu de nouvelles depuis plusieurs jours… Pendant ce temps-là, l'assassin de Casey est en liberté et les bijoux n'ont pas été retrouvés !

Sarah éteignit la télé.

C'était l'histoire classique de Samson et Dalila.

Terreur ne devait pas rentrer avant plusieurs heures – un temps qu'elle comptait utiliser à bon escient. Elle n'allait pas laisser Marcus Dowling s'en tirer à si bon compte !

72.

Sarah se rendit dans une cabine téléphonique du quartier de Fisherman's Wharf, l'un des lieux les plus touristiques de la ville. Des familles et des hordes d'étudiants déambulaient autour d'elle, attirés là par les innombrables boutiques et restaurants. Personne ne faisait attention à la jeune femme en short et sweatshirt rose *Life is Good*. Elle introduisit les pièces dans la fente et composa le numéro de la police, demandant à être mise en relation avec un inspecteur de la brigade criminelle.

— C'est à quel sujet ?

— C'est à propos du meurtre de Casey Dowling, répondit Sarah. Je sais qui l'a tuée.

— Un instant, fit la standardiste. Le sergent Boxer va vous prendre en ligne.

Sarah se doutait que l'appel risquait d'être localisé, mais elle serait brève, et de l'endroit où elle se trouvait, elle pouvait aisément se fondre dans la foule avant l'arrivée de la police.

— Sergent Boxer, j'écoute, fit une voix de femme à l'autre bout du fil.

— C'est moi qui ai cambriolé la maison des Dowling. Je n'ai pas tué Casey Dowling, mais je connais le coupable.

— Quel est votre nom ?

— Je ne peux pas vous le dire.

— C'est regrettable.

— Allô ? Vous m'entendez ?

Sarah glissa une pièce dans la fente.

— Donnez-moi un élément tangible, fit le sergent Boxer, sans quoi je serai contrainte de raccrocher.

— Ce que je vous dis est la stricte vérité. Je vidais le coffre dans le dressing quand Marcus et Casey sont arrivés dans la chambre. Ils se sont disputés, et juste après, ils ont fait l'amour. J'ai attendu une vingtaine de minutes, et quand j'ai entendu Marcus Dowling se mettre à ronfler, je me suis décidée à sortir. Je me suis dirigée vers la fenêtre. En chemin, j'ai heurté un meuble. Une petite console. Ça devrait vous suffire, non ? Je crois que les médias n'ont jamais fait allusion à ce détail. Marcus Dowling répète partout que c'est

Hello Kitty qui a tué Casey, mais je vous garantis que je n'y suis pour rien.

— OK, OK. J'entends ce que vous me dites. Le problème, c'est qu'il me faut plus qu'un simple appel anonyme. Venez faire une déposition. Je pourrai vous aider à vous sortir de ce pétrin si votre témoignage permet d'arrêter le coupable.

Sarah devinait sans peine la femme faisant signe à un collègue pour lui demander de localiser l'appel. Elle était en ligne depuis bien trop longtemps.

— Pour me faire arrêter ? Vous plaisantez ?

— Vous n'êtes pas obligée de venir. Convenons d'un lieu de rendez-vous.

— C'est Marcus Dowling qui a tué sa femme. Point barre. Je n'ai rien d'autre à vous dire, fit Sarah avant de mettre fin à la communication.

73.

Conklin et moi raccrochâmes nos téléphones en même temps et échangeâmes un regard à travers les bouquets de fleurs qui encombraient notre bureau.

— C'était bien Hello Kitty, fit Conklin. Elle ne mentait pas.

— Pourquoi n'a-t-on pas fait passer un test GSR[1] à Dowling ?

— Je ne l'ai pas demandé, voilà pourquoi !

---

1. GSR : *Gun Shot Residue* / Résidus de poudre.

— J'étais là aussi, Rich, fis-je en balançant un reste de sandwich au thon dans la poubelle. De même que Jacobi. C'est un échec commun.

— Il faut dire qu'on avait des consignes. Ne surtout pas brusquer la star. Et puis Dowling nous a fait une attaque cardiaque, tu ne t'en souviens pas ?

— Attaque cardiaque mon c… ! grommelai-je.

— De toute manière, il avait pris une douche… On sait maintenant pourquoi !

Je me tirai les cheveux en queue-de-cheval et les attachai avec un élastique. Je ne m'étais jamais sentie aussi incompétente depuis mes débuts dans la police.

La veille au soir, Tracchio avait transmis à la presse un communiqué expliquant que le tueur au rouge à lèvres ne s'était pas manifesté pour la remise de la « rançon », et que la lettre parue dans le *Chronicle* était un canular. Cindy avait écrit un éditorial pour le journal du matin. Dans un style dépouillé à la Hemingway, elle y traitait le tueur de lâche et louait mon attitude héroïque. Depuis, une montagne de fleurs m'était parvenue et envahissait à présent la salle de la brigade.

Je ne me voyais pourtant pas comme une héroïne. J'avais plutôt le sentiment d'avoir fait mon maximum, et que cela n'avait pas suffi.

Du côté de Golden Gate Avenue, c'était à présent le FBI qui enquêtait sur le tueur au rouge à lèvres, en lien avec notre expert intérimaire, Jackson Brady. Il était parfait pour ce job. Frais et dispos, impatient de prouver sa valeur à Tracchio, il n'aurait pu rêver plus belle occasion. Et, pour être honnête, j'espérais vraiment qu'ils allaient savoir se montrer inventifs pour parvenir à coincer ce désaxé, car j'étais presque

certaine qu'il tuerait de nouveau si personne ne l'arrêtait.

De son côté, Jacobi me mettait la pression pour
clore l'affaire Dowling. Je ne lui en tenais pas rigueur,
car aussi bien pour notre amour-propre que pour notre
santé mentale, Conklin et moi devions aller au bout
de cette enquête. Même si l'appel d'Hello Kitty représentait notre seule avancée depuis le meurtre de Casey
Dowling, deux semaines plus tôt, nous tenions enfin
une piste.

— Dowling dit avoir eu une relation sexuelle avec
sa femme avant le dîner, et Kitty prétend les avoir
entendus faire l'amour pendant qu'elle vidait le coffre
dans le dressing – donc *après* le dîner. Si la personne
qui vient d'appeler n'est pas une affabulatrice... alors
nous savons pourquoi les vêtements de Dowling ne
contenaient aucun résidu de poudre. Il était nu lorsqu'il
a tiré sur sa femme.

— Tu le penses coupable depuis le début, fit Rich
d'un air sombre.

— Eh oui, j'ai merdé !

74.

Je me rendis jusqu'au bureau de Jacobi et m'arrêtai
sur le pas de la porte. Il leva les yeux vers moi :
costard gris, visage gris, humeur noire. Je lui fis part
de l'appel téléphonique que nous venions de recevoir :

— Son histoire nous a semblé crédible.

— Vous avez pu localiser l'appel ?

— Ça ne nous apporterait rien, Warren. Elle était dans une cabine. J'entendais les pièces tomber dans la fente.

— Et alors ? C'est la procédure, non ? grogna Jacobi. C'est quoi, ton problème, Boxer ?

— Je ne sais pas, répondis-je. Je dois sûrement être un peu stupide.

Je regagnai mon bureau. Le regard dans le vague, Conklin se balançait sur sa chaise. Je claquai des doigts pour attirer son attention :

— Conklin ?

— Il ne nous reste plus qu'à aller trouver Marcus Dowling pour lui faire cracher le morceau ! s'écria mon coéquipier. Il ne s'y attendra pas.

Mon téléphone sonna à cet instant.

— Ligne une, fit la voix de Brenda dans l'interphone. C'est encore cette femme. Elle dit que la communication a été coupée.

Je pressai le bouton rouge qui s'était mis à clignoter :

— Sergent Boxer, j'écoute ?

— Ne prenez pas mon appel à la légère, sergent. Les accusations de meurtre à mon encontre sont fausses. Savez-vous ce qui a été volé chez les Dowling ?

— J'ai la liste.

— Bien. Jetez-y un œil, alors. J'ai dérobé deux colliers Opéra en diamants, trois bracelets en saphirs et diamants, une broche en forme de chrysanthème et d'autres bijoux, notamment une bague ornée d'une énorme pierre jaune.

— Le diamant jaune !

Il y eut un silence à l'autre bout de la ligne, puis :

— C'est un diamant ?

— Que suis-je censée faire de cette information, Kitty ? Sans votre déposition, aucune action n'est possible.

— Vous êtes inspecteur de police, non ? Alors faites votre boulot et laissez-moi en dehors de tout ça, lança-t-elle avant de raccrocher à nouveau.

75.

Yuki venait d'entrer dans le parking souterrain de sa résidence lorsqu'elle entendit sonner son téléphone portable. L'écran affichait « Sue Emdin », la fille qu'elle avait connue à Boalt Law en même temps que Casey Dowling. Sue était une forte tête, le genre dure à cuire, mais au ton de sa voix, Yuki sentit qu'elle était sur le point de craquer.

— Que se passe-t-il, Sue ? Qu'est-ce qui ne va pas ?

— J'ai vu Marcus dîner en compagnie d'une femme au Rigoletto, un minuscule resto italien sur Chestnut qui ne figure pas dans les guides, si tu vois ce que je veux dire. Ils étaient assis dans un coin et ils rigolaient en se faisant des mamours.

Yuki se gara sur son emplacement, coupa le moteur, quitta sa voiture et se dirigea vers l'ascenseur.

— J'aurais aimé que tu voies cette fille, Yuki. Minijupe ultra-moulante, poitrine siliconée. La totale, quoi.

— Tu penses que c'était un rendez-vous galant ?

— Tout ce qu'il y a de plus galant. Mon mari me tuerait s'il savait ce que j'ai fait, Yuki. Il dirait que ce ne sont pas mes histoires. Mais après l'enterrement ? Après cette vibrante oraison funèbre ? C'était du cinéma, oui ! Je t'ai juré mes grands dieux que Marc ne pouvait pas être coupable, mais je finis par me poser sérieusement des questions. Imagine que je l'aie défendu alors que c'est lui qui a tué Casey ? Ça me rend malade rien que d'y penser.

— Je te comprends, mais le fait que Marcus ait dîné en tête à tête avec une femme, même si ce n'est pas très élégant, ne fait pas de lui un criminel pour autant.

— Je n'en suis pas si sûre.

— Comment ça ? fit Yuki d'une voix qui monta d'un octave. Qu'est-ce que tu insinues ?

— Eh bien, depuis l'enterrement, je me suis mise à le suivre. En fait, je le suis tout le temps. Je devais le faire, Yuki. J'espérais tant ne pas m'être trompée sur son compte… Le problème, c'est qu'une partie de moi le pensait coupable. J'étais tellement sous son charme que je n'avais rien vu. Casey m'avait déjà confié ses craintes quant à son infidélité et… Oh mon Dieu, c'est insupportable. Dis-moi que je suis folle, Yuki, ou alors fais quelque chose pour cette pauvre Casey.

Yuki jongla avec sa mallette et son sac à main. Qu'avait-elle donc provoqué en allant voir Sue Emdin ? Ses mains tremblaient si fort qu'elle dut s'y reprendre à deux fois pour introduire la clé dans la serrure de sa porte d'entrée.

— Où es-tu ? demanda-t-elle.

— Devant chez lui. Ça fait plus d'une heure qu'ils sont rentrés. À mon avis, il va passer la nuit avec sa Barbie.

196

— Encore une fois, qu'est-ce que ça prouve ?

— Ça prouve que tout le blabla de Marcus sur son prétendu chagrin, c'était du flan ! Et s'il ment à propos de ça, il est tout à fait capable de mentir sur autre chose.

— Où es-tu exactement ?

— Dans ma voiture, une Lexus. Je suis garée devant chez lui, sur le trottoir d'en face.

— Plutôt voyant, comme voiture.

— Pas tant que ça. Il y en a plein dans son quartier.

Yuki déposa sa mallette et se débarrassa de ses talons hauts pour enfiler une paire de chaussures à semelles plates. Elle était dans le même état d'excitation que Sue.

— Ne bouge pas. J'arrive d'ici vingt minutes.

76.

Il était 9 h 30, et je venais d'écluser ma troisième tasse de café lorsque Yuki franchit la porte de notre local et se dirigea droit vers la barricade de fleurs derrière laquelle j'étais assise.

— J'ai peut-être du nouveau dans l'affaire Dowling, lança-t-elle sans préambule.

Conklin se leva pour lui laisser sa chaise :

— Nous t'écoutons.

Yuki nous expliqua d'une seule et interminable phrase que Sue Emdin, une amie de Casey, suivait Marcus Dowling depuis plus d'une semaine et qu'elle l'avait vu dîner dans un restaurant en compagnie d'une femme manifestement *très* proche de lui.

— Sue les a suivis lorsqu'ils ont quitté le restaurant, puis elle m'a appelée pour me dire qu'elle s'était garée devant chez lui et surveillait sa maison. Je suis allée la rejoindre.

— Enfin, Yuki ! Tu n'as pas fait ça ?

— Écoutez-moi jusqu'au bout, OK ? Nous n'avons rien commis d'illégal. Hier, aux alentours de 23 heures, Dowling et cette femme sont sortis de la maison main dans la main. Elle a tout juste la trentaine, un corps de rêve, des cheveux de mannequin. En un mot, c'est vraiment une femme superbe.

— En un mot, c'est sa petite amie ? intervint Conklin.

— Ça y ressemblait fort en tout cas. Ils sont partis tous les deux en voiture.

— Vous ne les avez pas suivis, quand même ? demandai-je.

— Euh… si, on les a suivis.

— C'était stupide, Yuki ! Et dangereux, tu le sais très bien. Je me demande vraiment pourquoi tant de gens rêvent d'être flics !

— C'est un métier plutôt glamour, non ? ironisa Yuki en désignant d'un geste de la main notre salle défraîchie à la limite du sordide.

— Bon, revenons à nos moutons. Vous les avez suivis, et… ?

— On les a suivis jusqu'à Cow Hollow, puis ils se sont arrêtés et on a été obligées de les doubler. On a fait le tour du bloc d'immeubles, et en revenant à leur hauteur j'ai vu Barbie sortir seule de la voiture et marcher vers une maison plutôt sympa, c'est le moins qu'on puisse dire. Marcus ne l'a pas raccompagnée jusqu'à la porte. Il est resté au volant et il a attendu qu'elle entre pour redémarrer. Il est clair qu'il ne tenait pas à être vu.

Yuki marqua une pause pour reprendre son souffle, puis sortit de sa poche une carte de visite qu'elle me tendit. Une adresse était inscrite au dos.

— On a un relevé de ses appels téléphoniques, fit Conklin.

Je rentrai l'adresse dans mon ordinateur et trouvai le nom et le numéro de téléphone correspondants.

— Un certain Graeme Henley, indiquai-je à Conklin avant de lui lire le numéro.

Il parcourut un instant la liste des appels :

— Voilà. Le mois dernier, Dowling a appelé ce numéro trois ou quatre fois par jour en moyenne.

— Et puisqu'il est peu probable que Graeme Henley soit une femme…

— Ça signifie que sa maîtresse est mariée, embraya Yuki. Voilà pourquoi Marcus ne l'a pas raccompagnée jusqu'à la porte. D'après Sue, Casey le soupçonnait d'entretenir une liaison. Si c'était le cas, et si Marcus ne parvenait pas à rompre avec Casey… on tient peut-être un mobile !

— Il n'y a pas que ça, ajoutai-je. J'ai un témoin qui prétend que Casey Dowling était en vie lorsque Hello Kitty a quitté la maison.

— Tu as une déposition signée ?

— C'est une source anonyme, mais le témoignage est crédible.

— Je vois… une source anonyme mais crédible qui affirme que Casey était en vie lorsque… Oh, mon Dieu ! Tu as un reçu un appel d'Hello Kitty ?

— Exact. Elle m'a donné des détails dont seul le cambrioleur pouvait être au courant. Tu penses que ça suffirait à obtenir une autorisation de mise sur écoute ?

— Possible… Il faut que j'en parle à Parisi. Je ne te promets rien, mais je vais faire de mon mieux.

77.

Mission accomplie pour Yuki.

Le lendemain midi, j'avais entre les mains un mandat signé. À 15 heures, le dispositif était opérationnel. Tous les appels de Dowling étaient enregistrés dans une petite salle sans fenêtres au quatrième étage du Palais, meublée en tout et pour tout de deux chaises et d'un bureau de récupération sur lequel trônaient une rangée de classeurs et un vieil annuaire.

Conklin et moi nous y installâmes avec un broc rempli de café. J'étais surexcitée et pleine d'espoir. Restait à savoir si Dowling se laisserait aller à des propos susceptibles de l'incriminer…

Pendant plus de cinq heures, mon coéquipier et moi écoutâmes les appels entrants et sortants. Marcus Dowling était un homme très occupé. Il s'entretint avec son agent, son avocat, son banquier, son manager, son attaché de presse, son courtier et, pour finir, sa maîtresse.

Sa conversation avec Caroline Henley fut ponctuée de « je t'aime », de « ma chérie » et autres « trésor ». Ils planifièrent un rendez-vous au restaurant – Graeme Henley devait s'absenter pour un voyage d'affaires la semaine suivante – et je pensais que l'appel était sur le point de se terminer lorsque la discussion prit une tournure intéressante :

— Graeme se rend bien compte que quelque chose ne va pas, Marc. Il veut qu'on suive une thérapie de couple.

— Je comprends tout à fait, Caroline, mais tiens bon. Ça fait deux ans qu'on attend, alors ce ne sont pas quelques mois supplémentaires qui vont nous effrayer.

— Je t'entends dire ça depuis une éternité.

— Trois ou quatre mois, pas plus. Sois patiente. Je t'ai dit que tout fonctionnerait et tu dois me faire confiance. Dès que le public se sera lassé de cette histoire, nous aurons le champ libre.

Le visage de Conklin se fendit d'un large sourire :

— Deux ans... Ils se fréquentent depuis deux ans ! Ce n'est peut-être pas un flingue encore fumant, mais on tient quelque chose.

78.

Je contactai Jacobi depuis le bureau de Yuki et lui appris que Dowling avait une maîtresse depuis deux ans.

— Tu as mon feu vert, répondit-il.

Conklin et moi nous rendîmes illico au domicile de Caroline Henley, une maison à deux étages située à proximité du Presidio.

Mme Henley nous ouvrit la porte en personne. Cheveux tressés en une longue natte, elle portait des collants noirs sous une grande chemise d'homme à rayures, et une grosse bague en diamant à côté de son alliance. Derrière elle, dans le salon, deux garçonnets jouaient aux petites voitures.

Je me présentai, ainsi que mon coéquipier, puis :

— Auriez-vous quelques minutes à nous consacrer, madame Henley ?

Elle s'effaça pour nous laisser entrer puis nous guida jusqu'au salon.

Nous nous enfonçâmes dans de confortables canapés, et c'est tout naturellement que je laissai la parole à Conklin, qui avait déjà maintes fois prouvé sa capacité à faire parler les femmes.

— Madame Henley, commença-t-il, Marcus Dowling nous a dit que vous étiez tous deux d'excellents amis.

— Vraiment ? s'étonna la jeune femme. Ça me surprend, je ne l'ai rencontré que deux ou trois fois...

— Nous sommes au courant de votre liaison, l'interrompit Conklin. Tout ce que nous voulons, c'est vérifier son emploi du temps. Nous ne tenons pas à vous créer de problèmes. À moins que...

Il marqua une brève pause :

— Vous préférez qu'on revienne quand votre mari sera là ?

— Ne faites pas ça, je vous en supplie.

Caroline Henley nous demanda de patienter un instant. Elle se pencha vers ses enfants, leur expliqua quelque chose à voix basse puis les prit par la main pour les conduire dans leur chambre. Elle referma la porte et revint s'asseoir face à nous.

— Marc étouffait dans sa relation avec Casey, expliqua-t-elle à mon coéquipier, les mains croisées sur les genoux. Elle le harcelait sans cesse avec sa jalousie et ses exigences. Il attendait le bon moment pour divorcer, et de mon côté je m'apprêtais à quitter mon mari. Nous avions l'intention de nous marier. Je vous jure que c'est la vérité.

Je me levai pour arpenter le salon tandis que Caroline Henley exposait à Conklin sa « vérité ». Il y avait des photos un peu partout dans la pièce, posées sur des meubles, encadrées aux murs. Caroline figurait sur toutes, seule ou au milieu d'un groupe, dans des tenues courtes et légères qui révélaient sa silhouette magnifique.

Je me demandais ce qui pouvait bien l'attirer chez un acteur vieillissant de vingt ans son aîné. Peut-être sa vanité exigeait-elle davantage qu'un simple agent de change ?

— Donc, si j'ai bien tout compris, vous entretenez une liaison depuis deux ans ? fit Conklin.

La stupéfaction s'afficha sur le visage de Caroline en même temps qu'elle comprenait la raison de notre présence :

— Attendez une minute. Vous ne le soupçonnez quand même pas d'être lié à la mort de Casey ? C'est insensé. Je serais au courant, si c'était le cas. Marc est incapable de... Vous pensez qu'il l'a *tuée* ?

Elle plaqua ses mains devant sa bouche, puis les laissa retomber sur ses cuisses.

— Vous pensez qu'il l'a tuée pour moi ? demanda-t-elle à Conklin d'un air presque flatté.

— Il voulait peut-être mettre fin à son mariage mais n'avait pas le cran d'en parler à Casey, fis-je à mon coéquipier lorsque nous eûmes regagné notre voiture. Et ce cambriolage lui a donné des idées. On peut dire qu'Hello Kitty est tombée à point nommé.

— Un divorce coûte toujours cher, renchérit Conklin. Un meurtre, quand on ne se fait pas prendre… eh bien c'est gratuit !

79.

Sarah Wells avait revêtu sa tenue de travail : vêtements et chaussures noires. Au volant de sa voiture, elle se dirigeait vers le quartier de Pacific Heights. Elle mit son clignotant et s'engagea dans Divisadero Street alors que le feu venait de passer au rouge. Cacophonie de klaxons. Elle entendit des freins crisser et évita de justesse une collision avec un break rempli de gamins.

Bon Dieu ! Concentre-toi un peu, Sarah !

Elle aurait dû réfléchir au travail qui l'attendait, mais son esprit la ramenait sans cesse à ce qui s'était passé un peu plus tôt dans la soirée. Elle repensa aux bleus sur les bras d'Heidi, à la trace de morsure sur son cou.

Heidi avait tenté de minimiser la chose :

— Il ne sait pas se contrôler, mais ce n'est pas sa faute.

— C'est la tienne, peut-être ?

— C'est à cause de ce qu'il a vécu en Irak.

— Peu importe la raison, Heidi. Tu n'as pas à supporter ça.

Elle regrettait de lui avoir crié dessus, mais sa colère avait été la plus forte. Et sa peur. Dieu seul savait de quoi Peter Gordon était capable. Pour sa sécurité, et pour le bien-être de ses enfants, Heidi devait à tout prix le quitter.

— Je sais, je sais ! s'était écriée Heidi en posant sa tête sur l'épaule de Sarah. Ça ne peut plus durer.

Non, ça ne peut pas continuer, et les choses ne vont pas tarder à changer, songea Sarah en remontant Bush Street. Elle devait bientôt rencontrer Lynnette Green, la veuve de Maury. Lynnette lui avait proposé d'acheter les bijoux et de se charger de les revendre. Sarah avait à présent hâte de toucher l'argent. Plus que hâte.

Elle tourna dans Steiner, puis dans California, et gara sa Saturn sur le parking du Whole Foods. Après s'être assurée qu'elle n'avait rien oublié, elle rangea son portefeuille dans la boîte à gants et quitta sa voiture. En verrouillant les portières, elle se mit à penser à Diana King, son nouvel objectif.

Mme King était une veuve philanthrope, un important rouage de la machine caritative. Elle faisait l'objet de nombreux articles dans le *Chronicle* et apparaissait fréquemment dans la rubrique mondaine des magazines.

C'est ainsi que Sarah avait appris qu'elle organisait ce soir-là une réception pour les fiançailles de son fils, chez elle, dans sa demeure de style victorien magnifiquement restaurée. Les bijoux anciens qu'elle possédait étaient eux aussi magnifiquement restaurés : Tiffany, Van Cleef, Harry Winston.

Si Sarah parvenait à s'en emparer, Lynnette Green les lui achèterait. C'en serait alors fini des cambriolages. Elle faisait ce soir son dernier coup.

Une dizaine de voitures étaient garées devant la maison lorsque Sarah s'approcha à pas feutrés, en chaussons de varappe. Elle se glissa dans le jardin, isolé de celui des voisins par une grande haie de troènes, et jeta un coup d'œil furtif aux fenêtres du rez-de-chaussée. Installés autour de la table, les invités discutaient avec animation.

Sarah sentit son rythme cardiaque s'accélérer tandis qu'elle se préparait à escalader la façade. Par chance, elle repéra un climatiseur au premier étage, idéalement situé sous la fenêtre de la chambre principale, un peu en diagonale. Elle avait prévu de ne pas passer plus de quatre minutes à l'intérieur. Tout ce qu'elle parviendrait à prendre durant ce laps de temps serait le bienvenu.

En s'aidant du climatiseur, elle n'eut aucun mal à parvenir jusqu'à la fenêtre restée ouverte. Elle se faufila dans la pièce.

Ç'avait été presque trop facile.

80.

Un léger parfum de rose flottait dans la chambre de Diana King. Sarah balaya la pièce d'un regard circulaire afin de repérer les obstacles susceptibles d'entraver sa fuite, puis alla refermer la porte à panneaux menant au couloir. Elle alluma sa lampe frontale.

La pièce, d'une surface de cinquante mètres carrés, possédait un plafond incliné, avec une lucarne côté rue. Sarah promena le faisceau de sa lampe sur les meubles anciens et le papier peint à fleurs – des roses cent-feuilles – puis éclaira la commode. Elle s'apprêtait à fouiller les tiroirs lorsqu'elle aperçut une silhouette sombre et une lumière. « Qu'est-ce que... » laissa-t-elle échapper avant de se rendre compte qu'il s'agissait de son propre reflet dans le miroir.

Ressaisis-toi, Sarah.

Elle continua à inspecter la chambre à l'aide de sa lampe frontale, et repéra un éclat doré sur la coiffeuse. En s'approchant, elle vit une masse de bijoux posés sur le meuble en merisier.

Sarah baignait déjà dans l'adrénaline ; cet amas d'or ne fit que renforcer son état d'excitation. Elle ouvrit son sac et, d'une main tremblante, y fit glisser les bijoux. Une bague lui échappa et tomba sur le sol, mais Sarah l'attrapa d'un geste vif avant qu'elle n'ait fini de rouler. Elle jeta un coup d'œil à sa montre.

À peine plus de trois minutes s'étaient écoulées. Un record. Il était temps de déguerpir.

Elle se faufila hors de la chambre et redescendit le long de la façade en s'aidant à nouveau du climatiseur. Presque prise de vertiges, elle progressa en silence le long de la haie jusqu'à la rue faiblement éclairée par les lampadaires.

Elle avait réussi.

Elle ne risquait plus rien.

Sarah ôta sa lampe frontale, la fourra dans le sac où elle rangeait son équipement et s'éloigna d'un pas tranquille. Mais soudain elle se figea sur place. Elle s'était réjouie un peu trop vite. Sirène et gyrophares, une voiture de patrouille remontait la rue dans sa direction.

Plusieurs questions jaillirent dans son esprit. Comment avait-elle été découverte ? La police était-elle vraiment à ses trousses ? Le savoir importait peu. Sarah transportait un sac rempli de bijoux, et un autre contenant le nécessaire du parfait cambrioleur.

Elle ne devait surtout pas se faire arrêter.

Elle pivota sur ses talons et se lança dans un sprint à travers le jardin de la maison voisine. Elle abandonna le sac de bijoux sous le rebord d'une fenêtre donnant sur le sous-sol en prenant soin de retenir l'endroit, puis reprit sa course, contourna ce qui ressemblait à un abri de jardin en construction et lança le sac contenant son équipement dans une poubelle de gravats. Tout en courant, elle ôta son bonnet et ses gants, qu'elle jeta sous une haie.

— Stop ! hurla une voix derrière elle. Police !

Sans sa lampe frontale, Sarah n'y voyait rien. Elle s'immobilisa et s'accroupit contre le mur d'une maison. Le faisceau d'une lampe torche balaya le jardin, mais sans parvenir jusqu'à elle. Il y eut le grésillement des radios, des voix de policiers s'interpellant pour essayer de déterminer dans quelle direction elle avait pu s'enfuir. Pendant ces interminables minutes, Sarah resta plaquée contre le mur, luttant contre l'envie de prendre ses jambes à son cou.

Lorsque les voix s'éloignèrent enfin, Sarah s'élança de nouveau, coupant en diagonale à travers un jardin dont la pelouse était jonchée de jouets en plastique. Elle parvint à un portail métallique, l'ouvrit, mais le cliquetis du loquet provoqua l'aboiement d'un chien derrière une porte. Des lampes de détection s'allumè-rent.

Sarah se précipita vers un autre jardin, où elle heurta une brouette. Elle s'effondra à terre et perdit sa chaus-sure droite. Elle tâtonna un instant pour essayer de la récupérer. En vain.

— Artie, lança une voix de femme. Je crois qu'il y a quelqu'un dehors !

Sarah se releva, sauta par-dessus une clôture, se débarrassa de son sweat-shirt noir et déboucha bientôt dans une rue inconnue.

Au bord de la nausée et en proie à une profonde panique, Sarah enleva sa deuxième chaussure, ainsi que ses chaussettes, et les déposa dans une poubelle au bord d'une allée privée. Elle prit ensuite la direction du nord pour regagner le parking du Whole Foods.

C'est alors qu'elle se rendit compte, mais trop tard, qu'elle avait laissé ses clés dans le sac contenant son équipement et que son portefeuille se trouvait dans la boîte à gants de sa voiture.

Pieds nus, sans le moindre sou et à plusieurs kilo-mètres de chez elle, qu'allait-elle devenir ?

81.

Sarah distinguait déjà les vitrines illuminées du Whole Foods lorsqu'elle entendit une voiture s'appro-cher lentement derrière elle. Le véhicule roulait au pas, ses phares projetant sur le trottoir l'ombre étirée de sa silhouette.

Les flics ?

À demi folle de peur, Sarah lutta contre l'envie de se retourner. La panique devait se lire sur son visage. Si jamais les flics l'arrêtaient pour l'interroger, elle était cuite.

Qui pouvait bien la suivre ainsi ?

Un coup de klaxon retentit soudain, et la voiture, un vieux SUV gris, accéléra pour la dépasser. Un type se pencha par la fenêtre et brailla à pleins poumons :

— Joli cul, poulette !

Sarah baissa la tête ; les éclats de rire s'estompèrent peu à peu.

Sa Saturn rouge était à l'endroit où elle l'avait laissée. En jetant un coup d'œil à l'intérieur du magasin, elle s'aperçut qu'il ne restait plus aucun client.

Un jeune homme à la tignasse blonde fermait la dernière caisse. Il leva la tête à l'entrée de Sarah :

— Bonsoir, ma voiture est fermée à clé et j'ai perdu mon trousseau, lui dit-elle. Je peux emprunter votre téléphone ?

— Il y a une cabine juste devant, lança le jeune avec un geste du pouce en direction du parking.

L'expression de son visage se modifia brusquement :

— Madame Wells ? Vous me reconnaissez ? Mark Ogrodnick ! J'étais dans votre cours il y a cinq ans.

Sarah sentit son cœur s'emballer. Parmi tous les magasins de Pacific Heights, il avait fallu qu'elle tombe sur le seul où elle connaissait l'un des employés !

— Mark ! Ravie de te revoir. Je peux emprunter ton portable ? Il faut absolument que j'appelle mon mari.

210

Mark observa ses pieds nus, son tibia ensanglanté. Sa bouche s'ouvrit puis se referma. Il sortit son téléphone de sa poche arrière et le tendit à Sarah.

— Merci beaucoup, Mark.

Elle s'éloigna dans le rayon fruits et légumes et composa le numéro. Heidi répondit au bout de plusieurs sonneries.

— C'est moi, fit Sarah. Je suis au Whole Foods. J'ai perdu mes clés de voiture et les portières sont verrouillées.

— Je ne peux pas venir maintenant, Sarah. Les enfants dorment.

— Où est ton charmant mari ?

— Il est sorti, mais il peut revenir d'un instant à l'autre. Je suis vraiment désolée…

— Pas grave. Je t'aime. À bientôt.

— Moi aussi, je t'aime.

Ogrodnick lui jeta un regard en coin et éteignit le néon de la devanture. Sarah n'avait plus le choix. Elle composa son propre numéro. Pour la première fois, elle pria pour que Trevor décroche.

— Sarah ? T'es où ? Qu'est-ce que tu fous, merde ? grommela Trevor à l'autre bout de la ligne.

Penaude, Sarah lui expliqua la situation.

82.

De retour chez eux, Trevor l'engueula copieusement, la brutalisa pour la forcer à accomplir son « devoir conjugal », puis termina son pack de bières et sombra dans un sommeil d'ivrogne. Les yeux rouges, humiliée et terrorisée, Sarah s'assit dans son fauteuil et malaxa longuement la balle en caoutchouc qui lui servait à se muscler les doigts. Elle fit ainsi travailler ses deux mains, puis, son entraînement terminé, alluma son ordinateur portable et tapa *Hello Kitty* dans la barre de recherche de Google News.

À son grand soulagement, aucun article ne signalait son cambriolage chez Diana King – pour l'instant. Mais Sarah s'inquiétait pour le sac contenant son équipement, qu'elle avait abandonné derrière elle lors de son steeple-chase à travers Pacific Heights. Elle était incapable de se souvenir si elle avait porté des gants pour changer la pile de sa lampe frontale.

Elle avait jeté le sac dans une poubelle de gravats. Quelqu'un allait-il le trouver en se disant : « Cool, ça peut servir » ? La poubelle finirait-elle simplement sur le trottoir le jour du ramassage des ordures ?

Sarah songea à tout ce qu'elle avait semé dans sa fuite : son sweat-shirt, ses chaussettes et ses chaussures. En eux-mêmes, ils ne représentaient rien. Mais s'il y avait ses empreintes sur la pile, ils constitueraient des preuves à charge supplémentaires.

Mesdames et messieurs les jurés, si cette chaussure est bien celle de l'accusée, vous devez la condamner à une peine de vingt ans de prison sans possibilité de libération conditionnelle.

Sarah laissa échapper un grognement et parcourut la page de résultats concernant Hello Kitty. Elle lut quelques articles sur ses cambriolages sans y prendre aucun plaisir, et sentit carrément poindre une migraine en accédant aux articles liés à « l'affaire Dowling ». Les plus récents consistaient en des interviews de

212

Marcus Dowling, mais en remontant jusqu'aux pages les plus anciennes, elle tomba sur des articles datés du lendemain du cambriolage.

Un titre en particulier attira son attention.

« Le Soleil de Ceylan dérobé au cours d'un cambriolage sanglant. »

Sarah se remémora sa conversation téléphonique avec le sergent Boxer. Cette dernière lui avait appris que la pierre jaune était un diamant. Apparemment, ce diamant avait même un nom. Elle cliqua sur le lien :

Le Soleil de Ceylan, un diamant jaune de vingt carats, a été dérobé au domicile de l'acteur Marcus Dowling et de son épouse, Casey Dowling, tuée au cours du cambriolage. La pierre était montée sur une bague en or sertie de cent vingt diamants blancs.

Une succession de faits tragiques entache l'histoire de cette pierre. Autrefois propriété d'un jeune fermier qui l'aurait découverte dans une ruelle de Ceylan, elle est ensuite passée de main en main, semant le malheur dans son sillage.

Sarah avait l'impression qu'un poing invisible lui serrait le cœur. Elle termina la lecture de l'article retraçant l'histoire du diamant et de ses propriétaires successifs – une longue liste de ruines financières et de déshonneurs, de folies, de suicides, de meurtres et de morts accidentelles.

Lors de ses recherches sur les pierres précieuses, Sarah était tombée sur des histoires tragiques concernant d'autres diamants. Le Koh-i-noor, par exemple, également connu sous le nom de « Montagne de lumière », avait conduit à de nombreux drames et à la chute de plusieurs royaumes. Marie-Antoinette, qui possédait un diamant appelé « Diamant de l'espoir », avait fini décapitée – et l'on racontait qu'une suite de malheurs et de morts avait poursuivi la pierre.

D'autres gemmes étaient associées à de semblables malédictions : l'Orloff, le saphir violet de Delhi, le rubis du Prince Noir. Et, bien sûr, le Soleil de Ceylan.

Casey Dowling, sa dernière propriétaire, avait connu une mort violente.

En offrant cette pierre à Heidi, Sarah lui avait-elle fait un cadeau empoisonné ?

Suis-je donc superstitieuse à ce point ? se demanda-t-elle.

Elle trouvait stupide de croiser les doigts ou de jeter du sel par-dessus son épaule. Mais ç'avait beau être irrationnel, ou à mettre sur le compte du stress, Sarah n'était pas tranquille. Il finissait toujours par arriver malheur aux personnes qui se retrouvaient en possession d'une pierre maudite.

Elle devait à tout prix récupérer ce diamant avant que Pete ne s'acharne vraiment sur Heidi.

83.

La voiture de police tournait autour du parking de Crissy Field comme un vautour. Sarah se raidit tout en l'observant dans son rétroviseur. Elle se demanda si Mark Ogrodnick était allé voir les flics pour leur raconter qu'elle avait débarqué au supermarché pieds nus, les jambes égratignées et l'air effrayé.

Elle retint sa respiration, immobile, mais la voiture finit par s'éloigner le long du boulevard.

Bon Dieu, Sarah, détends-toi un peu. Pourquoi les flics viendraient te chercher ici ?

Elle chaussa ses lunettes de soleil, quitta sa voiture et alla s'asseoir sur un banc, face à la mer.

De gros nuages noirs commençaient à assombrir le ciel, mais cela ne semblait pas perturber les windsurfeurs, qui s'interpellaient gaiement les uns les autres en enfilant leurs combinaisons.

Sarah remonta la fermeture Éclair de sa veste. Elle ressentait le froid aussi bien à l'extérieur qu'à l'intérieur. Comment annoncer à l'être aimé que l'on mène une double vie – et, dans son cas, une double vie impliquant une activité criminelle ? Elle devait faire comprendre à Heidi qu'elle avait conscience de la dangerosité et du caractère malhonnête de ses « activités annexes », mais que si c'était pour elles le seul moyen d'échapper à leurs maris, alors elle ne regrettait rien.

Et là, Heidi la dévisagerait comme si elle était devenue une extraterrestre, prendrait ses enfants par la main et s'enfuirait le plus vite possible. Les bras croisés sur la poitrine, Sarah se recroquevilla. Elle ne supportait pas l'idée de perdre Heidi. Elle aurait fait tout ça pour rien.

Son portable sonna. Elle prit l'appel.

— Où es-tu, Sarah ? Je suis sur le parking avec les enfants.

Sarah se leva et fit signe de la main.

— Sarah, Sarah ! s'écria Sherry en courant rejoindre l'amie de sa maman.

Sarah souleva la fillette dans ses bras. Un grand sourire éclaira le visage d'Heidi. Elle portait Stevie sur sa hanche et tenait son chapeau de l'autre main pour l'empêcher de s'envoler. Le vent rabattait sa robe contre son corps, soulignant les courbes de sa silhouette. Heidi était si belle. Et c'était loin d'être la raison principale de l'amour que Sarah éprouvait pour elle.

Heidi l'étreignit tendrement.

— Ça ne va pas ? demanda Sherry en scrutant le visage de Sarah. Quelqu'un t'a fait du mal ?

Sarah reposa Sherry et fondit en larmes.

84.

Heidi et Sarah traversèrent le pont en bois qui enjambait la petite anse. Sherry conduisit son frère vers la jetée et, oubliant complètement les adultes, entreprit de ramasser des cailloux pour les jeter dans l'eau.

Les deux femmes s'assirent sur un banc côte à côte.

— Que se passe-t-il, Sarah ? demanda Heidi.

— Je ne sais pas trop comment te l'annoncer… Je voulais vraiment te tenir éloignée de tout ça.

— Arrête, tu me fais peur !

Sarah hocha la tête et baissa les yeux :

— Tu as entendu parler de ce cambrioleur que les journaux ont baptisé « Hello Kitty » ?

— Celui qui a tué Casey Dowling ?

— En fait, non. Je ne l'ai pas tuée.

Heidi explosa de rire :

— Bien sûr que tu ne l'as pas tuée. Qu'est-ce que tu me racontes ?

— Je suis Hello Kitty.

— Arrête un peu tes conneries, Sarah !

— Pourquoi j'irais inventer un truc pareil ? Crois-moi, ce que je te dis est vrai. Laisse-moi t'expliquer, et après, je répondrai à tes questions.

— OK...

— Comme tu le sais déjà, mon grand-père tenait une bijouterie, mais ce que je ne t'avais jamais dit, c'est que l'un de ses amis était receleur. À l'âge de Sherry, quand je jouais dans la boutique, j'entendais pas mal d'histoires. Alors en réfléchissant à un moyen de nous enfuir, j'ai fini par me rendre compte que je pouvais vite devenir riche. J'ai commencé à m'entraîner sur le mur d'escalade, à faire des exercices de musculation, et j'ai recherché des cibles potentielles. Mais j'ai choisi uniquement des personnes fortunées, qui pourraient se remettre sans trop de peine du vol de leurs bijoux. Je t'avoue qu'au début je ne pensais pas en être capable. Et puis un soir, Trevor m'a violée...

Sarah avala péniblement sa salive, se forçant à occulter ce douloureux souvenir.

— Mes premiers cambriolages ont été assez faciles, reprit-elle. J'avais le coup de main, si on peut dire. Et je pouvais compter sur Trevor pour s'endormir devant la télé suffisamment longtemps pour que je puisse faire ce que j'avais à faire, rentrer à la maison et me mettre au lit avant son réveil. Bref, tout s'est passé comme sur des roulettes... jusqu'au cambriolage chez les Dowling !

Heidi la dévisagea d'un air ébahi, comme si elle essayait de dire quelque chose mais sans trouver les mots. Sarah poursuivit son récit en évoquant les odieux mensonges de Marcus Dowling, puis l'incident chez les Morley, et enfin ce qui devait être son tout dernier cambriolage, au domicile de Diana King.

— Ça devait arriver un jour ou l'autre, fit Sarah. Je pensais avoir réussi mon coup, mais, au moment de repartir, j'ai vu débarquer une voiture de police. Elle se dirigeait droit vers moi, et j'ai eu l'impression qu'elle me suivait, alors j'ai préféré tout balancer : les bijoux, une partie de mes vêtements, et, comme une idiote, le sac qui contenait mon équipement et mes clés de voiture ! Et vu que tu ne pouvais pas venir me chercher, j'ai dû appeler Trevor.

— Je suis désolée, Sarah...

— Tu n'y es pour rien, Heidi... Terreur n'a pas apprécié les explications que je lui ai données pour justifier le fait que je m'étais retrouvée pieds nus sur le parking d'un supermarché de Pacific Heights, enfermée à l'extérieur de ma voiture. Je n'ai pas réussi à trouver un mensonge plausible, et comme je ne pouvais pas lui dire la vérité, je me suis contentée de répondre que j'avais le droit de vivre ma vie et que je n'avais pas de comptes à lui rendre.

— Oh non, murmura Heidi.

— Il m'a accusée de coucher avec un autre homme, et pour finir, il m'a « donné une leçon ».

Sarah tira sur le col de son chemisier et tourna la tête pour qu'Heidi voie les traces de doigts autour de son cou.

— Mon Dieu ! s'exclama Heidi.

Elle passa le bras autour de l'épaule de Sarah et l'attira contre elle :

— Parfois, je me demande si je te connais vraiment.

85.

Située à la jonction entre Crissy Field et le Presidio, là où le Golden Gate s'élève pour se déployer au-dessus de la baie, The Warming Hut est une échoppe peinte d'un blanc éclatant où l'on vend des snacks et des souvenirs pour touristes.

Sarah et Heidi y déjeunaient d'une soupe et de sandwichs tandis que les enfants, assis près de la fenêtre, picoraient dans leur assiette et s'amusaient à faire des bulles dans leur verre avec une paille.

— Il y a encore une chose que je dois te dire, fit Sarah. C'est à propos de la pierre que je t'ai offerte.

— Laisse-moi deviner. Elle fait partie de ton butin ?

— C'est même ma plus belle prise. En fait, il s'agit d'un diamant très célèbre. Un diamant dont l'histoire a de quoi faire froid dans le dos.

Heidi porta la main à son collier :

— Tu m'avais dit que c'était une citrine !

— Il a été baptisé le Soleil de Ceylan et, surtout, il est porteur d'une malédiction.

— Une malédiction ?

— Je sais, ça peut paraître un peu dingue, mais ces histoires remontent à plus de trois siècles. Et il appartenait à Casey Dowling quand son salopard de mari l'a descendue. Si ce n'est pas une preuve supplémentaire !

Sherry s'approcha d'Heidi :

— C'est quoi, une malédiction, maman ?

— C'est comme quand on fait un vœu, mais pour quelque chose... de méchant.

— Comme si je faisais le vœu qu'il arrive quelque chose de mal à papa ?

— Stevie va se mettre à pleurer, Sherry. Sois gentille, retourne le voir et fais-lui un petit câlin.

— Je veux que tu arrêtes de le porter, reprit Sarah lorsque Sherry se fut éloignée. Mieux vaut ne pas tenter le diable.

Heidi éclata de rire :

— Je n'ai pas le choix, alors ?

Elle détacha le collier et le tendit à Sarah.

— De toute manière, je le trouvais un peu trop flashy pour moi, ton Soleil de Ceylan !

— Merci, fit Sarah en s'emparant du pendentif pour le fourrer dans sa poche revolver.

Elle aborda ensuite son rendez-vous avec Lynnette Green, qui allait lui permettre de se débarrasser des bijoux et d'encaisser l'argent synonyme de leur nouvelle vie à quatre.

— Il faut que je te dise quelque chose, Sarah.

— D'accord, mais vas-y mollo. Je suis déjà à ramasser à la petite cuillère.

— J'ai vraiment du mal à croire que tu sois l'auteur de tous ces cambriolages.

— Tu es choquée, c'est ça ? Vas-y, n'aie pas peur des mots !

— Je suis sur le cul, si tu veux savoir ! Mais je te suis reconnaissante d'avoir fait tout ça pour nous. Tu as risqué ta vie, Sarah. Si les enfants n'étaient pas là, je te sauterais au cou pour t'embrasser. Je n'ai jamais été aussi amoureuse de quelqu'un.

— Je t'aime aussi.

— Que va-t-il se passer, maintenant ? Tu crois que la police est à ta recherche ?

— Possible, répondit Sarah en se massant les tempes. Le jeune qui m'a reconnue au supermarché a très bien pu aller voir les flics. Et j'ai peut-être laissé une empreinte sur ma lampe frontale. Le temps joue contre nous, Heidi. Si on veut mettre les voiles, il ne faut plus tarder.

— Je sais. On forme une équipe. Ça nous concerne tous, à présent.

Sarah hocha la tête. Elle resta un instant silencieuse tandis qu'elle songeait aux différentes options qui s'offraient à elles – toutes plus effrayantes les unes que les autres, et en même temps si enthousiasmantes.

— Sarah ?

— Ça y est ! Je sais ce qu'on va faire.

86.

Garé à l'extrémité du centre commercial, loin des caméras et des lampadaires, Peter Gordon attendait Heidi et les mioches.

Tendu mais en pleine possession de ses moyens, il était attentif à tout ce qui l'entourait : l'odeur de peinture fraîche des lignes de démarcation du parking, le bruit des portières, les lumières du Toys « R » Us qui se détachaient dans le crépuscule.

L'adrénaline qui parcourait ses veines aiguisait son esprit tandis que s'égrenaient les dernières minutes qui le séparaient de la phase la plus critique de son projet. Une fois qu'il aurait éliminé les Trois Stooges, il rentrerait s'affaler tranquillement devant la télé. Il serait chez lui avant même que le meurtre ne soit découvert.

Il se répéta mentalement les trois courtes phrases de sa lettre au *Chronicle* : « Vous me croyez maintenant ? Avec l'inflation, le prix est monté à cinq millions. Fini les conneries. »

Il pouvait difficilement se montrer plus clair.

La lettre serait publiée alors que les flics et les médias le consoleraient de sa terrible perte, trois nouveaux morts qu'ils imputeraient au « tueur au rouge à lèvres ».

Son plan était brillant, et il devait bien se féliciter, car personne ne le ferait à sa place.

Pete entendit Heidi arriver en caquetant et la vit dans le rétroviseur avec la boule puante dans les bras. Il perçut également le son d'une autre voix – putain de merde. C'était leur voisine, cette pouffiasse d'Angie Weider, qui trimballait son chiard dans une poussette.

— À plus tard, Angie ! lança Heidi en approchant son caddie du coffre de la voiture. Pete ?

Elle ouvrit les portières arrière, installa les enfants et demanda :

— Pete, tu veux bien ranger les courses ?

— Tes désirs sont des ordres, princesse.

Pete enfila ses gants, bondit de son siège pour aller ouvrir le coffre et patienta quelques secondes tandis qu'un véhicule passait devant eux en direction de la sortie. Il rangea ensuite soigneusement les sacs à côté de la trousse à outils et de la boîte à chaussures contenant son pistolet chargé.

— Hé, Pete ! appela Angie Weider. Ça vous dit de dîner avec nous ? On a prévu d'aller au BlueJay Café.

— Merci, mais une autre fois, répondit Pete en reposant son arme dans la boîte.

Il se sentit submergé par la fureur, une vague de haine qu'il aurait voulu voir s'abattre sur cette mégère. Elle venait de foutre en l'air une magnifique opportunité en même temps que son alibi. Il songea un instant à les tuer, elle et son rejeton, mais il imaginait déjà les hurlements d'Heidi, Sherry qui s'enfuyait en courant, terrorisée. Impossible de tous les supprimer sans se faire repérer.

— Alors, les enfants, fit Heidi en ignorant son mari, ça vous tente d'aller dîner au restaurant ?

Sherry chantonna son approbation et la boule puante se joignit à elle en gazouillant. Pete referma le coffre d'un coup sec.

— Allez-y sans moi, maugréa-t-il. Il y a un match à la télé dans dix minutes.

— Pense à ranger la glace dans le congélateur, je m'occuperai du reste en rentrant, fit Heidi.

Elle sortit la boule puante de son siège-auto, et Sherry s'élança en sautillant vers le monospace des Weider. Un coup de klaxon plus tard, ils étaient partis.

Pete s'installa au volant et enclencha la marche arrière.

Changement de programme. Finalement, il ne rentrait pas chez lui.

87

Une semaine s'était écoulée depuis que j'avais pro-voqué l'arrêt de la circulation sur le Golden Gate Bridge, entièrement nue à l'exception du journal pla-qué contre ma poitrine, dix jours depuis que le tueur au rouge à lèvres avait abattu Elaine Marone et son enfant. Je sentais encore le poids du téléphone pendu à mon cou, et les railleries du tueur qui m'avait imposé cet humiliant strip-tease continuaient à me hanter.

J'étais soulagée que les fédéraux aient repris l'affaire. L'enquête concernant le meurtre de Casey Dowling était sur le point de devenir brûlante. Nous détenions une retranscription d'un appel téléphonique qui pouvait nous mener à établir un mobile et, dans la catégorie des preuves matérielles, un chausson de varappe, un sweat-shirt Banana Republic ainsi qu'un sac contenant l'équipement nécessaire à un cambrio-lage, le tout appartenant vraisemblablement à Hello Kitty.

Nous progressions enfin, et ce n'était pas pour me déplaire, mais mon enthousiasme retomba aux alen-tours de 18 heures, lorsque Jackson Brady m'appela pour m'annoncer que le FBI sollicitait mon aide dans le cadre d'un triple homicide.

Vingt minutes plus tard, Conklin et moi grimpions le long d'une rampe de parking, longue spirale de béton donnant accès à plusieurs niveaux, tous reliés par une passerelle au Pier 39, un gigantesque centre commercial composé de boutiques et de restaurants – l'endroit idéal pour disparaître dans la foule après avoir commis un meurtre.

Brady nous présenta à l'agent Dick Benbow, un type aux épaules carrées âgé d'une quarantaine d'années. Coiffure impeccable et lunettes de soleil gris miroir, Benbow nous serra la main puis nous conduisit jusqu'à la scène de crime, où s'affairaient déjà une dizaine d'agents fédéraux.

— Personne ne connaît ce cinglé aussi bien que vous, sergent Boxer, fit Benbow en se tournant vers moi. Je veux vos impressions. Que voyez-vous ? Quelles similitudes et quelles différences par rapport aux autres scènes de crime ? Et quelle est votre opinion sur cette affaire en général ?

Mes poils se dressèrent lorsque je découvris la jeune femme noire gisant sous la lueur blafarde des néons, les yeux grands ouverts, un impact de balle en plein milieu du front.

Elle portait des vêtements de créateur : une longue jupe à motifs imprimés, une veste bleu marine et un chemisier blanc orné de boutons fantaisie. Tout portait à croire qu'il s'agissait d'une touriste et non d'une simple cliente du centre commercial.

Derrière elle, couchée sur le côté, une poussette double dissimulait les corps de deux enfants morts, mais j'en voyais déjà beaucoup sans avoir à m'approcher : deux flaques de sang, un petit pied chaussé d'une basket blanche sur la gauche, à droite la main d'un autre enfant et une tétine, quelques centimètres plus loin.

Avait-il tendu la main pour essayer de l'attraper avant de mourir ?

— Les victimes sont Veronica Williams, sa fille Tally et son fils Van, fit Benbow. Ils étaient venus de

225

Los Angeles pour visiter la ville. La famille a été prévenue.

Je dus retenir un hurlement d'indignation tandis que je contemplais les septième, huitième et neuvième victimes du tueur au rouge à lèvres. À ce stade, pouvait-on encore parler de meurtres ? Plutôt de massacre.

Je dévisageai Benbow d'un air désespéré puis m'approchai du Chevrolet Blazer de location, dont la portière côté conducteur était restée ouverte. Au sol, un coûteux sac à main en cuir noir, ouvert, dont le contenu s'était déversé : un portefeuille, une trousse de maquillage, une tétine, une pochette de billets d'avion, un tube d'aspirine, un téléphone portable et un paquet de lingettes.

Je me penchai à l'intérieur. La lumière qui perçait à travers le pare-brise soulignait le contour des lettres tracées au rouge à lèvres, les rendant presque noires. Mais, au lieu de l'habituel et mystérieux sigle, il y avait cette fois un message composé de cinq mots, tout aussi énigmatique.

WOMEN AND CHILDREN FIRST. PIGÉ ?

Non, justement, je nageais dans le flou le plus absolu.

Certes, je comprenais que ce tueur vouait une haine sans limite aux femmes et aux enfants. Mais pour quelle raison ? Et comment avait-il pu commettre tous ces meurtres sans jamais se faire repérer ? Comment le coincer ?

L'affaire du tueur au rouge à lèvres allait-elle devenir l'une de ces enquêtes jamais résolues qui continuent de hanter les flics jusque dans leur tombe ?

— C'est bien le même tueur, fis-je à Benbow. La seule différence, c'est qu'au lieu du sigle habituel, il

226

a écrit la phrase qui y correspond. C'est sa signature. Mais à mon grand regret je n'ai aucune hypothèse à vous soumettre.

Je m'appuyai contre un poteau et composai le numéro de Claire sur mon portable. Je tombai sur son répondeur :

— Salut, Claire. Je suis dans le parking du Pier 39. Il y a trois nouvelles victimes, dont deux enfants en bas âge.

Elle me rappela aussitôt. Je l'entendais rarement proférer des jurons, mais cette fois, elle en lâcha une flopée et m'annonça qu'elle partait sur-le-champ. Elle venait de raccrocher lorsque j'entendis un bruit de pas derrière moi : Jackson Brady s'approchait en compagnie de deux hommes, dont un flic en uniforme. L'autre, en costard, était un grand type au physique maigre et nerveux, aux cheveux grisonnants. Le sourire qui éclairait le visage de Brady me redonna un peu d'espoir.

Je sentis les nuages se dissiper et un rayon de lumière divine transpercer la carapace de béton au-dessus de nos têtes lorsqu'il m'annonça :

— Je vous présente M. Kennedy. Il dit avoir été témoin de la scène.

88.

Pas moins de six officiers encerclaient Daniel Kennedy. Nous étions si proches que nous lui pompions presque son oxygène, mais il semblait ravi de recevoir autant d'attention. Propriétaire d'un magasin de téléphonie dans le centre commercial, il commença par nous expliquer qu'il était un passionné d'histoires criminelles et qu'il avait lu tous les articles concernant le tueur au rouge à lèvres, avant d'entamer son récit :

— Un Blanc âgé d'une trentaine d'années est entré dans ma boutique, et j'ai vu illico qu'il y avait chez lui quelque chose de pas net.

— Pourquoi ça ? lui demanda Benbow.

— Eh bien, il s'est tout de suite dirigé vers le rayon des téléphones à cartes prépayées et il a choisi un modèle équipé d'une caméra. Les téléphones premier prix partent comme des petits pains, mais les modèles plus luxueux… Qui irait jeter un téléphone qui lui a coûté les yeux de la tête ? Enfin bref, il avait l'air de savoir exactement ce qu'il voulait. Un autre truc bizarre, c'est qu'il a gardé la tête baissée, même au moment de payer.

— Il portait une casquette ?

— Oui, une casquette bleue toute simple, sans inscription, mais la veste était différente de celle qu'ils ont montrée dans la reconstitution à la télé. C'était un blouson en cuir marron, assez usé, avec un drapeau américain brodé sur la manche droite.

— Un blouson type aviateur, intervint Conklin. De quelle couleur étaient ses cheveux ?

— Châtain, de ce que j'ai pu en voir. Après avoir acheté son téléphone, il a quitté la boutique et j'ai demandé à mon gérant de me remplacer pour quelques minutes.

— Vous l'avez suivi ? demanda Brady.

— Évidemment ! Je suis resté un peu à distance pour qu'il ne remarque pas ma présence, et, peu de temps après, je l'ai vu aborder une jolie Black avec deux gamins en poussette. Il faisait des gestes, comme s'il proposait de l'aider à porter ses paquets. À ce moment-là, mon gérant m'a téléphoné pour que je vienne finaliser une vente – un client qui souhaitait régler un gros achat par chèque bancaire. Le temps que je raccroche, il avait disparu. Il faut dire qu'il y avait pas mal de monde. Je suis revenu à la boutique, et quelques minutes plus tard, j'ai entendu les sirènes. Je me suis aussitôt branché sur la fréquence de la police et c'est là que j'ai appris qu'il venait d'y avoir un meurtre.

— Vous seriez en mesure de l'identifier sur photo ?

— Je peux même faire mieux. Tous les faits et gestes de ce type, aussi bien à l'intérieur qu'à l'extérieur de ma boutique, ont été filmés en haute définition. Je peux vous graver ça sur DVD dès maintenant.

— Est-ce qu'il portait des gants ?

— Non, répondit Kennedy.

— Comment a-t-il payé ? demanda Conklin.

— En liquide.

— Allons inspecter votre caisse, monsieur Kennedy, lançai-je.

89.

La sonnerie de mon téléphone portable retentit à une heure plus que matinale. Je tâtonnai dans le noir pour mettre la main dessus et me rendis au salon afin de ne pas réveiller Joe. C'était Jackson Brady. Il avait passé la nuit au labo pendant que les techniciens effectuaient des relevés d'empreintes digitales sur chaque billet retrouvé dans la caisse de la boutique de M. Kennedy, et malgré la fatigue que l'on sentait dans sa voix, son enthousiasme était évident.

— Alors ? demandai-je pleine d'espoir.

— Ils ont relevé des empreintes partielles correspondant à un ancien marine.

— Sans blague ? Votre intuition était bonne.

— Il s'agit du capitaine Peter Gordon. Il a servi en Irak à deux reprises.

Campée près de la fenêtre du salon dans mon pyjama bleu en flanelle, je contemplai Lake Street encore endormie en écoutant Brady me parler de cet ancien marine qui avait disparu dans la nature après avoir été réformé. Aucun élément inhabituel ne figurait dans son livret militaire. Il n'avait subi aucune hospitalisation consécutive à son temps de service – et n'avait participé à aucune parade de retour au pays.

— Après sa réforme, Gordon est retourné à Wallkill, dans l'État de New York, où il a vécu avec sa femme et sa petite fille pendant quelques mois. La famille est ensuite venue s'installer à San Francisco.

— Quelles sont vos conclusions, Brady ? Vous pensez que ce Peter Gordon est notre tueur ?

— Ça se pourrait, en effet. Alors bien sûr, les vidéos des caméras de surveillance du parking sont de mauvaise qualité, et celles de la boutique de téléphonie n'ont rien de probant. Tout ce qu'on sait, c'est que Gordon a acheté un téléphone à carte prépayée moins d'une heure avant le meurtre de Veronica Williams et de ses enfants, rien de plus.

— Attendez une minute. Gordon a tout de même été vu en train de parler avec elle.

— Même si la femme que Kennedy a vue était avec une poussette double, on ignore s'il s'agissait bien de Veronica Williams. Plusieurs personnes sont en train de visionner l'intégralité des vidéos issues des caméras de surveillance du Pier 39. Écoutez, Lindsay, j'adorerais coincer ce malade, mais si jamais on l'arrête, je veux que ce soit pour de bon.

Brady avait raison. Je lui aurais tenu le même discours si les rôles avaient été inversés.

— Que sait-on de Gordon depuis qu'il a emménagé à San Francisco ?

— Eh bien, il se trouve qu'un voisin a appelé la police à plusieurs reprises à propos de querelles domestiques assez violentes, mais aucune plainte n'a été déposée.

— Vous avez une photo de lui ?

— Elle date un peu, mais je vous l'envoie tout de suite sur votre portable.

La photo qui s'afficha sur mon écran était celle d'un homme au visage quelconque, âgé d'une trentaine d'années. Cheveux châtains, yeux marron, traits réguliers et symétriques. Bref, rien de remarquable. S'agissait-il de l'homme à la veste de base-ball et au visage dissimulé par une casquette que j'avais vu sur les vidéos du parking de la Stonestown Galleria ? Mon instinct me soufflait que oui.

Peter Gordon et le tueur au rouge à lèvres ne formaient qu'un seul et même individu.

J'en étais persuadée.

90

Sarah Wells, Heidi Meyer et plusieurs de leurs collègues s'étaient rassemblés devant la télévision de la salle des profs pour la pause déjeuner. À l'écran, on voyait le médecin légiste Claire Washburn tenter de quitter en voiture le parking du centre commercial où avait eu lieu l'horrible meurtre de la veille.

Son véhicule était bloqué par une foule composée de badauds, de reporters et de policiers, lesquels avaient condamné l'entrée du parking. La caméra se fixa sur Kathryn Winstead :

— Docteur Washburn ! cria-t-elle. Combien y a-t-il de victimes ? S'agit-il encore d'une mère et de son enfant ? Ce crime est-il l'œuvre du tueur au rouge à lèvres ?

— Écartez-vous tout de suite. Je ne plaisante pas ! Laissez-moi passer !

— Vous avez récemment conseillé aux femmes de porter une arme, enchaîna Winstead. Le public a le droit de savoir.

— Je pensais ce que j'ai dit, répondit Washburn.

Elle lança un long coup de klaxon afin de disperser la foule et s'élança dans la rue.

Retour au studio, où Kathryn Winstead annonça :

— Pour ceux qui nous rejoignent à l'instant, nous avons obtenu une vidéo envoyée par M. Daniel Kennedy, propriétaire d'un magasin de téléphonie dans le centre commercial Pier 39. L'homme que vous allez découvrir sur ces images semble être le même individu que celui filmé dans le parking de la Stonestown Galleria. Des sources proches du SFPD confirment qu'il pourrait s'agir du tueur au rouge à lèvres.

Bouche bée, Heidi observa son mari acheter un téléphone portable.

Il y avait erreur sur la personne. Pete ne pouvait pas être le tueur au rouge à lèvres !

Sarah prit Heidi par le bras et la conduisit à l'écart, hors de la salle des profs :

— Où était Pete, hier soir ? lui demanda-t-elle.

— Pete ? Eh bien, on est allés faire quelques courses, et puis j'ai dîné au BlueJay Café avec ma voisine, répondit Heidi, livide, le regard terrorisé. Il m'a dit qu'il préférait rentrer à la maison pour regarder un match, et il était sur le canapé à mon retour. C'est impossible... Il n'a pas pu...

— En voiture, il ne faut que quelques minutes pour aller du centre commercial à chez vous.

— C'est vrai qu'on est restés un moment au restaurant, mais... Ça ne peut pas être lui ! Je le saurais, quand même !

— Il est mauvais, colérique, il vous traite comme de la merde, toi et les enfants... Franchement, où va-t-il lorsqu'il disparaît pendant plusieurs heures ? En as-tu la moindre idée ?

— Mais, ma parole, tu es sérieuse, fit Heidi en dévisageant Sarah.

Elle sentit ses genoux se dérober.

— Heidi ? Ça va ? s'écria Sarah en la rattrapant par le bras.

— Et si c'était vrai ? Qu'est-ce que je vais faire ?

— Où sont les enfants ?

— Sherry est à l'école et Stevie à la garderie... À moins que... Oh mon Dieu ! Quelle heure est-il ?

Pete a déjà dû aller le chercher. Il faut que j'appelle la police. Où est mon sac ? Vite, mon portable. Il faut que j'appelle la police immédiatement !

91.

Peter Gordon nettoyait son arme devant la télé en regardant la vidéo où on le voyait acheter un téléphone dans une boutique du centre commercial.

La séquence tournait en boucle sur toutes les chaînes d'informations depuis maintenant une demi-heure.

— Des sources proches du FBI nous ont confirmé que cet homme était recherché pour les meurtres récemment commis dans plusieurs parkings de la ville, expliquait une journaliste de CNN. Son nom ne nous a pas été communiqué, mais si jamais vous le connaissez, ou si vous êtes amenés à le croiser, restez sur vos gardes et ne tentez surtout pas de l'approcher. Il est armé et dangereux...

— Eh bien, merci beaucoup, lança Pete tout en vissant son silencieux sur le canon de son Beretta.

Il rangea son revolver à sa ceinture et se rendit au garage. Son sac était déjà dans le coffre, ainsi que ses kits de survie et un pack de bouteilles d'eau.

Il s'installa au volant, actionna la commande d'ouverture de la porte et entendit aussitôt le bruit d'un hélicoptère au-dessus de lui. Il ne voyait pas si l'appareil appartenait au FBI ou à une chaîne de télé, mais une chose était certaine, les personnes qui se trouvaient à son bord connaissaient son identité et étaient là pour lui.

Il allait devoir passer au plan B.

Pete pressa le bouton de fermeture automatique de la porte, quitta sa voiture et s'empara d'une glacière en polystyrène rangée sur une étagère. Il regagna ensuite l'intérieur de la maison, démonta la sonnette de la porte d'entrée et réarrangea les fils avec une grande dextérité. Les détonateurs se trouvaient dans une petite boîte étiquetée TROMBONES, tout au fond du tiroir à bric-à-brac. Il plaça le sonneur et l'un des détonateurs dans la glacière, qu'il installa dehors, à côté de la boîte aux lettres.

De retour dans la maison, il disposa un autre détonateur dans un carton, le recouvrit avec une liasse de vieux journaux et plaça le tout sous le porche arrière, près de la porte.

Il retourna au salon et jeta un coup d'œil à travers les rideaux. Un SUV noir se garait devant son allée. Cinq ou six véhicules identiques arrivaient des deux côtés de la rue. Plus de doute, ça ne pouvait être que le FBI.

Pete ouvrit grand les rideaux, pour qu'ils sachent qu'il les voyait, puis se dirigea vers le lit d'enfant :

— On y va, la boule puante, fit-il en prenant le bébé dans ses bras.

Stevie se mit aussitôt à pleurer et à gesticuler, et Pete le secoua en lui demandant de se taire. Il prit la bouteille de jus de fruits et le paquet de Cheerios posés sur le comptoir de la cuisine, se rendit de nouveau au garage et s'installa derrière le volant avec son fils sur les genoux.

Il s'imagina le dialogue qui devait avoir lieu entre les SUV garés devant son allée et le poste de commandement mobile, probablement installé au coin de la rue. Tandis que les troupes ennemies encerclaient sa maison, le capitaine Peter Gordon se remémora cette journée, plusieurs années auparavant, quelque part près d'Haditha.

Cette journée où il avait perdu la seule personne qu'il aimait vraiment.

92.

Peter Gordon se trouvait en tête d'un convoi de six véhicules dont la mission consistait à transporter du matériel et de la nourriture jusqu'à la Zone Verte. Il effectuait le voyage avec le caporal-chef Andy Douglas et était en communication sur son talkie-walkie lorsque l'explosion s'était produite.

La puissance de la déflagration l'avait rendu momentanément sourd et aveugle ; son véhicule s'était soulevé avant de retomber lourdement. Il était parvenu à s'extraire de la carcasse et avait titubé un instant au bord de la route. Autour de lui, tout n'était que chaos. L'ouïe lui était revenue peu à peu, et c'est ainsi qu'il avait entendu les cris des blessés.

Progressant tant bien que mal parmi les débris fumants, Pete avait remonté le convoi jusqu'au dernier véhicule. L'explosion l'avait retourné et il avait pris feu. Là, il avait découvert trois de ses hommes : le caporal-chef Ike Lennar, gisant au sol, pris de convulsions ; le soldat Oren Hancock, tenant ses entrailles qui se répandaient dans la poussière, et enfin Kenny Marshall, originaire de la ville natale de Pete – ses deux jambes étaient sectionnées au-dessus des genoux.

Les yeux de Pete s'embuèrent de larmes comme il se remémorait ces instants douloureux.

Il s'était penché auprès de son ami, lui avait enlevé son casque et avait bercé doucement sa tête nue en lui murmurant d'inutiles paroles de réconfort. Ce garçon avait si souvent répété que, le jour où le Seigneur l'appellerait à ses côtés, il serait prêt. Puis Kenny avait levé les yeux vers lui – un regard où se lisait la surprise – et la vie l'avait quitté.

Pete avait lui-même senti que la vie l'abandonnait, laissant un vide aussitôt comblé par une rage sans pareille. Il avait déchiré sa chemise pour couvrir le visage de Kenny, puis s'était tourné vers ses troupes en hurlant que l'engin explosif avait été actionné à distance par la voiture qui suivait le convoi. Il restait dix hommes vaillants, qui s'étaient aussitôt déployés autour du véhicule en question.

Deux lâches étaient assis à l'avant. Sur la banquette arrière, une femme et un bébé poussaient des cris de terreur. Pete avait tiré la femme hors de la voiture. Elle tenait l'enfant serré dans ses bras. Il ne comprenait pas ce qu'elle disait, et de toute manière il s'en foutait. Une fois les insurgés maîtrisés et à terre, Pete avait pointé sa mitraillette sur la femme recouverte de son drap noir :

— Vous aimez cette femme ? leur avait-il crié. Vous aimez ce bébé ? Vous tenez à eux ?

La femme avait levé les yeux vers lui, les mains tendues devant elle comme pour arrêter les balles, et

Pete avait ouvert le feu, observant leurs corps se tortiller dans tous les sens. Il s'était ensuite tourné vers les deux insurgés, mais plusieurs de ses hommes s'étaient jetés sur lui pour le désarmer et l'avaient tenu plaqué au sol jusqu'à ce qu'il arrête de sangloter.

Personne n'avait reparlé de cet épisode par la suite, mais ce jour-là, sur une route poussiéreuse des environs d'Haditha, la vie de Peter Gordon s'était arrêtée. Depuis lors, il n'avait plus jamais éprouvé aucun sentiment de tendresse.

Le vrombissement de l'hélicoptère le ramena soudain à la réalité. Il était assis au volant de sa voiture, dans son garage encerclé par l'ennemi, et il avait hâte. Il tapota le ventre de la boule puante, prêt à passer à l'action.

93.

Il était 13 h 30 lorsque je reçus l'appel de Brady.

— Notre témoin a tout fait foirer, hurla-t-il dans le combiné. Gordon est actuellement engagé dans un bras de fer avec le FBI. Il est armé et retient son fils en otage. Benbow a besoin de vous sur place, Lindsay. Gordon ne veut parler qu'avec vous.

Jacobi arriva derrière moi. Je lui résumai la situation en moins de dix mots et vis aussitôt son visage s'obscurcir.

— Fonce, Boxer ! aboya-t-il. Conklin, tu pars avec elle. Tenez-moi informé régulièrement et surtout faites gaffe !

Nous nous précipitâmes jusqu'à notre voiture. Le trajet embouteillé depuis le palais de justice nous parut durer une éternité. Après avoir franchi le barrage installé au bout de la rue, nous aperçûmes de loin une horde de SUV noirs garés devant la pelouse desséchée d'une maison à étage, avec un garage attenant.

L'agent Benbow nous adressa un signe de la main et s'approcha de la vitre côté passager :

— Vous avez déjà mené une négociation lors d'une prise d'otage, sergent ?

— J'avoue que je n'ai pas beaucoup d'expérience.

— Faites de votre mieux. Montrez-vous amicale. Ne le contrariez pas, et surtout, essayez de le faire sortir avec le gamin.

— Qu'est-ce que j'ai à lui proposer ?

— Tout ce qu'il voudra. Une fois qu'on aura récupéré le petit, on se chargera de lui.

J'enfilai le gilet pare-balles que Benbow me tendit puis je m'emparai du mégaphone :

— Peter ? Ici Lindsay Boxer. Je suis venue à votre demande, et je tiens à ce que tout se termine au mieux pour tout le monde. Ouvrez lentement la porte et sortez les mains sur la tête, OK ? Personne ne vous tirera dessus.

Aucune réponse. Je fis une seconde tentative en reformulant ma requête. En vain. Je composai alors un numéro de téléphone que Benbow me montra, inscrit sur un bout de papier. Cinq sonneries. Toujours pas de réponse. Le répondeur s'enclencha, et la voix d'une fillette annonça : « Vous êtes bien chez les Gordon. Laissez votre message après le bip. »

Je ne savais plus quoi faire, et j'en étais même à me demander pourquoi Gordon avait exigé ma présence, lorsque mon portable se mit à sonner. Je le sortis de ma poche et fixai l'écran. Mon correspondant appelait en numéro masqué, mais je savais de qui il s'agissait.

— Boxer, j'écoute ?

— Salut, poupée, fit le tueur au rouge à lèvres.

94.

Le son de sa voix produisit un effet instantané sur mes glandes surrénales. Je me mis à transpirer à grosses gouttes, que je sentis couler le long de mes aisselles, entre mes seins et sur mon front tandis que je revivais les heures les plus terrifiantes de mon existence. Sans trop savoir comment, je parvins à me maîtriser :

— Personne ne vous fera de mal, Gordon. Nous savons que vous êtes avec votre fils, et nous tenons tous à ce qu'il ne lui arrive rien.

— Parle pour toi. Je m'en fous de ce mioche. Demandez à ma femme, je suis sûr qu'il n'est même pas de moi.

— Comment faire pour que nous obtenions tous gain de cause ?

— Il n'y a qu'un seul moyen pour ça, répondit Gordon. C'est moi qui donne les ordres. Vous allez commencer par ranger vos armes et demander aux hélicoptères d'aller voir ailleurs si j'y suis. Si j'entends encore le bruit des rotors, je mets fin à cette conversation. La maison est bourrée d'explosifs prêts à être déclenchés et j'ai installé des détecteurs de mouvement à l'intérieur et à l'extérieur. La seule voie d'accès, c'est l'allée qui conduit à la porte d'entrée. Je t'attends, Lindsay. Je t'atteeeends.

Je demandai à Gordon de rester en ligne, le temps de briefer Benbow, lequel secoua la tête et déclara :

— C'est un non catégorique.

— Il n'est pas question que je vienne, fis-je alors à Gordon. Ce que j'aimerais, c'est que vous sortiez avec le petit. Je vous garantis que vous ne risquez rien. Personne ne vous tirera dessus, vous avez ma parole d'honneur.

— Si tu veux le gamin, il va falloir venir le chercher, Lindsay. Je vais me servir de toi et de Steven comme bouclier. Après, on grimpera dans ta voiture, et il y a intérêt à ce que personne ne nous suive. Si j'aperçois le moindre pistolet, je tue le petit et je me bute juste après. Idem si j'entends un hélicoptère. Et si quelqu'un essaie de casser une fenêtre ou de s'avancer sur la pelouse, la maison explose. C'est bien clair ?

Benbow m'arracha le téléphone :

— Gordon ! Ici l'agent Richard Benbow, du FBI. Je ne peux pas autoriser le sergent Boxer à entrer dans la maison mais j'accepte de venir sans arme jusqu'à la porte et d'assurer votre sécurité. Donnez-nous l'enfant et je vous conduirai personnellement jusqu'au Mexique. Qu'est-ce que vous en pensez ?

Benbow écouta la réponse de Gordon puis me rendit le téléphone :

— Il veut que ce soit vous qui y alliez, sinon tout est fini. Il m'a dit d'aller me faire foutre et il a raccroché.

Le tueur ne nous laissait pas le choix. Si nous refusions de suivre ses instructions, il faisait sauter la baraque et nous pouvions dire adieu à Steven.

J'ôtai mon Glock de son étui, je le déposai en évidence sur le trottoir et, après avoir prié Dieu, m'avançai le long de l'allée.

95.

Les yeux rivés sur la porte de cette banale maison perdue au fin fond d'un quartier non moins banal, je me fis la réflexion que ce morne décor était peut-être la dernière chose que je verrais de ma vie. Je toquai une première fois – pas de réponse. Je frappai à nouveau, plus fort. Toujours rien.

Qu'est-ce que c'était que cette nouvelle embrouille ?

Je me tournai vers Conklin en haussant les épaules, puis j'actionnai la sonnette.

— Lindsay, NON !

Deux explosions retentirent à une fraction de seconde d'intervalle.

Le sol trembla et un souffle d'une puissance inouïe me projeta au sol. J'avais l'impression de m'être fait renverser par un poids-lourd. Autour de moi, un épais nuage de fumée noire se répandit, et l'odeur âcre de la cordite me sauta à la gorge. Je fus prise d'une interminable quinte de toux. Des cris me parvenaient, ainsi que le grésillement des radios. J'entendis Conklin appeler mon nom.

242

Scrutant à travers la fumée, j'aperçus mon coéquipier allongé à quelques mètres de moi.

— Richie ! hurlai-je en me précipitant vers lui.

Il avait le visage en sang.

— Mon Dieu, tu es blessé !

— T'inquiète, tout va bien, fit-il en portant la main à son front. Et toi ?

— On ne peut mieux !

Je l'aidai à se relever, et il me passa le bras autour de l'épaule :

— J'ai bien cru qu'il nous avait tués, Linds !

Non loin de nous, un véhicule avait pris feu. Les blessés étaient nombreux. Certains avaient reçu des éclats et gisaient au sol, d'autres se tenaient appuyés contre leur voiture. Les marques visibles près de la chaussée indiquaient que Gordon avait dû placer une bombe sur le trottoir. Une autre avait explosé à l'arrière de la maison, qui commençait à flamber. Ces explosions avaient-elles eu pour but de tuer ou de semer le chaos ?

Où était passé Gordon ?

Je distinguai soudain le bruit caractéristique d'une porte de garage en train de s'ouvrir derrière moi. Je me retournai et vis Gordon au volant d'un break Honda bleu. La voiture s'avança dans l'allée.

Rich dégaina son 9 millimètres, et je savais que ce n'était pas la seule arme braquée sur la Honda. La maison était entièrement cernée et je me trouvais en plein dans la ligne de mire.

— Baissez vos armes ! hurlai-je.

Les mains en l'air, je me dirigeai vers le véhicule. En me penchant vers la fenêtre côté conducteur, je découvris le visage terrifié d'un petit enfant. Gordon le maintenait contre la vitre, le canon de son arme plaqué contre sa tempe.

La fenêtre s'abaissa de quelques centimètres, et la voix désormais familière de Gordon parvint à mes oreilles :

— Hé, la boule puante, dis bonjour au sergent Boxer.

96.

Je détachai mon regard de ce bambin terrorisé, me retournai vers la rue et criai à nouveau :

— Posez vos armes, nom de Dieu. Il est avec le gamin !

Une silhouette floue apparut derrière un véhicule et s'élança en direction de l'allée. C'était Brady. Horrifiée, je l'observai jeter une herse devant la voiture de Gordon, puis prendre position, son arme pointée vers le pare-brise.

— Sortez de la voiture, Gordon ! beugla-t-il. Sortez immédiatement !

Gordon lança un long coup de klaxon puis m'interpella :

— Explique à ce clown que j'ai mon pistolet braqué sur la tempe du gosse. À trois, je tire. Un…

— Brady ! m'écriai-je d'une voix rauque. Baissez votre arme, bordel ! Il menace de tirer sur le petit.

Gordon était un tueur en série et il tenait son fils en otage. D'un point de vue strictement procédural,

Brady était dans son droit, et l'opinion publique le considérerait sûrement comme un héros pour avoir descendu Gordon, même si cela devait coûter la vie à Steven.

Benbow vint alors m'apporter son soutien :

— Baissez votre flingue, Brady !

Brady hésita un instant, puis s'exécuta. J'étais touchée par la réaction de Benbow, et j'espérais qu'il avait fait le bon choix.

— Rappelle-toi, Lindsay, lança Gordon. Pas d'arme, pas d'hélico et personne ne me suit. Tu captes ? Deux…

Je répétai les exigences de Gordon, et l'hélicoptère s'éloigna. J'entendis soudain un couinement de pneus sur l'asphalte. Je me retournai et vis le break démarrer sur les chapeaux de roue, contourner brusquement la herse en percutant un véhicule du FBI sur son passage, puis traverser le trottoir et s'élancer à pleine vitesse en direction de l'autoroute.

En l'espace de quelques secondes, ce petit pâté de maisons s'était transformé en une véritable zone de combat. Des sirènes hurlaient tout autour de nous : véhicules de la brigade de déminage, ambulances, fourgons d'incendie arrivaient de toutes les directions.

Je me dirigeai vers la rue, où Benbow commençait à organiser la surveillance aérienne de la Honda.

Conklin me passa Jacobi au téléphone. Je lui expliquai que j'allais bien, mais à dire vrai, j'étais encore sonnée par les explosions, et ma vision avait une fâcheuse tendance à se brouiller par intermittence.

Tandis que Conklin et moi regagnions cahin-caha notre voiture, le visage terrifié du petit Steven me revint par flashs ; j'entendais encore ses hurlements à travers la vitre.

Un vertige s'empara de moi. Penchée au-dessus de la pelouse, je vomis tout le contenu de mon estomac.

97.

Je me réveillai en salle des urgences, allongée sur un lit à roulettes. Joe se leva de sa chaise et posa ses mains sur mes épaules :

— Salut, Blondie. Tu te sens comment ?

— Je ne me suis jamais sentie aussi bien !

Joe éclata de rire et m'embrassa.

— Combien de temps je suis restée dans les vapes ? demandai-je en serrant sa main.

— Deux heures. Tu avais besoin de dormir un peu.

Joe se rassit sans lâcher ma main.

— Et Conklin ? Et Brady ?

— Conklin a plusieurs points de suture au front. La cicatrice lui donnera un petit côté baroudeur. Brady va très bien, mais il est furax. Il dit qu'il aurait pu abattre Gordon sans aucun problème.

— Oui, ou alors il aurait pu nous tuer, lui, moi, Conklin et le gamin !

— Tu t'en es très bien sortie, Linds. Personne n'est mort. Au fait, Jacobi est dans la salle d'attente. Figure-toi qu'il m'a pris dans ses bras, tout à l'heure.

— Jacobi ? Vraiment ?

— Une accolade virile, rassure-toi, fit Joe en souriant.

246

Je partis d'un grand éclat de rire. Même moi, je n'étais pas certaine que Jacobi m'ait déjà prise une seule fois dans ses bras.

— Des nouvelles de Gordon ?

— Le temps que la couverture aérienne s'organise, son break bleu n'était plus qu'un break bleu parmi des milliers d'autres. Ils ont perdu sa trace.

— Et le petit ?

Joe haussa les épaules. Je me sentis de nouveau envahie par la nausée. À lui seul, Gordon était parvenu à ridiculiser toute une équipe d'hommes surentraînés.

— Il va sûrement le garder en otage jusqu'à ce qu'il n'ait plus besoin de lui.

— À mon avis, il s'est déjà débarrassé de lui, Linds. Une fois qu'il a eu réussi à s'échapper, un gamin ne pouvait que l'encombrer.

— Tu penses qu'il l'a tué, c'est ça ?

— Mettons qu'il l'ait abandonné quelque part, fit Joe en baissant les yeux.

Une infirmière arriva à cet instant et m'annonça que le médecin serait là d'ici une minute.

— Voulez-vous boire quelque chose ? Un jus de fruits, peut-être ?

— Non, merci. Je n'ai besoin de rien.

Lorsqu'elle se fut éloignée, Joe se tourna vers moi :

— Une chose est sûre, ce type est un expert en explosifs.

— C'est moi qui ai déclenché les bombes ?

— Oui, en appuyant sur le bouton de la sonnette. Il y avait deux détonateurs, l'un placé dans une glacière près du trottoir, l'autre à l'arrière de la maison.

— Il avait exigé que je sois présente, Joe. Et il a insisté pour que je vienne jusqu'à la porte. Il avait tout calculé. Mais pourquoi moi ? Pour se venger de n'avoir pas pu récupérer l'argent ?

— Probablement. Il a fait de toi le personnage emblématique du bras de fer qu'il a engagé avec les forces de l'ordre.

Le médecin arriva à cet instant et Joe quitta la pièce. Le docteur Dweck me demanda de suivre son doigt du regard. Il testa mes réflexes, me fit exécuter plusieurs mouvements des bras puis m'annonça que j'avais une grosse contusion au niveau de l'épaule et que les entailles sur mes mains devraient vite cicatriser.

Il écouta ma respiration et mon rythme cardiaque à l'aide de son stéthoscope. Les deux s'accéléraient chaque fois que je repensais à Peter Gordon. Il pouvait être n'importe où, à présent, avec ou sans l'enfant – comment allions-nous le retrouver ?

98.

J'étais confortablement installée dans le siège passager tandis que Joe conduisait pour nous ramener à notre appartement. Jacobi m'avait enjoint de prendre quelques jours de congé, et je devais le rappeler à la fin du week-end pour voir s'il m'autorisait à reprendre le travail.

— Je vais te mettre en cure de sommeil forcée, me dit Joe. Et je te préviens, une fois à la maison, interdiction formelle de ressortir.

— OK.

— On ne discute pas, s'il te plaît !

Je me mis à rire et me tournai pour contempler son profil qui se découpait contre le crépuscule naissant. Je m'abandonnai à la force centrifuge lorsqu'il prit le virage pour s'engager dans Arguello Boulevard et j'observai la façade de l'église presbytérienne St. John défiler devant moi. Je dus fermer les yeux car je me réveillai en entendant Joe m'annoncer que nous étions arrivés.

Il m'aida à sortir de la voiture et me tint par le bras jusqu'à la porte de l'immeuble.

— Qu'est-ce qui te ferait envie pour le dîner ? me demanda-t-il.

Je m'apprêtais à lui répondre lorsque je crus être victime d'une hallucination. De l'autre côté de la rue, un break Honda de couleur bleue était garé le long du trottoir. L'aile droite était enfoncée.

— Tu crois que c'est sa voiture ? m'écriai-je en pointant du doigt le véhicule.

Je n'attendais pas la réponse de Joe. Ça ne pouvait être que la sienne. Même à une dizaine de mètres, je distinguais parfaitement le message inscrit sur le pare-brise. Une intense frayeur m'envahit des pieds à la tête, comme si Peter Gordon avait allumé une bombe sous mes chaussures.

Comment avait-il découvert mon adresse ?

Pourquoi s'était-il garé juste devant chez moi ?

Je m'élançai au milieu de la circulation. Parvenue à hauteur du break, je m'approchai prudemment et me penchai vers la vitre, les mains en visière au-dessus des yeux. Le petit garçon était allongé de côté sur la banquette arrière. Malgré la pénombre, la trace rouge sur sa tempe était bien visible.

Ce psychopathe avait abattu son enfant d'une balle dans la tête.

Il l'avait tué alors même que nous nous étions pliés à ses exigences ! Je poussai un hurlement et j'ouvris la portière. La lumière du plafonnier s'alluma et je saisis le garçonnet par les épaules. Ses yeux s'ouvrirent ; effrayé, il eut un mouvement de recul.

Il était vivant !

— Ça va, Stevie ? Ça va ? Ne t'inquiète pas, bonhomme. Tu ne crains plus rien.

— Je veux ma ma-man !

Du bout du pouce, j'effaçai la trace de rouge à lèvres, si obscène que sa vision m'était insupportable, puis je pris l'enfant dans mes bras et le tins serré contre moi :

— Ne t'en fais pas, Stevie. Ta maman sera bientôt là.

Joe m'avait rejoint et observait le message inscrit sur le pare-brise.

— Que dit-il ? demandai-je.

— Ce type est vraiment cinglé, Linds.

— Dis-moi vite.

— Il a écrit : « Maintenant, je veux cinq millions. Et cette fois, pas de blague. »

Cela signifiait qu'il ferait d'autres victimes s'il n'obtenait pas l'argent. Je me sentis vaciller, mais Joe passa ses bras autour de moi et de l'enfant.

— Il est prêt à tout, Linds. C'est un terroriste. Ne le laisse pas t'atteindre. Tout ça, c'est des conneries.

J'espérais que Joe avait raison. Pourtant, après la première demande de « rançon » non satisfaite, Gordon avait tué trois personnes. Je savais qu'il ne plaisantait pas. C'était une menace bien réelle, une arme braquée sur tous les habitants de San Francisco. Et puisque je semblais être devenue le lien entre Gordon et le reste du monde, cette menace m'était également adressée.

Nous retournâmes à notre voiture. Je m'installai à l'arrière avec Stevie et Joe prit place derrière le volant. Il enclencha la fermeture centralisée des portes puis contacta Dick Benbow tandis que je consolais Steven en songeant à son psychopathe de père.

Ce maniaque n'avait plus rien à perdre.

Où était-il à présent ?

Je ne pensais pas pouvoir trouver le sommeil tant qu'il ne serait pas mort.

IV

Le monstre

99.

Jacobi avait posé ses grosses paluches sur mes épaules, m'avait fixé droit dans les yeux, et déclaré : « Peter Gordon, c'est le problème du FBI. Tu as déjà fait tout ce que tu pouvais, Boxer. L'enfant est en sécurité, alors maintenant tu vas prendre quelques jours de congé, et tu reviendras quand tu te seras vraiment reposée. »

Il avait raison. J'avais besoin d'un break, aussi bien sur le plan physique qu'émotionnel. J'en étais arrivée à un niveau de stress tel que même le sifflement de la bouilloire me faisait sursauter.

Le dimanche, Joe et moi nous rendîmes au Monster Park. Même si le premier quart-temps était déjà entamé à notre arrivée et que les 49ers se faisaient mener au score par les Rams de Saint Louis, je m'en moquais. Certes, nous étions armés et portions tous deux un gilet pare-balles, mais j'étais avec Joe, nous passions un excellent moment le long de la ligne des cinquante-cinq yards, et rien d'autre ne comptait.

Un stadier avait dû faire déguerpir des squatteurs qui occupaient nos sièges réservés au FBI, mais la beauté du match me fit vite oublier ce petit incident. Sur une magnifique action d'Arnaz Battle, je bondis même de mon siège, emportée par mon enthousiasme. Joe m'enlaça et me gratifia d'un langoureux baiser cinq étoiles. « Hé ! Y'a des chambres pour ça ! » brailla une grande gueule derrière nous.

Je me retournai et m'aperçus qu'il s'agissait de l'un des squatteurs expulsés un peu plus tôt. Il était clairement bourré et avait tout du pauvre type de base.

— Achète-toi un cerveau et reviens me parler ! répliquai-je du tac au tac.

À ma stupéfaction, le beauf se leva de son siège et vint se planter devant nous d'un air de défi :

— Vous croyez quoi ? beugla-t-il en nous aspergeant de postillons. C'est pas parce que vous pouvez vous payer les meilleures places que vous avez tous les droits.

J'ignorais de quoi il parlait, mais la situation ne me plaisait qu'à moitié. Quand un type pète un câble pendant un match, en général, tout un tas d'autres types du même acabit veulent se mêler à l'action.

— En parlant de places, que diriez-vous de regagner la vôtre ? fit Joe en se levant à son tour.

Mon fiancé avait beau dépasser le mètre quatre-vingt-cinq, il était loin des cent trente kilos de l'abruti qui se tenait face à lui.

— Vous nous faites rater le match et votre présence importune la demoiselle.

— La demoiselle ? Quelle demoiselle ? répondit l'autre. J'vois juste une grosse pouffiasse, ici, j'vois pas de demoiselle.

D'un geste brusque, Joe le saisit par le col et je lui collai mon badge sous le nez :

— Une grosse pouffiasse de flic, manque de chance.

Je fis signe aux agents de sécurité qui se dirigeaient déjà vers nous, et tandis qu'ils le sortaient du stade sous les cris d'encouragement d'autres supporters, je me rendis compte que je m'étais laissée gagner par l'adrénaline.

J'avais été à deux doigts de sortir mon arme.

— Et si on allait prendre une chambre comme ce type nous l'a conseillé ? fit Joe en me prenant dans ses bras.

— Bonne idée. J'en vois une qui ferait très bien l'affaire.

100.

Les rideaux de notre chambre ondulaient douce-ment sous l'effet d'une légère brise que laissait péné-trer la fenêtre entrouverte. Joe avait préparé le repas, puis nous avait fait couler un bain, et j'étais à présent allongée sur le dos au milieu du lit, les yeux levés vers mon homme. La lampe de chevet enveloppait sa silhouette robuste d'une chaude et douce lumière.

— Ne bouge pas, Blondie.

Il lança sa serviette par terre sans détacher son regard du mien. Ma respiration s'était accélérée. Fébrile, je commençai à détacher la ceinture de mon peignoir.

— Qu'est-ce que je viens de te dire, Linds ? Ne bouge pas, ce sont les ordres du médecin.

J'éclatai de rire tandis qu'il s'étendait sur le lit à côté de moi.

— J'ai le nez qui me gratte, Joe. Comment je fais ?

— Moi aussi, j'ai quelque chose qui me démange.

— Je vois.

— Tu vois…

Il se tourna vers moi et m'embrassa très doucement dans le cou, un petit truc qui me fait tout de suite grimper aux rideaux. Je tendis les bras pour l'enlacer, mais il les repoussa :

— Ne bouge pas ! C'est la dernière fois que je le répète.

Il ôta mon peignoir et me souleva ; nous fûmes bientôt tous les deux nus sous les couvertures.

Je me blottis contre lui, ma joue posée dans le creux de son cou et nous restâmes ainsi un long moment. Je me sentais aimée et en sécurité, émerveillée de constater qu'après avoir traversé tant de hauts et de bas notre relation s'était enfin stabilisée.

Joe enroula mes cheveux autour de sa main, m'embrassa partout sur la nuque, et nos corps ondulèrent jusqu'à s'encastrer parfaitement. Je le guidai d'un léger mouvement de hanches. L'espace d'un instant, j'oubliai de respirer. J'étais comme au bord d'un précipice, mais je ne voulais pas m'arrêter.

— Une petite seconde, murmura Joe en tendant la main vers le tiroir de la table de chevet.

J'entendis le froissement de l'emballage d'aluminium.

— Laisse tomber, Joe, fis-je en posant la main sur son bras.

— Je n'en ai vraiment que pour une seconde.

— Non, je t'assure. Ce sont les ordres du médecin.

— Tu es sûre, Linds ?

— Sûre et certaine.

Joe m'embrassa à pleine bouche, m'enveloppa de ses bras puissants et bascula pour que je me retrouve sur lui. Je me redressai, plaquai mes jambes le long de son corps, les mains à plat sur son torse. Je plongeai mon regard dans le sien et vis briller dans ses yeux cette petite flamme – son amour pour moi. Il agrippa mes hanches et nous fîmes l'amour sans nous presser, lentement, calmement.

Je n'aurais voulu être nulle part ailleurs.

Je n'aurais partagé cette étreinte avec personne d'autre.

101.

J'étais à mon bureau lorsque Brenda me contacta sur l'interphone : « Lindsay ? Il y a un paquet pour toi à la réception. Kevin préfère que tu viennes l'inspecter en personne. »

Je descendis dans le hall et trouvai notre agent de sécurité près du portail à détecteur de métaux. Il tenait à la main une sacoche en tissu sur laquelle une étiquette à mon nom était fixée par plusieurs couches de ruban adhésif. Je n'attendais aucun colis, et celui-ci en particulier ne m'inspirait guère confiance.

— Je l'ai passée au détecteur, me dit Kevin. Elle contient quelque chose de métallique, mais je n'arrive pas à voir de quoi il s'agit.

— D'où vient-elle ?

— J'étais en train de contrôler les sacs d'un groupe d'étudiants en droit, et en me retournant j'ai aperçu

cette mallette posée sur la table. Personne ne l'a récla-
mée.

— Bon, je préviens la brigade de déminage.

— OK, fit Kevin. Je me charge de la sécurité.

Je m'étais mise à trembler. Mes vêtements me col-
laient au corps et des élancements de douleur me parcouraient l'épaule. Je repensai à Joe m'expliquant à
quel point il était facile de fabriquer une bombe.

Dissimulée derrière une colonne en marbre à l'autre
bout du hall, je contactai Jacobi pour l'informer de la
situation.

— Je suis certaine que Gordon possède les com-
pétences techniques pour fabriquer une bombe capable
de faire exploser le palais de justice.

— Quitte tout de suite le bâtiment, Boxer.

— Toi aussi. On est en train de procéder à l'évacuation.

J'avais à peine prononcé cette phrase que le signal
d'alarme retentit. La voix du chef de la sécurité
annonça dans les haut-parleurs que tous les membres
du personnel anti-incendie devaient regagner leurs
postes.

Le bâtiment fut entièrement évacué – juges, jurés,
avocats, policiers, ainsi qu'une ribambelle de détenus
alignés en file indienne le long de l'escalier de
secours. Je sortis par la porte principale au son des
battements syncopés de mon cœur cognant contre mes
tympans. Huit minutes plus tard, le camion de la brigade de déminage se garait devant le Palais.

J'assistai à la scène de loin derrière le cordon de
police : un robot équipé d'une machine à rayon X
emprunta la rampe réservée aux personnes en chaise

roulante et entra dans le palais de justice. Conklin et Chi s'approchèrent de moi et nous observâmes le technicien en combinaison spéciale qui suivait le robot avec sa télécommande.

Je guettais une probable détonation, mais l'attente se prolongea un long moment. J'étais sur le point de perdre patience lorsque Conklin lança :

— À ce rythme-là, ça peut durer toute la nuit !

Nous prîmes la décision d'aller au pub.

À l'intérieur, l'ambiance était à la fête. De nombreuses personnes habituellement en poste au palais de justice avaient investi les lieux en attendant de pouvoir réintégrer leurs bureaux. J'avais la main dans le bol de cacahuètes lorsque mon portable se mit à sonner.

C'était le lieutenant Bill Berry, de la brigade de déminage :

— Votre prétendue bombe a été neutralisée.

Accompagnée de Conklin et de Chi, je me rendis jusqu'au camion de la brigade de déminage, à présent garé dans le parking situé derrière le Palais. Je toquai à la portière. Berry ouvrit et me tendit la mallette.

— Alors ? l'interrogeai-je. Que contient-elle ?

— Disons que c'est un peu Noël avant l'heure. Je pense que vous allez apprécier la surprise.

102.

— Une bonne surprise ? lança Chi. Je suis curieux de voir ça.

— Peut-être des petits chiots ? suggérai-je en plaisantant.

Conklin, Chi et moi nous joignîmes au flot de personnes retournant travailler et grimpâmes jusqu'au troisième étage, direction les locaux de la brigade et le bureau de Jacobi, où ce dernier nous accueillit après s'être lourdement laissé choir sur son fauteuil pivotant.

Comme toujours, la pièce était une vraie porcherie – sans vouloir offenser les cochons, bien sûr. Je dus déplacer une pile de dossiers posés sur une chaise pour pouvoir m'asseoir. Conklin prit place à côté de moi et Chi, impeccable dans son ensemble costume gris et cravate-lacet, s'adossa contre le montant de la porte.

— Apparemment, aucun risque que ce truc nous pète à la gueule, fis-je en plaçant la mallette sur le bureau.

— Tu comptes l'ouvrir un jour, ou tu attends qu'on t'envoie une invitation ?

— OK, je l'ouvre.

Je sortis de ma poche une paire de gants en latex, les enfilai, puis déchirai le papier adhésif à l'aide d'un vieux couteau que Jacobi utilisait comme coupe-papier, afin d'accéder à la fermeture Éclair.

Je restai un moment interloquée par le contenu de la mallette. J'avais sous les yeux plusieurs petites pochettes en satin et de nombreuses petites boîtes à bijoux. Il y avait également une enveloppe blanche qui m'était adressée.

Je la montrai à mes collègues, puis la décachetai et en tirai une feuille de papier pliée en trois dans le sens de la largeur.

— Que dit la lettre ? demanda Jacobi.

Je m'éclaircis la voix et commençai la lecture :

— « Sergent Boxer, je vous écris pour vous répéter que je n'ai PAS tué Casey Dowling. Ses bijoux se trouvent dans la mallette, ainsi que tous ceux que j'ai dérobés au cours de mes cambriolages. Dites à mes victimes que je suis désolée. J'ai commis de graves erreurs, croyant que je n'avais pas d'autre choix, mais je ne volerai plus jamais. C'est Marcus Dowling qui a assassiné son épouse. Ça ne peut être que lui. » Et c'est signé Hello Kitty.

Je tournai la mallette vers Jacobi pour qu'il me voie ouvrir les différents emballages. Des bijoux somptueux apparurent sous mes yeux. Des diamants et des saphirs que je reconnus comme étant ceux de Casey Dowling, des broches victoriennes et des perles appartenant à Dorian Morley et une multitude d'autres bijoux qu'il allait falloir restituer à leurs propriétaires.

Je remarquai soudain une petite boîte en cuir imitant un coffre aux trésors. Elle contenait un carré de papier de soie. Je le dépliai et découvris une grosse pierre jaune de la taille d'un grain de raisin. Le Soleil de Ceylan.

— C'est le fameux diamant de Casey Dowling ? lança Conklin. Le diamant maudit ?

Jacobi le regarda à peine. Il saisit le combiné de son téléphone et pressa la touche 1 – le raccourci pour appeler le big boss :

— Tony est là ? C'est de la part de Jacobi. Dites-lui que j'ai une bonne nouvelle à lui annoncer.

Du coin de l'œil, j'aperçus Brady qui se dirigeait vers nous d'un pas précipité.

— Boxer ! appela-t-il de loin en soufflant comme un bœuf. Vous n'écoutez jamais vos messages ? La femme de Peter Gordon est passée nous rendre une petite visite !

103

Heidi Meyer était assise seule dans la salle d'interrogatoire, physiquement et psychologiquement épuisée par les épreuves traumatisantes qu'elle venait de traverser. Sa vie était sens dessus dessous. Comment avait-elle pu passer tant d'années au côté de Peter Gordon sans voir qui il était ? Des images revenaient la hanter sans cesse. Elle se revoyait cuisiner pour Pete, discutant longuement avec lui pour tenter de le calmer. Elle avait donné naissance à ses enfants, tâché de pallier ses défauts et ses troubles psychiques. Elle avait partagé son lit presque toutes les nuits pendant plus de dix ans.

Et voilà que son mari venait de faire exploser leur existence, au propre comme au figuré.

L'agent Benbow l'avait interrogée pendant presque trois heures puis laissée seule devant une tasse de thé fumant. Heidi repensa à cet interrogatoire, à la façon dont elle s'était livrée en dévoilant ses souvenirs, en fournissant le maximum d'informations susceptibles d'aider le FBI à retrouver Peter avant qu'il ne tue à nouveau.

Elle avait expliqué à quel point son mari était perturbé depuis son retour d'Irak. D'humeur constamment colérique, il effrayait les enfants, et, effectivement, il détenait des armes et savait manier les explosifs.

Heidi avait montré à Benbow les ecchymoses sur ses bras, et même autorisé une femme à photographier les bleus sur l'intérieur de ses cuisses.

Et tandis qu'elle patientait dans la petite pièce dépourvue de fenêtres, elle comprit que Pete les détestait, et que s'il avait tué ces mères et leurs enfants, ç'avait été une manière symbolique de les tuer, elle, Steven et Sherry.

Elle se demandait où se trouvait Pete à présent, et s'il la traquait, s'il l'avait vue entrer dans le bâtiment du FBI, s'il attendait qu'elle sorte. Maintenant qu'elle était venue parler, qu'était-elle censée faire ? Pourquoi personne ne lui avait rien dit ?

Heidi leva les yeux comme la porte s'ouvrait ; l'agent Benbow était de retour avec une grande blonde, qu'il présenta comme étant le sergent Lindsay Boxer, du SFPD. Les yeux d'Heidi s'embuèrent de larmes. Elle se leva et vint serrer chaleureusement la main du sergent Boxer.

— C'est donc vous qui avez retrouvé Stevie ! Oh mon Dieu, je ne pourrai jamais assez vous remercier.

— Je vous en prie, Heidi. Je peux vous appeler Heidi ?

— Bien sûr.

Benbow quitta la pièce et le sergent Boxer prit place sur une chaise face à elle :

— Alors, Heidi, dites-moi où sont Steven et Sherry à présent ?

— Ils sont avec mon amie, Sarah Wells. Nous enseignons toutes les deux au lycée Booker T. Washington.

— Et Sarah, où est-elle ?

— Elle fait le tour du quartier en attendant de venir me rechercher. Elle ne peut pas rentrer chez elle. Son mari... elle vient de le quitter. Nous n'avons nulle part où aller. Même si ma maison n'avait pas explosé, je n'y serais pas retournée. Je souhaite mettre le maximum de distance entre nous et Peter.

— J'aimerais discuter avec vous un instant, si vous le voulez bien.

— Allez-y. Demandez-moi tout ce que vous voudrez.

— Avez-vous parlé à votre mari depuis les événements survenus à votre domicile ?

— Il m'a laissé un message sur mon portable, où il explique qu'il avait prévu de tuer Stevie mais qu'en regardant son visage il a changé d'avis. Il a ajouté : « Il me ressemble trop. Mais toi, Heidi, tu ne me ressembles pas. »

— C'est terrible. A-t-il dit autre chose ?

— Oui. Il voulait que j'aille dire aux autorités que s'il n'obtenait pas les cinq millions de dollars, il nous retrouverait, moi et les enfants, et qu'il nous tuerait. C'est pourquoi j'ai contacté l'agent Benbow. Je lui ai remis mon téléphone. Le message est encore sur mon répondeur.

Le sergent Boxer hocha la tête :

— Parfait. Où habitent vos parents, Heidi ?

— Je n'ai jamais connu mon père, et ma mère est morte il y a cinq ans. Dites-moi, sergent, que dois-je faire à présent ?

La porte de la salle d'interrogatoire s'ouvrit ; Benbow était de retour. Coiffure stricte et allure martiale, son visage n'était toutefois pas dépourvu de sympathie, et même d'une certaine chaleur bienveillante. Il prit place en bout de table :

— Avez-vous déjà entendu parler du programme de protection des témoins, Heidi ? Nous voulons vous en faire bénéficier, vous et vos enfants. Nous allons vous remettre de nouveaux papiers d'identité et vous fournir un nouveau logement.

— Mais je ne suis pas vraiment un témoin. Je ne sais rien.

— Croyez-moi, votre situation le justifie largement. Vous devez nous laisser vous protéger, Heidi. Je vous assure que si nous parvenons à arrêter votre mari, votre témoignage nous sera des plus précieux, ne serait-ce que parce qu'il s'est plusieurs fois montré violent à votre égard.

Une foule de pensées envahit l'esprit d'Heidi. Benbow lui expliquait que, pour sa sécurité, son existence en tant qu'Heidi Meyer était terminée. Qu'elle devait disparaître avec ses enfants et redémarrer une nouvelle vie ailleurs. C'était presque inconcevable.

Seule Sarah pouvait rendre la chose supportable.

Heidi leur parla de Sarah Wells, sa meilleure amie et sa confidente, par ailleurs la marraine de Stevie. Elle se montra catégorique : Sarah devait participer au programme avec eux.

— Cela présente un risque, Heidi, lui dit Benbow d'un air inquiet, voire un peu agacé. Si Sarah venait à contacter son mari ou n'importe quelle personne de ses connaissances, elle vous ferait courir, à vous et vos enfants, un danger mortel.

— J'ai une entière confiance en Sarah. Je l'aime. Elle est ma seule vraie famille.

Benbow tambourina des doigts sur la table, puis :

— OK. Nous allons vous conduire en lieu sûr en attendant de régler tous les détails. Vous devez tous partir dès maintenant, Heidi. Pas d'appels téléphoniques, pas d'adieux à qui que ce soit. Et vous ne pouvez rien emmener hormis les vêtements que vous portez.

Heidi se sentit envahie de bonheur à l'idée de pouvoir rompre avec son passé de manière aussi rapide que radicale. Elle allait enfin pouvoir vivre sans peur et partager son existence avec Sarah et les enfants au grand jour, loin de Pete !

Des larmes se mirent à couler le long de ses joues. Elle enfouit son visage dans ses mains et se laissa aller à pleurer. Lorsqu'elle fut en mesure de reprendre la parole, elle leva la tête vers Boxer et Benbow, et déclara :

— Merci. Merci infiniment. Que Dieu vous bénisse, tous les deux.

104.

Je raccompagnai Heidi jusque dans la rue. Elle me dévisagea un moment, les yeux rouges et l'air comme hébété :

— Je ne sais pas trop quoi dire aux enfants.

— Vous trouverez les mots, Heidi, j'en suis certaine. Avez-vous bien compris ce qui allait se passer ?

— Nous allons passer la nuit dans un endroit sécurisé par le FBI en attendant que tous les détails soient réglés. Puis nous partirons pour…

— Ne me dites rien. Ne dites à personne votre destination.

— Disons à l'autre bout de la terre.

— Voilà. C'est votre amie Sarah qui arrive ? demandai-je en voyant une Saturn rouge se garer le long du trottoir.

— Oui. C'est bien elle.

Heidi se dirigea vers la voiture et se pencha vers la vitre côté passager. Elle s'entretint brièvement avec la conductrice puis, se tournant vers moi :

— Sergent Boxer, venez que je vous présente mon amie Sarah Wells.

Jolie brune d'une vingtaine d'années, Sarah n'était pas maquillée et portait des vêtements un peu trop grands. Elle déposa une balle en caoutchouc sur le siège à côté d'elle et me serra la main. Je fus impressionnée par sa poigne.

— Quelle joie de vous rencontrer enfin, sergent Boxer me dit-elle. Merci pour tout ce que vous avez fait.

Elle affichait une expression étrange – comme si elle avait peur de moi. Avait-elle déjà eu affaire à la police ?

— De me rencontrer enfin ?

— Je veux dire, depuis que vous avez retrouvé Stevie.

— Oui, bien sûr.

Le garçonnet était assis dans son siège sur la banquette arrière, à côté d'une petite fille. Il posa sa main à plat contre la vitre et me dit d'un air grave :

— Bonjour, madame.

— Salut, Stevie, répondis-je en posant ma main de l'autre côté de la vitre.

— Stevie est amoureux de vous, lança la fille.

Je souris aux enfants, puis Heidi m'étreignit avec effusion, les yeux pleins de larmes, avant de s'installer dans la voiture.

— Soyez heureux, fis-je.

— Vous aussi, sergent.

Une berline noire vint se ranger le long de la Saturn, et l'agent Benbow passa la tête par la portière. Il demanda à Sarah de le suivre. Un deuxième véhicule fermait le convoi. Heidi, Sarah et les enfants étaient en route pour une nouvelle existence.

J'espérais qu'elle serait pleine de bonheur.

En observant les trois voitures qui s'éloignaient, je me demandai comment Pete réagirait en s'apercevant de la disparition de sa femme et de ses enfants. Et une fois de plus, je me demandai comment nous allions réussir à le choper avant qu'il ne commette de nouveaux meurtres.

105.

Leonard Parisi avait vraiment l'air au bout du rouleau lorsque Yuki et moi débarquâmes dans son bureau le lendemain matin, en vue d'obtenir un mandat de perquisition. Parisi, également surnommé « Red Dog » en raison de sa chevelure rousse et de sa ténacité légendaire, étudia un instant les photos des bijoux dérobés par Hello Kitty, puis parcourut une copie de la lettre.

— Des pistes pour tenter de coincer cette personne ?

— Elle s'est fondue parmi un groupe dans le hall principal, répondit Yuki. Les vidéos des caméras de sécurité ne nous ont pas permis de distinguer qui avait déposé la mallette.

— Sergent ?

— Nous n'avons aucune indication sur son identité. Les bijoux sont actuellement en cours d'analyse au labo, mais, pour le moment, nous n'avons pu relever aucune empreinte. Tout ce qu'on sait, c'est qu'elle a restitué l'intégralité de son butin, ce qui, à mon sens, la rend tout à fait crédible quand elle affirme n'avoir pas tué Casey Dowling.

— Je me demande bien à quoi ça sert d'investir autant d'argent dans des systèmes de vidéosurveillance ! vociféra Parisi.

Comme nous tous, Parisi s'était souvent fait souffler dans les bronches pour son faible taux de condamnations au regard de l'accroissement de la criminalité à San Francisco – la faute de la police, qui n'apportait pas assez d'éléments pour que le bureau du *district attorney* puisse blinder les dossiers.

— Que nous reste-t-il à nous mettre sous la dent, sergent Boxer ? La déposition anonyme d'une cambrioleuse repentie jurant ses grands dieux qu'elle n'a tué personne ? Vous pensez que Dowling a tué sa femme, c'est ça ?

— Kitty s'est montrée formelle les deux fois où je lui ai parlé, et je l'ai trouvée très convaincante.

— Assez parlé de cette femme. Elle n'est qu'un fantôme. *Quid* de Dowling ?

J'expliquai à Parisi ce que nous avions découvert grâce à Caroline Henley, à savoir une relation extra-conjugale qui durait depuis maintenant deux ans. La fortune de Dowling se chiffrait en dizaines de millions de dollars et un divorce lui aurait coûté un maximum, ce qui s'avérait un motif suffisant pour vouloir supprimer son épouse. D'autre part, ses explications relatives aux bruits et aux détonations, aux appels à l'aide de sa femme, avaient varié au fil du temps.

— Quoi d'autre ?

— Il avait les cheveux mouillés quand on l'a interrogé juste après le meurtre.

— Il se serait douché dans le but de faire disparaître certaines traces ?

— C'est ce qu'on pense.

Red Dog me rendit le dossier contenant les photos des bijoux et la copie de la lettre :

— Le simple fait de prendre une douche ne constitue pas une preuve irréfutable. Avant d'aller perquisitionner chez lui, au risque de voir les médias s'en mêler et qu'on nous colle un procès pour diffamation, vous feriez bien d'avoir quelque chose d'un peu plus solide que les simples allégations d'une cambrioleuse et cette histoire de douche. Désolé, Yuki, mais en l'état ça ne me suffit pas pour délivrer un mandat.

106.

Pour me défouler, j'envoyai valser mon fauteuil de bureau contre la poubelle une première fois, puis une deuxième, un peu plus fort.

— Red Dog rejettera toute demande de mandat tant qu'on n'aura pas retrouvé le flingue encore fumant ! m'exclamai-je.

Conklin me dévisagea :

— C'est marrant que tu dises ça. J'ai regardé des vieux films de Dowling hier soir. Jette un œil là-dessus.

Il fit pivoter son écran d'ordinateur face à moi.

Je m'installai sur mon fauteuil et j'observai ce qui ressemblait à une affiche pour un vieux film d'espionnage.

— *Night Watch*, fit Conklin. Il a tourné ce film avec Jeremy Cushing il y a de ça plusieurs dizaines d'années. Un peu surjoué, mais avec le temps c'est devenu un classique. Regarde.

Dowling apparut à l'écran : costard noir, favoris et regard oblique, il tenait un flingue à la main.

— Ne me dis pas que c'est un calibre 44 ?

— Un Ruger Blackhawk. C'est un revolver simple action, un six-coups.

Il cliqua sur sa souris et une nouvelle photo s'afficha. Le célèbre Jeremy Cushing, à présent décédé, remettait le revolver à Dowling en guise de souvenir au cours d'une cérémonie, et les deux hommes échangeaient une poignée de main. On entendait presque les flashs crépiter.

Conklin pressa une touche de son clavier, et l'imprimante sortit plusieurs copies des différentes photos. Je m'emparai aussitôt de mon téléphone pour contacter Yuki :

— Essaie de choper Red Dog avant qu'il s'en aille. Je suis là dans une minute.

Nous arrivâmes devant la splendide demeure de Dowling sur les coups de midi, trois voitures pleines de flics impatients de se mettre au boulot. J'enfonçai le bouton de la sonnette et Dowling ouvrit la porte en jean et chemise blanche déboutonnée.

— Sergent Boxer ! s'écria-t-il.

— Bonjour, monsieur Dowling. Vous vous souvenez de l'inspecteur Conklin ? Et je vous présente Yuki Castellano, assistante du *district attorney*.

Yuki lui tendit le mandat de perquisition :

— Vous savez que j'étais en cours avec Casey ? dit-elle en pénétrant dans le vaste hall richement décoré.

— Vraiment ? Elle ne m'a jamais parlé de vous. Eh ! Je ne vous permets pas...

Chi, McNeil, Samuels et Lemke avaient surgi derrière nous et commençaient à se disperser aux quatre coins de la maison avec la détermination de flics effectuant une descente dans un bar clandestin pendant la Prohibition. Je sentis la panique me gagner. J'avais eu beau convaincre Parisi que Dowling n'aurait jamais jeté un souvenir datant du tout dernier film de Jeremy Cushing, je n'étais plus aussi sûre de moi.

— Un petit instant, s'écria Dowling. Qu'êtes-vous venus chercher au juste ?

— Vous le saurez quand nous l'aurons trouvé, répondis-je.

Je m'engageai dans l'escalier menant vers la chambre principale tandis que le reste de l'équipe commençait à fouiller les autres pièces. J'entendis le téléphone sonner, puis la voix de Dowling, indigné et furieux :

— C'est justement pour ça qu'on paie si grassement les avocats, Peyser. Vous allez écourter vos vacances et revenir illico à San Francisco !

J'entrai dans la chambre du célèbre acteur. Quinze minutes plus tard, j'avais inspecté chaque tiroir et chaque étagère, et je m'apprêtais à retourner le matelas lorsque je sentis une présence près de moi. Je levai les yeux et vis une femme vêtue d'un uniforme de domestique.

Son visage me disait quelque chose. Je l'avais rencontrée le lendemain du meurtre de Casey Dowling, lorsque Conklin et moi étions venus interroger Marcus – elle nous avait servi deux verres d'eau minérale.

— Vous êtes Vangy, c'est bien ça ?

— Je suis une clandestine.

— Je comprends... Mais rassurez-vous, je ne travaille pas pour le service de l'immigration. Qu'avez-vous à me dire, Vangy ?

Elle me demanda de la suivre dans la buanderie, au sous-sol. Là, elle alluma une lampe située au-dessus du sèche-linge, plaça ses mains de part et d'autre de l'appareil et le tira pour l'écarter du mur. Elle m'indiqua le conduit d'évacuation :

— Je pense que c'est ici qu'il l'a caché. J'ai entendu un bruit métallique à l'intérieur du tuyau.

107.

Nous étions installés en salle d'interrogatoire numéro deux, la plus spacieuse. J'avais moi-même contrôlé les caméras pour vérifier que tout fonctionnait avant de faire entrer Dowling et de lui demander de s'asseoir sur la chaise face à la glace sans tain.

Je voulais obtenir des aveux complets – pour moi, pour Conklin, pour Yuki et pour Parisi. Je voulais aussi obtenir justice pour Casey Dowling le plus rapidement possible. Et je voulais boucler cette enquête pour Jacobi.

Dowling avait boutonné sa chemise, enfilé une veste et paraissait tout à fait maître de lui. Malgré moi, j'admirais le calme qu'il affichait, car son revolver était posé devant lui dans un sachet plastique.

Conklin, lui aussi, semblait parfaitement détendu. J'avais l'impression qu'il luttait pour s'empêcher de sourire. Bien sûr, il avait des raisons, mais pour ma part, je me gardais de me réjouir trop vite. Dowling avait une telle estime de lui-même qu'il était probablement convaincu de son invulnérabilité.

— Mon avocat est en route, déclara-t-il.

On toqua à la porte. C'était Carl Loomis, l'un de nos experts en balistique. Je pointai du doigt le revolver ; il s'empara du sachet puis, se tournant vers Dowling :

— J'ai vu tous vos films, monsieur Dowling.

— Loomis, intervins-je, il me faut les résultats au plus vite.

— Vous les aurez d'ici une heure, sergent, fit-il avant de quitter la pièce.

Je me tournai alors vers Dowling, lequel, pour montrer sa nonchalance, s'était renversé contre le dossier de sa chaise et se balançait sur les pieds arrière.

— Monsieur Dowling, j'aimerais m'assurer que vous comprenez bien la situation. Les tests du labo vont bientôt démontrer que les balles extraites du corps de votre femme ont été tirées avec votre arme.

— C'est vous qui le dites.

— Vous y croyez, à ça ? lança Conklin. Je suggère de l'inculper sur présomption de meurtre. On le tient. Il est cuit.

— Dites-nous ce qui s'est passé, fis-je à Dowling. Si vous nous permettez l'économie d'un procès, le *district attorney* tiendra compte de votre coopération et...

— Ah oui ? Croix de bois, croix de fer ?

— Juste pour information, il quitte son bureau à 17 heures, c'est-à-dire dans une quinzaine de minutes. Ne tergiversez pas trop longtemps.

Dowling poussa un ricanement moqueur et Conklin se mit à rire.

Il quitta la pièce, revint avec trois gobelets de café et versa du lait dans le sien tout en fredonnant le thème de *Night Watch*, une petite chansonnette entraînante qui avait plutôt bien marché alors même que le film éponyme avait fait un bide.

Je vis le visage de Dowling s'obscurcir. Sa désinvolture s'évanouit peu à peu et les pieds de la chaise ne tardèrent pas à regagner le sol. La mélodie semblait avoir produit son effet.

108.

Le portable de Dowling se mit à sonner. Il jeta un coup d'œil à l'écran et prit l'appel :

— Peyser ? Vous êtes où, au juste ? Qu'est-ce que vous foutez ?

Dowling écouta la réponse de son avocat, puis s'exclama :

— Vous êtes nul, Peyser ! Complètement nul, mon pauvre vieux !

Il referma son téléphone et regarda sa montre. 17 heures pile.

— Prévenez le *district attorney*. J'accepte de parler de mon plein gré. Je n'ai rien à cacher. Ai-je besoin d'écrire quoi que ce soit ?

— Non, répondis-je en désignant la caméra. L'interrogatoire est filmé.

Dowling hocha la tête. Il avait l'habitude de se retrouver sous les feux des projecteurs.

— En fait, j'ai menti pour protéger la réputation de Casey. Elle avait découvert que j'avais une maîtresse. Elle a braqué l'arme vers moi et lorsque j'ai essayé de la lui arracher des mains, le coup est parti tout seul.

— Avant ou après la fuite du cambrioleur par la fenêtre ? demandai-je.

— Le cambrioleur s'est enfui. C'est ça qui lui a donné l'idée. Elle s'est emparée du revolver dans le tiroir de la table de nuit et elle a commencé à me crier dessus. J'ai tenté de la désarmer et le coup est parti. Je vous jure que c'est la vérité.

— Monsieur Dowling, êtes-vous bien sûr de vouloir vous engager dans cette voie ? Je vous rappelle que votre femme a reçu deux balles. L'une en pleine poitrine, l'autre dans le cou. Elle était nue et aucune trace de poudre n'a été retrouvée sur sa peau, ce qui signifie que vous vous teniez à une distance d'au moins un mètre cinquante. L'étude des angles de tir devrait le corroborer.

— Ce n'est pas du tout ainsi que les choses se sont déroulées !

— Et pourtant si, monsieur Dowling. Votre Ruger est un revolver simple action. Vous avez forcément dû armer le chien avant de tirer le deuxième coup. (Pour illustrer, je mimai l'action, faisant mine d'armer le « chien » avant de tirer) Bang ! (Je répétai le geste) Et bang ! Vous voulez vraiment faire avaler aux jurés que vous avez agi en état de légitime défense ?

— Je vous dis la vérité, insista Dowling en bafouillant à moitié. Elle a essayé de me tuer. J'ai voulu lui retirer l'arme des mains et le coup est parti tout seul. Peut-être que dans la panique, j'ai tiré une deuxième fois. Je ne m'en souviens pas. J'étais terrorisé.

Il était à présent au bord des larmes :

— Je suis terriblement désolé de ce qui s'est passé. J'aimais Casey. Demandez à n'importe qui. Je n'aurais jamais dû la tromper, mais vous savez, c'est compliqué pour quelqu'un comme moi. Les femmes me sollicitent sans arrêt… et ça, Casey ne l'a jamais compris.

La porte s'ouvrit à nouveau, cette fois sans que personne ait frappé, et Tony Peyser, l'avocat de Dowling payé mille dollars de l'heure, entra dans la pièce :

— Ne dites rien, Marc.

Il se tourna vers moi :

— Quel est le chef d'inculpation ?

Un grisant mélange de fureur et d'exaltation me monta à la tête. Les aveux de Dowling étaient enregistrés, et l'accusation s'en servirait pour le faire plonger.

Sans même un regard à Peyser, je me levai et déclarai :

— Levez-vous, monsieur Dowling. Vous êtes en état d'arrestation pour le meurtre de Casey Dowling. Vous avez le droit de garder le silence…

Conklin lui passa les menottes pendant que je finissais de lui énoncer ses droits.

— C'était de la légitime défense ! protesta l'acteur. De la légitime défense !

— Qui sait ? Les jurés vous croiront peut-être, fis-je en observant ce visage qui avait causé des ravages dans les cœurs de milliers de femmes. Mais vous voulez connaître le fond de ma pensée ? Vous êtes un bien piètre comédien.

109.

Je ne me rappelais pas avoir eu un jour autant besoin de boire un verre. Cindy me rejoignit dans le hall à 18 h 30 et nous nous rendîmes au Susie's dans mon Explorer. J'étais heureuse de passer un moment seule avec elle, d'autant que je m'apprêtais à lui révéler une exclusivité des plus croustillantes.

La pluie commençait à tomber dru, le traditionnel coup de vent de fin de journée, et tandis que les essuie-glace balayaient le pare-brise, j'expliquai à Cindy que la mallette retrouvée au palais de justice ne contenait pas de bombe comme on l'avait d'abord craint, mais des bijoux pour une valeur totale de quatre millions de dollars.

— Je pense que Kitty a rendu son butin pour ne pas être soupçonnée de meurtre.

— Que disait précisément sa lettre ? demanda Cindy.

280

— Je te préviens, Cindy : je suis OK pour que tu exploites l'histoire de Kitty, mais tout ce qui concerne l'inculpation pour meurtre de Dowling doit rester off. On est d'accord ?

— On est d'accord. Je tâcherai de trouver une autre source pour Dowling demain matin. En tout cas, ce que tu me racontes est hallucinant. Je n'en reviens pas qu'elle ait restitué tous les bijoux !

Je lui citai certains passages de la lettre et nous arrivâmes bientôt en vue du Susie's. Je me garai aussi près que possible et nous quittâmes la voiture en courant sous une pluie torrentielle, gloussant comme des adolescentes hystériques.

Il y avait toujours une certaine excitation à pénétrer dans ce bar. Nous le fréquentions depuis des années, et les lieux renfermaient de nombreux souvenirs. Un délicieux parfum de ragoût de poisson épicé flottait dans l'air. Les musiciens accordaient leurs instruments et une foule de célibataires se pressait au comptoir.

J'aperçus Yuki perchée sur un tabouret. Cindy et moi nous frayâmes un chemin jusqu'à elle. Je lui tapotai l'épaule. Elle se retourna et nous prit toutes les deux dans ses bras avant de nous présenter au barman :

— Lindsay, Cindy, voici Miles, hurla-t-elle pour se faire entendre par-dessus le vacarme ambiant. Miles, je te présente mes amies Lindsay Boxer et Cindy Thomas.

Nous échangeâmes une poignée de mains, et nous étions sur le point d'aller nous asseoir lorsque Yuki se pencha vers lui et l'embrassa à pleine bouche.

Je n'en revenais pas !

— Je suis restée hors-circuit trop longtemps, fis-je à Yuki tandis que nous nous dirigions vers la salle du fond. Je rêve, ou vous venez de vous embrasser ?

— Il est mignon, hein ?

Yuki partit d'un grand éclat de rire et s'empara d'une pile de menus. Nous prîmes place à notre table habituelle. Il ne manquait plus que Claire.

— Il est carrément mignon, tu veux dire. Vous êtes ensemble depuis combien de temps ?

— Quelques semaines.

— C'est du sérieux, alors ?

— Oui… répondit-elle en rougissant.

— Eh bien ! s'exclama Cindy. Quelle cachotière !

— C'est super, Yuki. Une nouvelle affaire et un nouveau jules. Lorraine ! appelai-je. Apporte-nous un pichet de bière, s'il te plaît. Et quatre verres.

— J'ai moi aussi une annonce à vous faire, embraya Cindy en joignant les deux mains avec une mine enthousiaste. Rich et moi habitons ensemble.

— Ouah ! C'est fantastique ! m'écriai-je – et j'étais à cent pour cent sincère. Il ne m'avait rien dit.

— Je voulais t'apprendre moi-même la nouvelle.

La bière nous fut servie avec une assiette de chips de plantain, et Cindy nous livra ses premières impressions sur la vie à deux, les problèmes de partage de la penderie et Rich qui trouvait le matelas trop mou. Je me demandai depuis combien de temps nous n'avions pas été heureuses toutes en même temps – et si cela s'était même jamais produit. J'avais hâte que Claire nous rejoigne pour partager cet instant.

Je jetai un œil par-dessus mon épaule et la vis justement qui fonçait vers nous à travers la foule.

L'expression de son visage n'aurait pu être comparée qu'à une éclipse de soleil. Une violente tempête se préparait.

110

Claire ne nous salua même pas.

Elle se glissa sur la banquette à côté de moi et se servit un grand verre de bière :

— Désolée pour mon retard. J'étais sur la base de données du service à essayer de sortir de l'impasse dans l'affaire du tueur au rouge à lèvres. Edmund pense que je devrais retirer les photos des enfants morts que j'ai affichées sur le panneau de mon bureau, mais je compte les y laisser tant qu'on n'aura pas coincé cet enfoiré.

— Tu as pu dénicher quelque chose ? demandai-je.

— Aucun meurtre semblable n'est répertorié. Le mode opératoire et la signature du tueur sont uniques. Quel est son mobile ? Qu'est-ce qui le pousse à faire ça ? Franchement, je ne parviens pas à comprendre ce type. Tu me passes les chips, Cindy ?

— Il prétend que c'est pour l'argent.

Claire hocha la tête puis leva la main pour signaler qu'elle n'avait pas fini de parler. Elle grignota quelques chips et but une gorgée de bière avant de reprendre le fil de sa pensée :

— OK. C'est plutôt inhabituel, tu ne trouves pas, Linds ? Un psychopathe motivé par l'argent ? Mais considérons un peu son dernier message, celui qu'il a laissé sur le pare-brise de sa voiture : « Maintenant, je veux cinq millions. Et cette fois, pas de blague. » On en est où avec ça ?

— Le FBI a repris l'affaire. Je reste disponible, mais c'est Benbow qui dirige l'enquête.

— Et si le *Chronicle* décidait de répondre à ce message par une lettre ouverte, comme la dernière fois ? lança Cindy.

— Sois plus précise, fit Yuki. Tu penses à quoi exactement ?

— Henry Tyler pourrait rédiger un texte du genre : « Nous avons les cinq millions, alors cette fois, pas de blague ! », histoire de défier le tueur ?

— Et après ? retourna Yuki. Organiser une nouvelle souricière ? Pourquoi le résultat serait-il plus probant que la dernière fois ?

J'espérais surtout ne pas me retrouver embringuée dans l'histoire. Je n'étais pas certaine de pouvoir réitérer ma récente performance. Je repensai avec effroi à ces heures horribles que j'avais passées avec le téléphone autour du cou, ignorant si Gordon me supprimerait après avoir récupéré l'argent.

Mais je devais me rendre à l'évidence.

— Tu penses que si le FBI ne passe pas rapidement à l'action, il tuera à nouveau ?

— D'autres mères et d'autres enfants, ajouta Cindy.

— C'est en effet ce que je crois, fit Claire. Mais j'ai eu une idée intéressante, et je pense que ça peut marcher.

111.

Je passais ma troisième nuit consécutive dans l'habitacle irrespirable et insonorisé d'une camionnette de surveillance, en compagnie de Conklin et de

Jacobi. Nous étions en liaison permanente avec deux femmes en civil qui se promenaient en poussant des landaus contenant des poupons en plastique, à proximité du Nordstrom, dans le San Francisco Centre. J'écoutais l'agent Heather Thomson – la « proie » que j'étais chargée de suivre – fredonner un morceau de pop, tandis que Conklin suivait les déambulations de Connie Cacase, une jeune femme d'une vingtaine d'années à l'allure innocente et au franc-parler, qui faisait ses classes au sein de la brigade des mœurs.

Il y avait sept autres camionnettes remplies de flics et d'agents du FBI disséminées un peu partout en ville, chaque équipe ayant pour mission de surveiller l'une des « proies » servant d'appât pour le tueur.

Alors que les médias ne cessaient de mettre la population en garde contre le tueur au rouge à lèvres, le maire, le SFPD et le FBI avaient décidé de ne publier aucun message à l'attention de Peter Gordon, lequel n'avait pas non plus cherché à nous contacter.

Attendait-il le moment propice ? Était-il furieux ? Inquiet ? Avait-il quitté la ville ?

Si l'on se référait à son schéma habituel, il aurait déjà dû commettre un nouveau meurtre.

Notre camionnette était garée sur Sutter Street, à proximité immédiate du Sutter-Stockton Garage, à un bloc du Nordstrom et deux blocs du Macy's d'Union Square.

Quant à Jacobi, il était en liaison avec le standard du SFPD ainsi qu'avec Benbow, installé deux blocs plus loin dans un centre de commandement mobile.

Si l'idée de Claire s'avérait plutôt bonne, elle n'était pas non plus infaillible. Nous étions tous prêts à nous jeter sur Gordon, mais n'avions personne sur qui bondir. Jacobi faisait le point avec Benbow lorsque j'entendis des coups de feu dans mes écouteurs. Heather arrêta aussitôt de chantonner.

— Heather ! appelai-je dans mon micro. Heather, répondez-moi !

— C'étaient des coups de feu ? demanda-t-elle.

— Vous ne voyez rien ?

— Je suis sur Stockton. J'ai l'impression que ça venait du parking.

— Il y a eu des coups de feu ! lançai-je à Conklin et Jacobi. Heather n'a rien. Rich, comment va Connie ?

— Elle va bien.

— Je ne sais pas ce qui s'est passé, fis-je en me tournant vers Jacobi, mais ça sent le cramé. Reste branché.

J'enfilai ma veste en hâte et je quittai la camionnette par la porte arrière. Conklin m'emboîta le pas.

Peter Gordon venait-il de refaire surface ?

Était-il passé à l'action ?

112.

Pete Gordon avait pisté la femme à travers tout le magasin. Il l'observa placer une couverture sur les jambes de sa gamine avant de s'engouffrer dans la fraîcheur de la nuit.

Sa proie n'était certes pas une reine de beauté, mais son déhanché avait quelque chose d'hypnotisant. Pete décida de l'appeler Wilma Pierrafeu, un nom qui lui allait à la perfection, avec sa petite robe à pois, ses

286

cheveux négligemment remontés en chignon et sa Pépite en poussette. Elle remonta la bretelle de son sac à main sur son épaule et se dirigea vers le Sutter Stockton Garage.

Peter connaissait bien cet immense parking de plusieurs étages, dont le dernier niveau, à ciel ouvert, était visible depuis les immeubles alentour. Il s'efforçait de maintenir une distance d'une dizaine de mètres avec Wilma tout en surveillant du coin de l'œil un groupe de vigiles postés non loin de l'entrée, lorsqu'une famille de quatre crétins surgit devant lui.

Pete resta prudemment en retrait, abaissa la visière de sa casquette et continua à suivre la jeune femme, qui venait de s'engager sur un étroit passage piéton longeant la rampe d'accès au parking. La famille qui lui bloquait la vue bifurqua à un croisement et Pete pressa le pas, cherchant Wilma du regard.

Entre les couinements de pneus, les bruits de moteur et les déambulations des piétons, Pete commençait à se dire qu'il l'avait perdue lorsqu'il repéra la robe à pois au niveau de l'ascenseur. Wilma entra dans la cabine avec sa poussette.

Les portes se refermèrent derrière elle, et les lumières indiquant les étages clignotèrent avant de s'arrêter sur le chiffre 3. Pete rejoignit l'escalier d'un pas rapide et grimpa les marches quatre à quatre jusqu'au troisième niveau. Il déboucha sur le palier sans même un léger essoufflement.

Plusieurs voitures parcouraient les allées à la recherche d'une place libre, mais il n'y avait aucun piéton en vue. Pete empoigna la crosse de son flingue, contourna un pilier et se retrouva face à Wilma.

La panique se lut instantanément sur le visage de la jeune femme. Elle le fixa plusieurs secondes, les yeux exorbités, puis fit brusquement pivoter sa poussette et se précipita vers sa voiture.

— Mademoiselle ! appela Pete. Ne partez pas !

— Éloignez-vous ! hurla-t-elle par-dessus son épaule. Laissez-moi tranquille !

Wilma l'avait reconnu mais, handicapée par sa poussette, elle n'avait nulle part où s'enfuir.

— Calmez-vous, mademoiselle. J'ai un problème avec mon téléphone portable. Regardez.

Dos à sa Volkswagen Passat, une main sur la poignée de sa poussette, Wilma scruta désespérément le parking à la recherche d'une personne qui aurait pu lui porter secours. La gamine poussa un cri et sa mère se pencha vers elle. Lorsqu'elle se redressa, Pete vit qu'elle tenait un calibre 22 braqué sur lui.

Il dégaina aussitôt son arme, mais le canon s'accrocha dans sa chemise. Il entendit une détonation et ressentit un impact au niveau de son épaule droite. Son pistolet lui échappa des mains et atterrit sur le sol dans un fracas métallique.

— Salope ! beugla-t-il en se baissant pour le ramasser.

Une balle ricocha sur le sol à quelques centimètres de son nez. Il roula sur le dos, tenant son arme de la main gauche.

— Plus un geste, Wilma !

Il tenta de la viser, mais sa vision se brouilla et les lumières se mirent à danser devant ses yeux. Il tira à plusieurs reprises sans parvenir à la toucher ; Wilma fit feu de nouveau.

113

— Ce n'est pas l'une des filles ! hurla Jacobi dans mon oreille tandis que je remontais Sutter en courant.

— Répète ?

— Ce n'est pas l'une de nos filles. On a reçu un appel sur le 911. Des coups de feu ont été tirés au troisième étage du Sutter-Stockton Garage.

J'appelai Conklin par-dessus le hurlement lancinant des sirènes – nous n'étions qu'à quelques mètres du parking. Une fois à l'intérieur, nous nous élançâmes dans l'escalier, armes au poing, et franchîmes bientôt la porte donnant accès au troisième niveau.

J'entendis alors un bébé crier. Je me précipitai vers le bruit et vis une jeune femme d'une vingtaine d'années figée sur place, à quelques mètres seulement d'un homme étendu sur le dos. Elle tenait un revolver.

Je m'approchai d'elle lentement en présentant mon badge :

— Je suis le sergent Boxer. Vous n'avez plus rien à craindre. Donnez-moi votre arme.

— C'est bien lui, hein ? fit-elle, encore paralysée par la peur.

Dans la poussette, sa fille était en pleurs.

— La femme à la télé nous a conseillé de porter une arme, et c'est ce que j'ai fait. C'est bien lui ? C'est bien le tueur ?

Je dus ranger mon flingue et lui attraper le poignet pour lui faire lâcher son calibre 22. Derrière nous, Conklin poussa du pied le pistolet de l'homme gisant au sol. Ses doigts retombèrent mollement.

Je rejoignis mon coéquipier, m'accroupis près de

l'homme et plaçai mon index et mon majeur au niveau de sa carotide.

— J'ai un pouls, fis-je en me tournant vers Rich.

Il appela une ambulance tandis que plusieurs véhicules de police surgissaient de la rampe d'accès à toute berzingue. Je ne parvenais pas à détacher mon regard du visage de Peter Gordon.

J'avais face à moi le monstre qui avait abattu neuf personnes, dont cinq enfants ; le tueur qui avait terrorisé sa famille et pris la ville entière en otage.

Son sang s'écoulait par flots réguliers sur le sol en béton.

Je ne voulais surtout pas le perdre. Je tenais absolument à le voir en combinaison orange, menotté sur le banc des accusés. Je voulais aussi entendre ce déglingué nous expliquer sa vision du monde. Je voulais le voir condamné à neuf peines de prison à perpétuité, une pour chacune de ses victimes. En bref, je voulais qu'il paie.

Comprimant son artère fémorale avec mon poing afin de stopper l'hémorragie, je sursautai presque lorsque Gordon ouvrit les yeux. Il m'observa un moment, puis articula d'une voix faible :

— Salut… poupée. Je crois… que je suis touché.

Je me penchai vers lui, si près que je sentais presque un souffle sur mon visage à chaque battement de ses paupières.

— Pourquoi tu les a tués, espèce d'ordure ?

Un sourire se dessina sur ses lèvres :

— Et pourquoi pas ? lâcha-t-il dans un souffle avant de mourir.

ÉPILOGUE

911

114.

Nous étions le 25 septembre, et Joe et moi nous apprêtions à recevoir des amis pour une petite soirée informelle.

Un rôti de porc cuisait dans le four sous une couche de chutney à la mangue. Martha fixait la porte vitrée avec insistance dans l'espoir d'en récolter un morceau et eut droit à un biscuit pour chiens. En kimono, le visage recouvert d'un masque à l'avocat, j'épluchais des pommes de terre et Joe découpait les fruits pour la tarte. À la télé, les 49ers affrontaient les Cowboys sous les clameurs du public, lorsque son portable se mit à sonner.

— Ne réponds pas, Joe. S'il te plaît.

Je n'avais pas dit cela à la légère, mais il me regarda en souriant et prit l'appel.

Cela faisait plusieurs semaines que je n'avais pas reçu un coup de fil qui ne soit annonciateur d'une tragédie, et j'étais si perturbée par les récents événements que le simple fait de voir une ampoule claquer ou de me casser un ongle pouvait me plonger dans un état dépressif. J'étais au fond du gouffre.

Joe se rendit au salon pendant que je rinçais les pommes de terre et les mettais à bouillir. Je me lavais le visage dans la salle de bains lorsque je l'entendis prononcer mon nom. Je coupai le robinet, me tamponnai les yeux avec une serviette de toilette, me retournai et le vis qui m'observait d'un air sinistre.

— Il y a un problème avec un avion à l'aéroport de Washington. Un passager a réussi à introduire du C-4 dans son bagage à main et menace de faire exploser l'appareil. Je le connais, c'est l'un de mes anciens informateurs.

— Oh, mon Dieu ! Le FBI veut que tu les conseilles ?

— Pas exactement. Le type en question, Waleed Mohamad, ne veut parler à personne d'autre qu'à moi.

À l'époque de notre rencontre, Joe était sous-directeur du Département de la Sécurité intérieure, mais il avait quitté ce poste pour venir s'installer à San Francisco et travaillait à présent comme consultant – une activité qu'il était censé exercer *à domicile*.

— Tu vas devoir négocier avec lui par téléphone, c'est ça ?

— Non, il faut que j'aille à Washington, répondit Joe en me prenant dans ses bras. Une voiture est en route pour venir me chercher. Je pars sur-le-champ.

J'eus l'impression que mon cœur s'arrêtait de battre.

C'était stupide, mais j'aurais voulu faire un caprice et le supplier de rester, lui dire que s'il partait, je pleurerais jusqu'à son retour.

— Fais ce que tu as à faire, Joe.

115

J'avais fini de me préparer lorsque Yuki arriva accompagnée de Miles, le serveur hyper mignon. Il avait apporté une bouteille de vin dont il me fit l'éloge avec force détails. J'avais du mal à me concentrer sur ses paroles, mais je suis presque certaine de l'avoir remercié.

— Où est Joe ? me demanda Yuki.

— Il a dû partir à Washington en catastrophe, répondis-je d'une voix chevrotante, les larmes aux yeux.

Je me détournai pour qu'elle ne me voie pas pleurer et elle me suivit dans la cuisine pour m'aider à préparer l'apéritif.

— Que se passe-t-il, Lindsay ?

— Rien, laisse tomber. C'est juste un trop-plein d'émotions. J'ai encaissé trop de choses, ces derniers temps.

— Et Joe, quand rentre-t-il ?

Je haussai les épaules et quelqu'un sonna à la porte. Martha se mit à aboyer joyeusement. C'étaient Edmund et Claire, qui me prit dans ses bras avant de me tendre un énorme bouquet de fleurs.

— Tu es splendide, Lindsay, fit Edmund. Le rouge te va à ravir.

Il rejoignit Miles au salon, devant la télé, histoire de faire connaissance en regardant le match « entre hommes », et Claire se rendit à la cuisine, où elle se mit à farfouiller dans les placards à la recherche d'un vase.

Lorsque Cindy et Rich arrivèrent à leur tour, je me rendis compte que c'était la première fois que je les voyais ensemble au cours d'une soirée. Peut-être était-ce même leur première sortie « officielle ». En tout cas, c'était sympa de se dire qu'ils faisaient leurs débuts chez moi. Je leur expliquai les raisons de l'absence de Joe.

— Tu veux que je mette un peu de musique ? proposa Rich.

— Oui, excellente idée

Richie choisissait un CD, et je sortais le rôti du four lorsque les quatre téléphones de l'appartement se mirent à sonner simultanément.

— Tu ne réponds pas ? me demanda Claire.

— Je suis un peu fâchée avec le téléphone en ce moment.

— C'est peut-être Jacobi.

— Il m'aurait appelée sur mon portable.

J'avais à peine prononcé ces mots que la sonnerie de mon portable retentit dans mon sac à main. Le numéro qui s'affichait sur l'écran ne me disait rien. Jacobi avait-il emprunté le téléphone de sa petite amie mystère ? Je pris l'appel :

— Alors, Warren ? Tu t'es perdu ?

— Sergent Boxer ?

— Oui. Qui est à l'appareil ?

— Ici le commandant John Jordan. J'ai le regret de vous informer qu'il y a eu un accident. Je voulais vous contacter en personne avant que vous n'appreniez la nouvelle par la télé.

Mon esprit ricocha comme l'aiguille d'un vieux tourne-disques sur un vinyle. L'appel ne pouvait pas concerner la prise d'otage à Washington. Joe n'avait pas encore eu le temps d'arriver, son avion venait à peine de décoller. Je me tournai vers la télévision, où un flash spécial avait remplacé le match de football. En bas de l'écran, je lus ce titre sur fond rouge : UN AVION S'ÉCRASE EN CALIFORNIE.

Une séquence filmée par hélicoptère montrait une vallée verdoyante souillée par les débris de l'appareil. Une épaisse fumée noire s'élevait de la carcasse.

Le commandant me parlait mais je n'entendais plus ce qu'il disait. J'avais déjà compris l'essentiel. L'avion de Joe s'était écrasé et l'on ignorait les causes de l'accident.

Tout devint sombre et je perdis connaissance.

116.

Je revins à moi en entendant les voix de Claire et de Cindy. Je sentais quelque chose de froid sur mon front, et les pattes de Martha posées sur ma poitrine. Mes yeux s'ouvrirent d'un seul coup et je vis le plafond de ma chambre.

Où était Joe ?

— Je suis là, ma belle, fit Claire. Tout le monde est là.

— Joe ? lançai-je en gémissant. Est-ce qu'il… Oh, mon Dieu, non !

Claire me regarda d'un air désespéré ; des larmes roulèrent le long de ses joues. Cindy agrippa ma main et Yuki éclata en sanglots.

Une horrible sensation de vide s'empara de moi, une douleur si intense, si atroce que j'aurais voulu mourir. Je roulai sur le côté, face au mur, et j'enfouis ma tête sous l'oreiller. Des flots de larmes se déversèrent de mes yeux.

— Je suis là, Linds. Je suis là, fit Claire.

— Dis à tout le monde de partir. S'il te plaît.

Elle ne me répondit rien. La porte se referma, je me blottis contre l'oreiller de Joe et me berçai jusqu'à sombrer dans un sommeil lourd et sans rêve.

Je me réveillai sans comprendre pourquoi j'avais l'impression de nager dans l'horreur.

— Quelle heure est-il ? demandai-je.

— Presque 5 heures, répondit Claire.

— De l'après-midi ?

— Oui.

— Je n'ai dormi qu'une heure ?

— Je vais aller te chercher un petit remontant, fit-elle en se dirigeant vers la porte.

Je fus à nouveau tirée de ma torpeur, cette fois par des cris et des acclamations joyeuses – *Étais-je encore en plein rêve ?* La porte de la chambre s'ouvrit et l'ampoule du plafonnier s'alluma. Joe se tenait devant moi.

Était-ce vraiment lui, ou étais-je devenue complètement folle ?

Joe ouvrit ses bras et je m'y précipitai. Je sentais la laine de son écharpe me gratter la joue et je l'entendais prononcer mon nom. C'était bien sa voix.

Je me reculai d'un pas et l'observai fixement pour être certaine de ne pas halluciner. Mes amis ne tardèrent pas à envahir la chambre.

— Tout va bien, trésor. Je suis là. Tout va bien.

D'une voix entrecoupée de sanglots, je lui demandai ce qui s'était passé.

— En arrivant à l'aéroport, j'ai reçu un appel de Washington : les passagers de l'avion étaient parvenus à maîtriser Waleed et la prise d'otages était terminée. Ils n'avaient donc plus besoin de moi. Je n'étais pas du tout au courant de cet accident d'avion. J'ai appris la nouvelle dans la voiture, quand le chauffeur a allumé la radio.

Nous quittâmes la chambre bras dessus bras dessous et tout le monde passa à table. Le rôti était froid, un peu caoutchouteux, mais je n'en avais jamais mangé de meilleur.

Au moment de trinquer, en observant tous les gens réunis autour de moi, je m'aperçus soudain de l'absence de Jacobi.

— Rich, tu as eu des nouvelles de Warren ?

— Non. Il n'a pas appelé.

Nous levâmes nos verres à la santé de la nouvelle petite amie de Jacobi, puis nous régalâmes de la tarte aux pommes préparée par Joe. Pour couronner le tout, j'appris que le match s'était soldé par la victoire des 49ers. Étourdie par l'émotion, je n'essayai même pas d'empêcher mes invités de débarrasser la table.

À 20 heures, j'étais au lit, épuisée et heureuse dans les bras de mon homme.

117.

Le téléphone sonna plusieurs fois cette nuit-là et le matin qui suivit, mais j'avais mis Joe en garde : s'il s'avisait de décrocher, c'était un homme mort. Je finis par débrancher tous les postes de l'appartement et j'enfermai nos portables dans le coffre-fort mural, dont je pris soin de modifier la combinaison.

Joe et moi allâmes ensuite nous promener avec Martha. En revenant, Joe nous prépara une omelette jambon-fromage. Il était plus de midi, et nous décidâmes d'ouvrir la bouteille de vin que Miles m'avait offerte la veille. Un pur régal.

Nous avions acheté la première saison de *Lost* en DVD mais n'avions encore jamais eu le temps de la regarder. Confortablement installés dans le canapé, nous visionnâmes six épisodes d'affilée, avant de nous octroyer une pause bières et pizza en regardant le JT. Nous apprîmes ainsi que l'avion qui s'était écrasé la veille n'avait pas été saboté. L'accident était dû à une erreur de pilotage. Une erreur terrible, car elle avait coûté la vie à quatre personnes, mais nous étions soulagés d'apprendre qu'il ne s'agissait pas d'un attentat visant Joe.

Nous ingurgitâmes cinq heures supplémentaires de *Lost*, et même si c'était un peu une perte de temps, cela correspondait exactement à ce dont j'avais besoin – Joe, quelques canettes de bière et la télé ! Je sentis le sommeil me gagner devant une rediffusion du *Late, Late Show with Craig Ferguson*. J'éteignis la télévision et je secouai Joe pour le réveiller.

— Quoi ?

— Je t'aime, Joe.

— Je t'aime aussi, Blondie. Des fois, j'aimerais que tu puisses te glisser dans ma peau pour que tu saches à quel point je suis dingue de toi.

— Je te crois, fis-je en poussant un petit rire.

Je me réveillai le lendemain matin et partis faire un tour avec Martha. De retour à l'appartement, je m'habillai en regardant Joe dormir paisiblement, puis j'allai rebrancher les téléphones et boire un verre de jus d'orange à la cuisine.

Je pris mon arme de service, récupérai nos portables dans le coffre-fort et déposai celui de Joe sur la table de nuit. Je l'embrassai doucement sur la joue.

Il ouvrit ses beaux yeux bleus :

— Comment ça va, ce matin ?

— Beaucoup mieux. Appelle-moi quand tu seras réveillé.

Martha sauta sur le lit à côté de Joe et je me rendis à ma voiture. Une fois installée au volant, j'allumai mon portable afin de consulter mes messages.

J'avais quatre appels en absence, tous de Jacobi. Je me sentais un peu coupable. J'aimais énormément Jacobi. Je le considérais un peu comme le père que j'aurais aimé avoir. Que lui était-il donc arrivé ?

J'écoutai le premier message :

— Salut, Boxer. Désolé de ne pas pouvoir assister à ton dîner, mais je suis coincé au Palais avec Tracchio et le maire. Pour résumer, Tracchio en a ras le bol. Il va démissionner et je vais prendre sa place.

Le bip vint lui couper la parole. Bouche bée, j'écoutai le second message :

— Comme je te le disais, Boxer, tu vas pouvoir reprendre ton ancien job, et tous les avantages qui vont avec, ah, ah, ah ! Une chose est sûre, tu pourras mener ta barque comme bon te semblera. Je te promets de tout faire pour obtenir davantage de moyens humains. Si jamais tu n'es pas intéressée, je proposerai le poste à Jackson Brady. Je te laisse la priorité, mais il faut me donner ta réponse au plus vite. Tracchio doit annoncer sa décision mardi matin.

Les deux messages suivants étaient beaucoup plus succincts : « Boxer, rappelle-moi de toute urgence. » Le dernier datait de la veille au soir.

Qu'avait décidé Jacobi ? M'avait-il nommée à sa succession, ou avait-il proposé le poste à Jackson Brady ? J'avais clairement laissé passer une occasion de choisir. J'essayai de le contacter, mais la ligne était occupée. Même chose à la deuxième tentative.

Je démarrai le moteur et pris la direction du palais de justice sans avoir la moindre idée de ce qui m'attendait.

REMERCIEMENTS

Nous tenons à remercier les personnes qui nous ont apporté leur inestimable savoir durant l'écriture de ce roman : Philip R. Hoffman, Dr Humphrey Germaniuk, Captain Richard Conklin, Mickey Sherman, Clint Van Zandt, Dr Maria Paige, Dr Mike Sciarra, Darcy Hammerman Dalton, Michael Burke et Stephen Donini.

Nous remercions tout particulièrement nos remarquables collaborateurs : Lynn Colomello, Lauren Sheftell, Ellie Shurtleff, et, bien entendu, Mary Jordan, la femme aux multiples talents !

James Patterson
dans Le Livre de Poche

LE WOMEN MURDER CLUB

2ᵉ chance n° 37234

Rien ne semble relier les meurtres en série qui secouent San Francisco. Mais l'inspecteur Lindsay Boxer subodore qu'il y a anguille sous roche... Appelant à la rescousse ses amies du « Women Murder Club », elle décide d'y voir clair dans cet imbroglio.

Terreur au 3ᵉ degré n° 37267

À San Francisco, la demeure d'un millionnaire explose. Dans les décombres, on découvre trois corps et un message : « Que la voix du peuple se fasse entendre. » Quelques jours plus tard, un homme d'affaires est assassiné et un nouveau message déclare la guerre aux « agents de la corruption et du profit ».

4 fers au feu n° 31097

Une arrestation de routine tourne mal : une jeune femme est tuée par une balle perdue. Tout accuse Lindsay Boxer. Alors qu'elle attend d'être jugée dans le village de Half Moon Bay, une série de meurtres traumatise la population.

Le 5e Ange de la mort   n° 31200

À l'hôpital de San Francisco, les décès se succèdent de façon suspecte. Les parents des victimes accusent l'hôpital. Lindsay Boxer, qui mène une autre enquête concernant de jeunes prostituées retrouvées mortes dans des voitures de luxe, s'intéresse à ces étranges disparitions.

La 6e Cible   n° 31319

Une fusillade sanglante fait plusieurs victimes... dont une femme qui lutte pour rester en vie. Cette femme appartient au Women Murder Club. À San Francisco, des enfants de familles fortunées sont enlevés. Alors que toute la ville tremble, l'inspecteur Lindsay Boxer et ses trois amies sont plus que jamais à l'affût...

Le 7e Ciel   n° 32270

Le fils de l'ancien gouverneur de Californie disparaît mystérieusement. Il faut le retrouver d'urgence car il est atteint d'une malformation cardiaque. Lindsay est chargée de l'enquête. Dans le même temps, des pyromanes incendient les plus belles villas de San Francisco et menacent l'appartement de Lindsay.

La 8e Confession   n° 32609

Un prédicateur défenseur des sans-abri est assassiné. Cindy décide de fouiller dans le passé de la victime. Elle découvre que Bagman Jesus n'est peut-être pas le saint que tout le monde croyait. Peu après, dans leur luxueuse propriété, Isa et Ethan Bayley sont retrouvés morts dans leur lit.

Dans la série « Women Murder Club » :

Le Livre de Poche s'engage pour
l'environnement en réduisant
l'empreinte carbone de ses livres.
Celle de cet exemplaire est de :
350 g éq. CO_2
Rendez-vous sur
www.livredepoche-durable.fr

PAPIER À BASE DE
FIBRES CERTIFIÉES

Composition réalisée par PCA

Achevé d'imprimer en septembre 2013 en France par
CPI BRODARD ET TAUPIN
La Flèche (Sarthe)
N° d'impression : 3002092
Dépôt légal 1re publication : juin 2013
Édition 02 – septembre 2013
LIBRAIRIE GÉNÉRALE FRANÇAISE
31, rue de Fleurus – 75278 Paris Cedex 06